燕赵秀林丛书·文学

金莲花开

黄军峰 著

河北出版传媒集团
河北教育出版社

黄军峰

河北文学院签约作家，鲁迅文学院第三十三届高研班学员，北京联合精品创作工程首批签约作家。作品发表于《人民文学》《人民日报》《光明日报》《中国报告文学》《山东文学》等报刊，著有长篇作品七部，中短篇作品二百余篇。

燕赵秀林丛书·文学

编委会

主　任

王振儒　高　天　史建伟　丁　伟

副主任

刘建东　孙　雷　董素山　郝建国

编　委

王志新　刘若松　李　彬　汪雅瑛
杜卓晃　郭家仪

序言

　　人才兴则事业兴、人才强则国家强，人是事业发展最关键的因素。文艺事业要实现繁荣发展，就必须培养人才、发现人才、珍惜人才、凝聚人才，培育造就大批德艺双馨的文学艺术家和规模宏大的文化文艺人才队伍，构建出成果和出人才相结合的工作格局。

　　为了进一步推动文艺人才培养和队伍建设，打造一支德艺双馨的文艺冀军，河北省坚持以习近平文化思想为指导，组织实施了文艺名家推出工程、中青年文艺人才"秀林计划"、文艺后备人才"春苗行动"、文艺名家情系河北"故乡创作计划"，构建起文艺人才培养的四梁八柱，形成了老中青梯次衔接、省内外交相辉映的文艺人才格局。在各界共同努力下，河北的文艺人才如雨后春笋般不断涌现，全省文艺事业呈现出蓬勃发展的繁荣景象。

　　作为中青年文艺人才"秀林计划"的重要内容，省委宣传部会同省文联、省作协开展了"燕赵秀林丛书"的编辑出版工作，将按照"一人一书"或者"一类一书"的原则，为我省优秀中青年人才出版代表性作品，并配套开展作品研讨、专场演出、展览展示和媒体宣传等活动，形成文艺人才培养、宣传、使用一体化格局，努力推动更多优秀中青年人才脱颖而出，在新时代的文艺道路上挑大梁、当主角。首批图书，将为11位青年作家各出版一部文学作品选集，并从戏剧、音乐、美术、曲艺、舞蹈、民间文艺、摄影、书法、杂技、影视、文艺评论等11个艺术门类中各遴选中青年艺术家代表，分别出版一部优秀作品合集。

青年是事业的未来。只有青年文艺工作者强起来，文艺事业才能形成长江后浪推前浪的生动局面。希望此次入选的中青年优秀人才，能以出版"燕赵秀林丛书"为新的起点，再接再厉、接续奋斗，立足河北丰厚的历史文化资源，聚焦中国式现代化在河北可视可感可行的火热实践，创作推出更多充满时代气息、具有河北特色的精品力作。也希望全省的作家、艺术家们，既秉持学习前人的礼敬之心，更树立超越前人的竞胜之心，增强自我突破的勇气，迈向更加广阔的创作天地，努力攀登新时代文艺新高峰！

丛书编委会

2024 年 9 月

目录

特殊救援

先是一缕青烟，接着是一束火苗，像蛇的信子，吞吞吐吐，长长短短。

很快，怎么形容呢，也就是眨眼工夫，火苗裹着浓烟，拧着劲儿往上蹿，一条金鳞黑蟒吞云吐雾，腾空而起。巨蟒分身成功，一条，两条，三条，数条……它们以秒为单位，迅速蔓延，张牙舞爪，咆哮着，试图吞噬眼前的一切。

原油储罐泄漏，拱顶罐、卧式罐、球形罐、化工装置塔相继燃火，内部状况不明，火势无法控制，爆炸随时发生。

更可怕的远不止这些。

常识告诉我们，一个 10 升装的家用液化气罐爆炸，相当于 150 千克 TNT 炸药或 3000 颗手雷的威力，而 1 千克 TNT 炸药就足以毁掉一座二层小楼。现在的情形是，储油罐连接着地下输油管道，输油管道连接着的是上万吨储备油。

火势愈加猛烈，20 米之外，救援人员已无法靠近。

此时是上午 9 时 38 分。

◦ 一 ◦

来到办公室的时候，才是早晨 8 时多点儿。

许开诚习惯性烧了壶白开水，坐在了椅子上。他用力扭扭

1

脖子，使劲儿挺挺腰板，七十多岁的人了，身上的很多零件免不了老化，尤其颈椎和腰椎，这两个"轴承"都已经少油多锈，不太灵便了。

电水壶哼哼喘着粗气。他靠在椅子上闭目凝神，略有所思。

助理张树生轻轻推门进来。许开诚睁开眼，两人四目相视，二十来年的交往让他们心照不宣。

"快开始了吧？"张树生用右手稍稍推了下眼镜，这个向来不苟言笑的"理工男"，脸上铺着一层凝重和疲惫。

"快了。"许开诚用舌头舔了舔干燥的嘴唇，体内虚火浮升，加上失眠作祟，他已经好几天没睡过舒坦觉了。

"都准备好了？"张树生显然还是不太放心，瞪大了黑眼圈直勾勾盯着他。

"嗯。"

"应该不会有什么问题吧？"

许开诚没有搭话，继续靠在椅子上，他用手捋了捋灰白交杂的头发，瞟了一眼桌案上的电话，再次闭上了眼睛。

◦ 二 ◦

火场 50 米外，是临时指挥部。指挥部外，围着上千名"看热闹"的人，本地的、外地的，还有不少外国人。

李铮手心里捏了一把汗。他知道，如果这次救援失败意味着什么。那样的结果，无法向许开诚他们交代，自己也将处于尴尬之地。嘲讽，挖苦，冷眼，这脸可就丢到大洋彼岸去了。

控制器，温度检测，气体分析，着火点侦察系统……李铮把眼前的所有设备又检查了一遍，每个微小的插头都不敢放过。

9时40分，火灾发生不到两分钟，指挥部下达命令：救援开始！

火灾侦察，最先进行。

救援人员轻装上阵，轻轻按动按钮，自我保护系统启动，无数条水柱把"侦察员"通身笼罩起来，一个圆形水幕，更像是一个"金钟罩"。

紧接着，"侦察员"钻进滚滚浓烟。"温度超过200度……""未发现有毒有害气体……""发现着火点……"

原来，大火的内核竟是如此壮观；原来，火场的内部竟是这么的危险和复杂……

一组又一组数据传送出来，在场的人兴奋不已。这是人与灾难最近距离的一次对抗。

突发状况还是发生了。

轰隆一声闷响，强大的冲击波辐射开来，整个地面微微晃动了一下——火场内部突然爆炸。

李铮的心和着地面的节奏抖动了两下。眨眨眼，定定神，赶忙查看线路，迅速观察系统运行，他强按住心跳，越是在这个时候，越不能慌乱。

情况远比预想地要好，"侦察员"的身子只是轻轻晃了晃，继而稳稳地站在那里，一切正常，完好无损。

这次爆炸，距离"侦察员"仅仅5米远。

◦ 三 ◦

地震、洪流、火灾……面对始料不及的灾难，我们渴盼一场成功救援。那种没有伤亡，没有牺牲，高效率的救援。

以消防职业为例，据有关数据统计，新中国成立以来，有

600 余名消防员在救援中牺牲，近几年每年有超过 300 名消防员受伤或致残……

这是沉痛的代价。复杂的灾难环境，危险的救援现场，人不能进，人不能近，人不能为，常常使我们痛心疾首，束手无策。

我们从来不惧怕灾难，但我们不能做"明知山有虎，偏向虎山行"的莽汉，我们更不愿看到本可以避免的牺牲。

◦ 四 ◦

9 时 42 分。

几乎是在同时，许开诚和张树生看了看时间，办公室里，静得掉根针都能听见。

他们又把目光齐刷刷地转向桌案上的电话，它静静地躺在那里，像一颗随时会爆炸的手雷，又像是这辈子下得最大的一次赌注。

千里之外的救援已经开始，而他们一无所知。

输与赢，成与败，欢与悲，无数个日夜的煎熬，将在几分钟之后揭晓答案。

这道题，他们答对了吗？

对于许开诚而言，及格不行，他们需要的是满分。

◦ 五 ◦

五名"救援兵"组成的救援小组配合"侦察兵"迅速投入战斗。

拖着 60 米长的水袋，"救援兵"分赴不同起火点。浓烟滚滚，烈焰熊熊，一条又一条小腿粗的水柱喷射过来，似百万雄兵从天而降。

10米，8米，6米，5米……热浪一波又一波辐射开来，30米外的人们都能感受到辐射热的强烈冲击，"救援兵"与火源的距离却在逐渐缩小。

化工装置塔高达27米，完全被火势和浓烟包围，像个披着灰纱的巨大火炬。

20多米外，"救援兵"调转水炮口，憋足气力，转眼间，长长的水柱射向装置塔顶层，水柱在半空分散成无数个水滴，水滴紧紧地抱住浓烟，搂住火苗，跳下来，摔到地上，水滴四溅，粉身碎骨。

壮观！精彩！！

与此同时，其他着火点的火势业已得到控制，一条又一条凶猛的黑鳞金蟒气消神落，奄奄一息，化作腾腾而起的蒸气。

主火彻底扑灭，救援人员迅速跟进，残火在一片沸腾声中，一一熄灭……

时间定格在9时48分。

短暂的八分钟。漫长的八分钟。

沉浸在紧张救援中观望的人们回过神来，瞬时，欢呼似潮！

◦ 六 ◦

绷紧的神经松弛下来，李铮才发现额头上已经挂满了汗珠。他拨通了电话。

"非常圆满！效果非常好！"

李铮显然有些激动，但这两个"非常"还是揪住了许开诚的心。

放下电话，许开诚接连喝了两大口水，痛快，解气！

一旁，助理张树生早已迫不及待，"怎么样，怎么样？"他把眼睛瞪成两个黑亮的葡萄。"我们，我们成功了？"张树生的声音有些哽咽。

许开诚颤抖着嘴唇，两颗晶莹的水珠从眼睛里跳出来，滑到脸上，躲进深深浅浅的褶皱里。

办公室里的气氛瞬时活跃起来。许开诚站起身来，挺直了腰板，踱来踱去，此时此刻，他最想酣畅淋漓地打一场乒乓球，激烈的，刺激的，带有挑战性的那种。张树生也站了起来，一时间不知道说些什么，不由自主地握紧了拳头。

心血，汗水，委屈，不解，这时都化成最好的庆祝礼物。嘀嗒嘀嗒，表针的声响有力而富有节奏，像在发泄似的奔跑，又像在跳着欢快的舞蹈……

◦ 七 ◦

想必大家已经猜到，执行这场救援任务的六名"战士"并非常人。

没错，它们是机器人，防爆消防灭火侦察机器人。

6∶24；9∶40；180.5∶208；5∶20……

这场救援之后，李铮总结出了这样几组对比数据。

看第一组，常规消防水炮，至少需要 4 个人配合操作才能完成。也就是说，6 台机器人的作战力量，可以与 24 名消防员比肩。

来看第二组，常规消防水炮的出水量大致为每秒 9 升，而机器人的出水量为每秒 40 升，将近四倍的差距。

来看第三组，这场火灾救援，总用水量 208 吨，其中机器人用水 180.5 吨，也就说，在整个救援过程中，消防灭火机器人毋庸置疑地担当了主力。

最后来看第四组，如此巨大的火灾，消防员与火场的最近救援距离，20 米已是极限，每前进一米，危险就增加十分。机器人却能在离起火点仅 5 米的距离内实施灭火……

人不能进，人不能近，人不能为，消防机器人却可以自由出入、任意穿行。爬坡、越障、避障、旋转、高清无线传图、有毒有害气体检测分析、现场声音采集……这些体重仅有三四百斤的小家伙们，高不盈米，小巧，灵活，可爱，呆萌，把 20 多种技能融于一身，俨然一个"哪吒闹海"，只不过，它们闹的是危险丛生的火海。

从这一天开始，我们的灾难救援将踏上新的征程。

◦ 八 ◦

这一天，他们已经等得太久了。

没有借鉴，没有参考，那些日子，他们把太多精力扔进了消防机器人研发的汪洋大海，在这片迷茫、未知的水域里挣扎、扑腾。

体积，重量，扬程，重心，通信，影像，越障，防爆，涉水，抗震，抗冲击，牵引，洒水……太多问题需要解决，太多沟壑需要逾越。

这是一个陌生的领域，也是一次全新的挑战。

许开诚他们在矿用抢险救援机器人行业摸爬滚打了几十年。在他们看来，矿用与消防，行业不同，但在机器人的技术上却有着很多共同点，比如性能，都是为了"机器换人"实施救援；比如目的，都是为了保护生命，减少损失……

然而，隔行如隔山啊，设想与实践总是存在着差距。

有一次，消防机器人的水炮刚刚射出水，前头就翘了起来，机身差点儿翻了个儿。重心找不准，就不能保证机器稳固，仅这一项，他们进行了数十次实验。

最难攻克的是电磁干扰。这个问题解决不了，机器主板、应用系统都将受到影响，并存在着随时"罢工"的可能性。然而，一台机器人的零部件算下来超过 3000 个，每一个都会产生电磁波。他们一个零件一个零件地分析，一个部件一个部件地检验……

他们揉碎了作息，颠倒了日夜，想起来就是一通埋头大干，有了好点子立马集合讨论。盯得时间长了，站得时间久了，许开诚就落下了颈椎腰椎的毛病，疼起来，坐立不安，咬牙切齿。

自打钻进这项事业里，张树生和一帮年轻人就像着了魔，话少了，笑没了，说不定什么时候就发起呆来，懵懂的孩子被父亲的样子吓到了，很长一段时间，连"爸爸"都不敢叫了……

一组一组的数据，像漫天飞舞的雪花，落下来，化成水，蒸发掉，又变成雪花，又落下来化成水；一次一次实验，就像在坑坑洼洼的路上穿行，跌倒了，爬起来，再跌倒了，再爬起来。失败的经验堆垒起来，就是一座山，山的另一面，是春暖花开，是和风丽日。

在经历了上百次试验攻关之后，2016 年 6 月，我国首款防爆消防灭火机器人诞生了！

九

新时代的中国，千行百业蓬勃苗壮，高层建筑、地下建筑、石化企业等不断涌现，隧道、地铁等新型环境增多，建筑主体和生产企业的特殊性，使我们不得不考虑到，一旦发生灾难事故，救援该怎么进行？

闭塞的环境，复杂的区域，高温，黑暗，毒气，浓烟，爆炸，如果没有相应的先进设备跟进，财产损失事小，无谓的伤亡事大。

自动化、智能化普及的今天，在救援中实现"机器换人"，是大势所趋，也是时代的渴盼。

其实，早在 20 世纪 90 年代，我国就已经开始了对消防机器人的研发。但，实用案例并不多。

关键在于技术上的攻坚。国际上，美国较早开展了消防机器人的研究，日本、英国、法国、德国等紧跟其后，1986 年，名为"彩虹 5 号"的机器人在日本的一次灭火行动中首次亮相。不能不说，在研发和实战方面，我们还有差距。

我们一直在追赶，步履铿锵。短短几年时间，我们自主研发的消防机器人，正悄然来到我们身边，并昂首阔步地走出国门……

十

开篇时的场景，发生于 2016 年 8 月 23 日。

那一天，全国第二届危险化学品救援演练竞赛于大庆油田举行。这是一次高规格的竞赛，除国家有关部门和相关单位参加外，不少国外消防安全部门负责人和政府要员也应邀到场。

时隔三年，许开诚他们回忆起当时的情景，依旧热血澎湃。与其说是一次竞赛，倒不如说是一次尝试，一个全新的开始。

多么伟大的一项"生命工程"啊！

时隔三年之后的盛夏，我见到了许开诚，他们把一个个鲜活的例子摆在了我面前：

某高层建筑工地，浓烟滚滚，多人被困。消防机器人战队迅速出列，灭火侦察机器人充当"先锋"，高倍数泡沫灭火机器人"吞云吐雾"，消防排烟灭火机器人刮起"龙卷风"，好漂亮的一套组合拳，大火在机器人的联合压制下逐渐熄灭……

某化工厂，毒气弥漫，随时可能发生爆炸，现场环境复杂。消防灭火侦察机器人径直冲向火源腹地，实时采集、传输火灾现场视频、火点分布、燃烧温度等数据，为救援提供可靠依据和安全屏障……

某机械厂，夜幕降临，火光冲天，现场堆积着大量木材和原料，厂房钢结构已经变形，若不及时扑救，将演变成"火烧连营"。消防机器人迅速参战，近百米的高压水柱喷涌而出，直击火源中心……

某商场，地下冷库突发火灾，聚氨酯泡沫燃烧，难以寻找火点，烟气迅速扩散，温度不断提高，火势威胁到毗邻的小仓库和门市，救援人员已无法深入。消防机器人立即开展内攻，判明火源，提供数据，回传影像，人机联手，救援圆满成功。

……　……

未来的路上，更多的灾难等待着它们去救援，更多的危险等待着它们去冲锋。

啊，中国勇敢的"钢铁战士"！

办公室里，我和许开诚相对而坐。

许开诚一点儿也不像七十多岁的人，他满面红光，精神矍铄，言语间流淌着十足的底气。

这些年，他和他的团队埋头于机器人研发事业：许开诚从不惑之年熬成了古稀之人，张树生一班人从初涉世事的"小牛犊"熬成了成熟稳重的行业之虎。

他们的底气，来自时间的恩赐，来自无数次失败的磨砺，来自凝聚着他们心血和智慧的消防机器人。一切苦和难都被现实的容光焕发遮掩着，藏在内心深处，有时候拿出来晒一晒，就能始终坚守住最初的那颗本心——如果我们研发的机器人能救出一个人，再多的付出也值得。

这使我想到许开诚的那句话：智能化研究，是一项永远没有尽头的课题！

电水壶里的水开了，咕嘟咕嘟作响，仿佛在唱着一曲祝福的歌。许开诚站起来，为我们各自倒上一杯。他端着水杯，把红润的嘴唇凑到杯口，轻轻吹了吹，蒸气从杯子里飞出来，落到他的脸上，整个人显得更朗润了……

（原载 2019 年 11 月 01 日《光明日报》）

种下幸福和希望

早餐简单素朴，馒头，玉米粥，再配点儿自制的小咸菜。

趁着吃饭的空当，孙士玉叮嘱丈夫任建新："立春也过了，你去棚里拾掇拾掇，过两天该上袋子了。"

任建新扒拉一口饭："今年闰二月，估计还得冷段时间，不晚！"

"赶早不赶晚，省得到时候顾不过来。"孙士玉又想起一件事，"雇的人也要提前打好招呼，都忙起来，不好找。"

任建新稀里呼噜喝着粥，嗓子眼儿里"嗯嗯"着。

吃罢饭，任建新出了门。孙士玉追到大门口再三叮嘱："记得把要雇的人定了！"任建新应承着，向村外走去。

春寒料峭，山上积雪尚未完全融化，斑斑驳驳，深深浅浅。太阳红彤彤挂在山头，风里夹杂着泥土苏醒的味道。孙士玉深吸一口气，双手叉腰，举目远望，又一个春天来了，新的奋斗开始了……

◦ 一 ◦

收拾好碗筷，孙士玉决定去找丈夫任建新。这么多年操心惯了，啥事不亲自看一看，她心里不踏实。

出村不远，便是食用菌棚区。贫薄的数百亩土地，如今早已被一个个宽大的黑色蘑菇棚覆盖。走近这里，很多往事便在孙士玉脑海里浮现出来。

食用菌棚区建于 2015 年。在此之前，土地是河北省阜平县龙王庙村人的依赖，每人七八分地，是家家户户最大的希望。人们面朝黄土背朝天辛苦一年，从地里抠出来的收入仅能满足温饱。

为了日子过得好些，村里的男人们不得不撇下妻儿老小外出打工。

机会像一股看不见的春风，突然就刮进了村。那几日，村里的大喇叭响个不停，"土地流转"这个词一遍又一遍钻进人们的耳朵，也撞击着龙王庙村人的心门。那块土地，是他们祖祖辈辈留下来的寄托。如今要转给别人承包，怎么会愿意？

孙士玉不这么想。她文化不高，却有着不一般的胆识和魄力。那天，她召集全家人开了一个会，任建新哥哥和弟弟两家人都来了。这一大家子，除了年节还是头一次以"开会"的形式聚到一起。

"咱们都在电视上听说了吧，这是国家的好政策，应该积极响应。"孙士玉率先表明了态度。

任建新耷拉着脑袋不吭声，大嫂最先开口："没了地，吃啥喝啥？难不成都出去打工，咱七十多岁的老娘谁照顾，孩子们谁管？"

大嫂的问题很现实，不过孙士玉早就考虑到了这些："我觉得这是天上掉下来的好事。土地流转了，每亩一千元流转金，比咱种地强多了；棚区建起来，肯定需要大量劳动力，到时候守着家门口打工挣钱，家里的事也不耽搁，两全其美嘛……"

孙士玉的话有理有据，大嫂一时不知如何辩驳。坐在屋门口马扎上的任建新的弟弟小声嘟囔着："要不咱再等等，看看别人咋弄？"

声音如蚊子嗡嗡，孙士玉还是听了个真真儿。"机会不会等着我们，更何况大势所趋，咱家可从来没给村里扯过后腿。"

全家人都不吱声了。看大家都不表态，孙士玉说："我们先试试如何？将来要是落埋怨，你们都冲我来。"

散会后，孙士玉径自去了村委会，第一个在土地流转协议上签了字……

◦ 二 ◦

往事追逐着脚步，孙士玉来到自家蘑菇棚。任建新正在收拾。挨过一个冷冷清清的冬天，棚里温度还很低，开工前，得把棚里温度先提上来。有的铁丝架略显松动，任建新正拿着钳子拧来拧去。

"这两天晒晒棚，温度上来了，把白灰撒一撒……"孙士玉像个监工，一边用手晃晃任建新刚拧好的铁丝架，一边"下任务"。

"你就省点儿心吧，忘不了！"任建新扭头看看妻子，憨厚的笑容里满是疼爱。

前期工作不复杂，只半天工夫，蘑菇棚检查完毕。

夫妻俩往回走，孙士玉又开了话匣子："你去大哥家看看呗，咱商量好了一块开工，往年都是这么干的。""行！"任建新像个时刻接受新任务的士兵，步履坚定，应声铿锵。"今年找人也要找手脚利索、干活仔细的……"对于媳妇的唠叨，丈夫从来不厌其烦，他知道，对于这个家，孙士玉付出的太多了。

孙士玉当年嫁给任建新后，发现家里的状况并不乐观。

彼时，任建新的哥哥已经结婚，另立了门户。家里有几间灰砖房，可是架不住人多，公公、婆婆、未结婚的小叔子，还有他们两口子，五口人挤在一个屋檐下。

公公几年前出了车祸，不能干重活，小叔子刚成年还没工作，家里收入主要靠丈夫常年跑长途。而且，家里还欠着三万块钱外债……

日子艰难，孙士玉偷偷掉过几次泪。但，抹泪不能解决现实问题，从小要强的孙士玉安慰自己："只要肯干，苦日子终会熬过去的。"

婚后，夫妻俩有了女儿，紧接着又添了一个儿子。喜悦之余，夫妻俩更多的是担忧，这个本就不富裕的家庭，生活更加捉襟见肘。

家要照顾，债要还，日子还得过。刚开始那两年，丈夫在外跑车，孙士玉一个人操持着家里的各种事情。丈夫的收入，除了养家还要还债，剩不下一分钱。

一家人的日子，就这样艰难前行。

土地流转顺利完成，食用菌棚区建设提上日程。那段时间，棚区建设需要大量劳动力，待遇很可观，很多在外打工的村里人都回来了。

有一天，丈夫跑车很晚才回家，孙士玉还没睡下。这些年，她养成了一个习惯，只要丈夫回来的日子，即便再晚，她也是一定要等的。

"跟你商量个事！"孙士玉开门见山，"咱把车卖了吧？"

猛然间听到这样的话，任建新心里咯噔一下。卖了？难不成家里又出了什么事？任建新惊愕地看着妻子。

"村里好多人都回来了，守着家不少挣钱，孩子们也都不用挂记。咱俩人干总比你一个人挣得多吧……"

"我跑车挺顺当，你在村里打打零工不是也挺好？"任建新说话的时候，没有注意妻子的表情，扭过头来，才发现她的眼圈有些泛红。

"怎么啦，出什么事了？"任建新赶忙过来，想要安慰，却不知如何是好。

孙士玉说："你整天在外跑车，知道家里人多担心吗？万一有个好歹，这个家可咋过！"

这是孙士玉的真实想法。谈起这些，她告诉我："平常人家过日子，富有富的过法，穷有穷的过法，平平安安最重要。"

任建新明白这个道理，更明白妻子的意思，他没有再说什么，尊重妻子的意见。

◎　三　◎

2021 年正月，孙士玉东凑西借筹得五万块钱，租了两个蘑菇大棚。

说起来，孙士玉租大棚，还是受了大哥大嫂的影响。

食用菌棚区建成使用后，任建新的哥哥和嫂子一直在那里打零工。头一年，哥嫂俩没少赚钱，但和那些自己种蘑菇的人家相比，还是少多了。

管理上有政府扶持，技术上有专家指导，资金不足还有小额贷款……这么好的政策保障着，哥嫂俩眼看着租大棚的乡亲们日渐富起来，心里着实有些不甘心。

2020 年，哥嫂俩通过小额贷款有了资金，抱着试试看的想法租了两个大棚。头一年，哥哥家就有了几万块的收入。这些变化，孙士玉看在眼里，羡慕在心里。

年底，正当孙士玉还未拿定主意的时候，哥嫂俩登门了。

哥嫂俩的建议很明确，鼓励他们租大棚、种蘑菇，与其给别人打工，不如自己干。

"不能光看见挣钱了，看不到赔钱啊。"孙士玉的担心不无道理，她这样的家庭，"赚得起，赔不起"。

"怎么会赔呢？政府有保险政策在后面支持，即便种植上出了问题，即便行情不好，政府都给咱们兜底呢……"

那天，哥嫂俩和她谈到很晚，最后，孙士玉双手一拍，恢复了往昔的乐观："得嘞，等开春了，我们也租俩棚……"

这年，孙士玉家挣了四万多块钱。多少年了，孙士玉头一次见这么多属于自己的钱。说起这些，她朴实的脸上又挂上了笑容："5月份出蘑菇，10月份结束，那段时间睡觉都能笑醒，每天几千块的进账，感觉日子过得特别有奔头……"

一年挣了四万多元之后，本以为苦日子终于过去了，谁想到有一天孙士玉在路上出了车祸，伤了十根肋骨，尾骨骨折。就这样，辛苦赚来的钱都花在了治伤上。更糟心的是，往后她不能干重活了，说好年底还的账，也只能拖一拖。

家里的变故，让任建新开始打退堂鼓，"要不明年不租了！"

"有国家的好政策，我们还要继续干！"孙士玉执拗起来，任建新从来都是默默配合。那年冬天，夫妻俩跑了东家跑西家，筹来了租大棚的钱……

装车，卸车，消毒，菌袋上架。任建新、哥哥、嫂子，还有几名雇工，正在蘑菇大棚里忙碌着。孙士玉在摆好菌袋的铁架间走来走去，看着摆列整齐的菌袋，她瞅瞅这个，摸摸那个，幸福的笑容挂在脸上……

时至谷雨时节，花开了，树绿了，孙士玉的蘑菇大棚也生机勃勃，一个个枕头样的菌袋里钻出大大小小的家伙，一排排，一列列，它们挺直了腰身，腰身上顶着圆乎乎、胖嘟嘟的小脑袋，你挨着我，我挤着你，争先恐后地生长着。

去年，孙士玉租的两个大棚都挣了钱。今年她又一鼓作气租了三个大棚。按照这些年的行情，孙士玉给我算了一笔账：去除租金和各项杂七杂八的费用，一个大棚纯利润两万多元，三个大棚就是六万多元。孙士玉一手扶着腰，一手轻轻抚摸着菌袋，她告诉我："今年年底，就能还清外债了。我这叫啥？叫租来的是大棚，种下的是幸福和希望……"

临别前，孙士玉又对我说，明年她要再多租几个大棚，往后的日子一定越过越好。说话的时候，她目光坚定，充满期待。我被她的目光所感染，也坚定地点了点头。

（原载 2023 年 05 月 05 日《人民日报》）

乡村无恙

宽宽窄窄的麦田里，积雪尚未消尽，白白绿绿，胖胖瘦瘦，星点斑驳；村庄上，彩旗横街而悬，家家对联红，户户灯笼摇，春节就在跟前了。

年货早已备好，肉、蛋、鸡、鱼，菜、果、糖、茶，全乎得很。这是多年的惯例，初一干儿子到，初二俩闺女回娘家，初六外甥侄子们还要来，八十二岁的老郭把年当成生命中最重要的日子，毕竟一年难得聚一回，毕竟是过一年少一年的人了。

菜单也已提前盘算好，卤煮花生、姜汁松花蛋、五香猪头、肉末灌肠、炝锅花菜、油焖大虾、芹菜炒肉、红烧肉丸、蒸鸡、炖鱼……八凉八热，不怕剩就怕少，村里人过年，要的就是丰盛，要的就是富余。

尽管都不是外人，尽管日子也都是提前定好的，老郭还是要一一打过招呼："没事早点儿来，都准备好了！"

代梅，冀中平原上一个再普通不过的村庄。四五百户的地界不算太大，但街巷纵横，四通八达。因这交通便利的优势，代梅就成了连接四方村落的要道，年上，大小车辆，穿梭如流；走亲访友，人行若织。鸣响的车笛、爽朗的笑声、开怀的祝福，这是年的节拍，这是年的韵律。

年三十午饭吃得早，为的是提前下手包饺子，饺子是代梅人年夜饭的主角。年夜饭自然也是吃得早，四五点钟，吃完饭，忙活了一年的街坊邻居们相互走动走动，问个好，祝个福，总结一年得失，这也是一种传统。

怎么说呢，村里的大喇叭是赶在年夜饭之前响起来的。这种情况是个例外。没事没情的，大喇叭一年到头也响不了两回，这一响，一下引起了人们的注意。

大喇叭的声音带着回响，"乡亲们，串门聊天的停会儿嘴，包饺子的放会儿手，给大伙儿说个火燎眉毛的事儿。南边发了新冠病毒引发的肺炎疫情，厉害得很，今年过年啊，都甭串门了、甭拜年了、甭走亲戚啦，告诉在外的亲戚孩子们，都甭回来啦，都重视起来啊。我再说一遍……"

老伴儿耳背，自顾包着饺子，俩人饭量不大，但必须得把初一早上的赶出来。

老郭挑门帘从院里进来，趿拉着靴底子，不声不响坐到椅子上，面无表情。

"咋啦，大过年的？"老伴儿抬眼瞅了老郭一眼道。

"不叫走动啦——"老郭扯着嗓子，拉着长音，生怕老伴儿听不见。

"谁说哩，为啥？"老伴儿终于停下粘着面粉的手，一脸惊愕。

"村里说哩，上面的通知，南边闹疫哩，怕传染……"老郭咳嗽两声，又抬高了嗓门儿。

"南边和咱这儿嘛关系，远着哩，也就是说说的事。"老伴儿不以为意。

"要是不急，不会大过年的响喇叭。"老郭若有所思。

"自个儿家的人也不行？"老伴儿问。

"可不！不行。"老郭瞪着双不大的眼睛，目光坚定。

"炮仗禁了，亲戚也不让走动了，还叫个年？"老伴儿的语气，埋怨加不解。

"这个年，八成要这么过了。"老郭叹了口气道。

似乎是在一夜之间，"疫情"成为全村人的话题。

原因来自两个字：防控。

村上两条主道，四个进出口。先是西口拦了绳子，接着东口设了路障，再接着南口挡了栏杆，仅剩下的北口，也摆了挡牌，站了村干部。

大喇叭闲不住了，没有了鞭炮声的代梅村，断断续续的广播声成为唯一动静。形势播报、政策讲解、防护知识、上级规定……轮番上阵，一遍又一遍地播。

人们开始坐不住了。

最先热闹起来的是村民微信群，铺天盖地的疫情信息刷了屏，网站信息截图、短视频链接、安全防护知识、疫情定时播报……几天前与每个人还很遥远的事，一时间走进了代梅人的生活和日子，走进了他们期待已久的年。

接着是悄没声跑出来站到门口的人们，他们观望，他们试探，以期通过大街上人们的走动来判定"大喇叭"的真实性。可不是嘛，人们都还等着走走串串，都还等着拜年哩。

除夕夜，老郭翻来覆去睡不着。

怎么说呢，年三十晚上，除了本家兄弟进屋打了个照面，不到一杯茶工夫就走了。之后，再没人来。这让老郭心里很不得劲儿，村里人讲人缘，好面子，来的人多人少，就是最好的证明。

四点多钟，远处隐约传来几声鞭炮的闷响，老郭推了把熟睡的老伴儿，"该起了。"

时间无大差，年年在这时。起了床，老伴儿洗漱，烧水，煮饺子，老郭开了屋里、院里、大门口所有的灯，两扇大门吱呀呀地展开，像蝴蝶开了翅膀。

吃罢饺子，端出备好的烟、糖、花生瓜子，老俩坐在屋里一声不吭。老郭辈分高，拜年的后生们自然就多，他们每年都要提前迎接。

五点，没人来。五点半，还没人来。六点多了，仍旧没人来。东方都飘鱼肚白了，还是没人来。

老郭心眼儿里就有些失落，他站起身，到大门口瞧瞧，大街上空荡荡，冷清清的，哪有什么走动拜年的人群啊！

联防起来，一个村就是一个堡垒。

毕竟是"年"这个日子，亲戚不走动走动，真的好似缺了亏欠。几天里，村北口断断续续开始人头攒动。

疫情生于南方。对于一个北方乡村而言，南方是个十分遥远的地方。人们还是心存着一丝希望。

然而，只是希望而已。

代梅人大包小包准备出门的，被村干部劝了回来，"管控起来不仅是为自己好，是为一家人好，更是为亲戚家的人好，万一有了事，连累一大片……"村干部的话，言简意赅，直戳要害。吧嗒吧嗒话里话外的滋味，人家说的确实是这个理儿，自个儿拿着命不当回事，不能说别人不当回事，更何况，还可能连累一大片呢……

外村稀稀拉拉走亲访友的，也被拒之村外了。同样的话，同样的道理，村干部说得清楚，人们听得明白，疫情猛如虎，张着血盆大口去咬人。"回吧，回吧。"亲戚里道打心眼儿里认同了这句话。可不是吗，非常时期，谁还不理解其中的得失轻重，不走动，亲戚断不了，平安了，日子才会长。

干儿子打来电话："干爹，今年情况特殊，不过去了，电话里给您二老拜个年。"

放下手机，老郭心眼儿里不得劲儿，头脑却清醒得很。他这一辈子，老实巴交，勤勤恳恳，常说的一句话就是：老百姓过日子，要听话，听党话，跟党走，要不然日子就走偏了。三年自然灾害、非典……老郭这一辈子经历的大灾小难多了去了，不都是本本分分听了国家的话、照着上面的规定做，最后都好起来了。这是一辈子的经验之谈，现在的舒坦日子就是这么来的。

"都窦来了。"老郭揣着手，低着头道。

"妮子他们也都不让来了，俩宝可都大半年没见了。"老伴儿问。

"来干吗，少惹点儿麻烦吧，没听说嘛，闹不好连累一大片，咱不搞特殊。"老郭下了决心。

思忖片刻，老郭拿起手机，拨了号码。

不走动，不串门，代梅村却"火"了一批人。

年轻人在短视频上开了账号，自编的段子、自拍的视频、自找的乐子、地道的家乡话、浓浓的故乡音、滑稽的表演秀，发出去，不求多少点赞量，求的是给认识的亲友们献点儿笑声。

"叫你娘看看二宝呗，你娘想了。"电话这头，老郭对电话那头的二闺女文素说。

"爹，你们也不会视频，咋看？"

"谁说不会，会着哩。"

这倒出乎二闺女意料。她给爹买的智能手机快一年了，老头就会接打电话，除此之外啥也玩儿不转。年上不让走动了，老郭知道年轻人手机玩儿得溜，就让他们教，别的不学，就学视频聊天，不会发，记住接听键就行，简单，记得住，一来二去，竟然也会鼓捣了。

视频里，二宝咧着嘴，露出刚刚掉了牙的豁口，冲着老俩笑。视频这头，老伴儿颤抖着嘴唇："宝换牙了，宝长高了……"二宝嘴甜，姥爷姥娘一个劲儿叫着，叫得老俩皱纹开花，前仰后合。

"宝啊，姥娘给你留着好吃哩，你不来，一个劲儿给你留着！"说着说着，老伴儿眼圈就有些红润。

老郭冲着视频嘱咐了两句，赶忙挂了电话。"都挺好，你来个什么劲儿！"

老伴儿用衣袖抹抹眼角，"嗯嗯，都挺好，都挺好，比嘛都强。"

防控还在继续，日子也在走着，走着走着，年就过去了，走着走着，春天就来了。

是的，没有了亲友相聚的热闹，没有了磕头拜年的礼节，年却依然是年。待在家里不缺吃喝，没事儿看看电视关注一下国家大事，那些个传言，该信的信，不该信的就当耳旁风，安安稳稳守好自己这个家。新时代的乡村之年，在一场突如而来的疫情中演变出另一种韵味，文明的、简单的，却又不失幸福与安康的年。

疫情防控已然半月有余。这期间，我问过几次乡村的情况，回答是：乡亲们的日子稳稳当当，平平安安。

疫情肆虐的火苗正在一点点被扑灭，最厉害的南方也是捷报频传。淅淅沥沥落了头春第一场雨，润物细无声啊，土松了，田绿了，路边的树杈枝条上都挂了叶苞和花骨朵，春天真的来了。

春天来了，希望就来了。疫情爆发，我们从来不缺少希望，更不缺少力量。正因为如此，春天无恙、乡村无恙、城镇无恙、人民的生活和日子无恙，过不了多久，满世界都将是一片繁花似锦。

这是我在庚子鼠年春节的所见所闻。

老郭是谁？

一个地地道道的乡村农民。

我，就是他的干儿子。

（原载 2020 年 03 月 06 日《光明日报》）

"半路"警察

2022年5月9日，一则"北京冬奥会开幕式上传递国旗的民警走了"的消息，刷爆河北省沧州市无数市民的朋友圈。民警名叫刘亚斌，生前系河北省沧州市公安局运河分局刑警大队情报中队中队长，2022年5月7日，因连续加班突发疾病，不幸殉职，终年42岁。

和平年代，人民警察是一支牺牲最大、奉献最多的队伍。党的十八大以来，全国有3700余名民警牺牲在他们热爱和奋斗的公安岗位上。

一个基层民警，何以受到那么多人关注？

带着疑问，我来到刘亚斌工作过的地方，走访、座谈后得知，他当警察，并非科班出身，却在短暂的人生和事业中，诠释着敬业、奉献、友善等丰富的价值内涵。渐渐地，一个新时代基层民警的身影，在我的心里慢慢丰满起来……

○ 一 ○

太确切的时间已经记不清了，总之是2005年夏天的一个下午。

临近下班，时任运河分局刑警大队教导员胡伟的办公室走进一个人，引进来的同事告诉他："这个人是来报到的。"

眼前的小伙子，中等个头儿，身材略显瘦薄，白白净净，斯斯文文，这不就是个教书先生吗？

早在招录结果确定后，胡伟就对这个小伙子有过些许了解：2002年大学毕业，进入沧州职业技术学院当了一名大学教师。据说，他教学授课颇受欢迎，若坚持下去，定能有番作为。为什么放着安逸稳定的工作不做，非要干公安这一行？胡伟曾猜测，要么虎背熊腰，气大力足；要么体健身硕，能来几下"五把超"；要么……

眼前的这个小伙子，不免有些出人意料。

胡伟示意他坐下，起身倒水。彼此都没说话，屋里安静，壶水淌进杯子的声响，微弱却又惊涛拍岸，似嘭嘭嘭的心跳。

胡伟再次看了眼这个白净儒雅的年轻人，"你是刘亚斌？"

"是。"说话间，小伙儿双手搭在两膝，挺直了胸脯。

"什么原因让你放弃教师岗位？"

"不想安于平静生活，就想到公安来侦查破案。"

"侦查破案？那可不是过家家、打游戏，是有生命危险的。当警察也不是动动嘴就成的事……"胡伟试探性泼了一盆冷水。

"干自己喜欢干的事儿，没有弄不成的。"刘亚斌想都没想，话语铿锵，目光如炬。

他的自信，又一次出人意料。

◦ 二 ◦

1980年4月，刘亚斌出生在一个军人家庭。

部队大院成为一棵幼苗茁壮成长的沃土。嘹亮的军号陪伴着他的牙牙学语，挺拔的军姿伴随着他的蹒跚学步，日月盈仄，春雨冬雪，军人的威武、刚毅、坚强、勇敢，沁润着青嫩的心田……

刘亚斌上了初中。那一年，哥哥顺利考入军校，成为军人。本就有着一个当兵梦的刘亚斌，看着穿上军装的哥哥英姿飒爽，暗下决心，也要考军校，当兵！

初中三年，刘亚斌科科优秀、门门拔尖儿，他考入军校的梦想近在咫尺。

追梦的路上，最快乐；追梦的脚步，最轻盈。光是想一想，青青葱葱的心头都飘着浓浓郁郁的香甜。

为了顺利考上军校，高中期间，他特意去天津最好的医院做了近视手术。基本功稳扎稳打，平日里"训练"有素，各项体能指标合格，现在，万事俱备，只差临门一脚了。

1998 年 6 月，迎着初升的朝阳，一个年轻人，昂首挺胸、信心满满地步入了考场。前三科考试，刘亚斌发挥稳定，那天回来，母亲为他买了爱吃的凉皮。

一碗凉皮，却让命运给他开了一个天大的玩笑。

那晚，刘亚斌上吐下泻，折腾了一宿，影响了后面的考试。

梦想离他最近的那一年，也留下了最大的遗憾。

◦ 三 ◦

运河区市场街，是当地颇为繁华的地方，商场、超市、银行、宾馆、购物中心、学校、医院等云集。

由此，这里也成为扒手们乐不思蜀的地方，疯狂时，这条街上的小偷、老贼多达几十个。

彼时，当地钱包失窃案频繁，受害人中有本地居民，也有外地求医的病人，常常是医院还没进去，手里的救命钱就被偷走了……

2005 年初涉警事，刘亚斌便负责这片区域。

警察抓小偷的事情，以前只在电视里看过，轮到自己身上，还是头一回。

为了干好工作，刘亚斌向老民警请教的同时，下班后就去人群密集、盗窃高发的地区盯防。商场附近、医院走廊、小吃门店……大大小小的店铺、门脸、犄角旯旯，只要在脑子里闪过的地方，刘亚斌都能准确说出位置。一年多下来，他几乎成了"活地图"。

地理坐标固然重要，更重要的是人。高矮、胖瘦、老幼、黑白，哪一个爱戴帽子，哪一个留着胡子，40 多名小偷、老贼的相貌、特征和作案特点装进了他的"信息库"。两年多下来，这些盗贼们几乎都和刘亚斌打过"交道"。以至于后来，只要他出现，无论是商场还是公交车，无论是"玩刀片"的，还是直接拎包的盗贼，都闻风而逃。

年底汇报工作，刘亚斌查办的盗窃案数量最多。

有人曾开玩笑，沧州市的小偷都让刘亚斌碰到了！

殊不知，玩笑背后，却藏着浓浓淡淡的心酸。是啊，自从干了警察这一行，他就很少有属于自己的业余时间。

刘亚斌曾说过这样一句话：作为基层民警，有警必出是命令，有求必应，更是一份责任和使命。这不是什么高大上的空话。有人做过调查，基层民警高居最辛苦职业前位。

◦ 四 ◦

成为大学教师的第二年，刘亚斌邂逅了甜甜涩涩的爱情。

妻子赵晨光是他的同事。初见刘亚斌，女孩子情窦初开的心扉便被狠狠撞了一下。阳光、帅气、文雅，最重要的是，他腼腆的微笑，让人感到说不出的善良、和气与踏实。

同事看出了端倪，想着办法撮合他们。几经接触，两情相悦，爱情的种子发芽了。

昼云夜星，流水桃花，爱情的秧苗茁壮成长。那时赵晨光听到刘亚斌提及最多的，是他的梦想——成为一名军人。

2005 年，沧州市公安局公开招录人民警察。得知消息，刘亚斌心里"咯噔"一下。

那一夜，他躺在床上思绪万千，一面是稳定的工作和与爱人的朝夕相守，一面是又一次接近梦想的机会,到底如何选择？思来想去，他决定，为了梦想一搏：同样是保护国家和人民安全，当不成兵，能成为一名人民警察也好啊！

刘亚斌偷偷报了名。直到考试头一天，他才把这件事告诉了赵晨光。

那天，和爱人漫步在校园，他试探性说出了打算。没想到，赵晨光毫不犹豫表了态：我尊重你的选择！何以如此果断？赵晨光微微笑了笑："都说爱情是自私的，但我不能因为自私而去阻挡爱人追求自己的梦想。"

多日的纠结，在这一刻释怀。傍晚，余晖洒满弯曲绵延的大运河，波光粼粼，五彩缤纷，刘亚斌似乎看到梦想正在向他招手……

◦ 五 ◦

自从当了警察，刘亚斌就成了父母最大的"担心"。

刘亚斌和同事抓的第一个犯罪嫌疑人就是个"亡命徒"。那家伙，一米八的大个儿，二百多斤，从小练摔跤，腰里还别着一把锋利的尖刀。

已经盯梢多日，抓不住无疑打草惊蛇，以后就更难了。靠近，靠近，再靠近，当他们摸到犯罪嫌疑人身边的时候，刘亚斌直接就扑了上去……事后他们才发现，这家伙实在是太壮了，虎背熊腰，满身横肉，手腕子粗得连手铐都不好戴。

还有一次，某商厦发现一枚绑着汽油桶的炸弹。刘亚斌和同事用防爆毯裹着炸弹，从商场移到皮卡车上，迅速转运到空旷地带。他们刚退到安全区，"轰"的一声巨响，防爆毯被炸开一个大洞。一身冷汗的刘亚斌定神后才意识到，自己刚刚离死亡那么近……

得知这件事情后，父亲带着生气的语调问他，平日里，我给你说的话，"不能脑袋一热就往前冲"，你咋就不当回事？

刘亚斌知道父亲担心儿子，更懂得父亲是个怎样的人。他乐呵呵劝慰老人，你儿子的命是命，别家的儿子就不是命啦，咱是军人的儿子，关键时刻，我得上！

儿子的话戳到了父亲的心坎儿上。几十年部队生涯的老父亲嘴上不说，心里却默默接受了。

◦ 六 ◦

单位来了新同事，一个初涉警事的九零后。

面对错综复杂的线索和千头万绪的信息，工作几日下来，仍旧不知道从何入手。嘴上不好意思说，心里难受，脸上就带了出来。

同在一个科室，刘亚斌了解每个人的脾气秉性。年轻人，脸皮薄，抹不开面子，想想自己年轻时，不也一样吗？

那日，趁着办公室没人，刘亚斌凑到跟前，轻轻拍着他的肩膀，"有困难，找警察，更何况，咱自己就是警察不是！没事儿，有不会的，我教你！"

"暖男"是年轻同事们对刘亚斌的昵称。可不是吗，除了忙碌的工作，他脑子里简直就是个"杂货铺"：谁家的孩子该考大学了，哪个年轻人还没有对象，谁家的老人住院该出院了，鸡毛蒜皮的事情，他比本人记得还清楚。

说起来，刘亚斌也的确称得上"暖男"。

逢个周末或者节假日，想请刘亚斌出来一块吃个饭，那简直比登天还难。电话打过去，"斌哥，不上班，不办案，好不容易歇一歇，出来坐会儿吧！"

你听刘亚斌说啥，"你嫂子一个人在家带着孩子不容易，咱一个大老爷们平时不着家，回家了就替媳妇干点活儿吧！"

◦ 七 ◦

2009 年，刘亚斌参与并负责侦破了沧州市第一例电信诈骗案。结案材料中，刘亚斌写道：我觉得，信息化作战已经成为摆在面前、不容回避的任务。

他的感觉，被以后的事实印证。

信息化办案，成为刘亚斌日后耕耘梦想的主战场。我愿成为一名信息化办案的"破冰者"——面对新课题，刘亚斌做好了"下海"的准备。

但，谈何容易啊！

沉浸在信息化的碎片里，如大海捞针，密密麻麻的数据如巨浪般涌来，他在浩瀚的数据海洋里，挣扎着，追逐着，打捞着；似沙海淘金，狂风卷着沙尘，一浪又一浪迷惑着他的眼睛，他在烈风狂沙中奔跑着，追赶着，筛选着。

一天，两天，一年，两年……为此，他柔和的眼睛常常布满血丝，他的脑子、血压、心脏，所有器官，都在超负荷运转着。

刘亚斌不抽烟，不喝酒，最大的兴趣就是喜欢琢磨事。他可以盯着杂如牛毛的数字待大半个晚上，可以在枯燥无绪的虚拟世界里守护一个上午……

对于工作，他哪来那么大劲头，又哪来那么多乐趣？

采访期间，刘亚斌的父亲道出了其中的秘密：刘亚斌是个听话的孩子，我不止一次告诉他，国家给你的位置，是对你的信任，干得好你就干，干不好，就让位！

功夫不负有心人啊，2012 年春，刘亚斌自主研发的汽车租赁业信息管理系统在市区 24 家租赁公司启用。借助这一系统，运河分局成功协助兄弟单位破获一起盗窃案，案件侦破了，失主却还不知道自己被盗了……

2014 年，刘亚斌凭借丰富的信息化办案经验，统筹指挥查处了一起涉及 30 多个省市、1 万多名受害人的网络诈骗案，75 名犯罪嫌疑人及主犯无一漏网，及时挽回涉案资金 8700 余万元……

◦ 八 ◦

2020 年初的一个深夜，刘亚斌突然接到一个电话，电话里传来一个男子"呜呜呜"的哭声。

电话是李某打来的。李某曾是刘亚斌案件查办过程中的一名受害人。

案件查办初期，李某追回损失心切，和刘亚斌发生过数次激烈争吵。刘亚斌却从来没发过火，每次都笑呵呵地耐心解释。一来二去，两人熟识了。

电话里，李某抽泣着，哀求着，"刘警官，求求你救救孩子吧！"李某的孩子在外地上学，因压力过大，突发精神疾病。李某四处借钱无果，走投无路，想到了在案件中被冻结的钱。

涉案资金绝对动不得，孩子治病又迫在眉睫，刘亚斌把情况告诉了妻子赵晨光，妻子通情达理，"人家找你是信得过你，能帮一把就帮一把吧！"

很快，三万块救急钱转到了李某的手机上。

经过治疗，孩子病情得到了控制。后来，李某专门给刘亚斌发来孩子康复后录的视频，视频中，一个阳光的男孩子弹着吉他，向远方的刘叔叔，深深地鞠了一躬……

有人问，如果钱回不来怎么办？刘亚斌笑了笑，"信任是相互的，更重要的是，咱们是警察，警察前面还有'人民'……"

…… ……

小区里栽了许多泡桐树，夏末秋初就开始生虫子，落到皮肤上又痛又痒。

邻居们的唠叨和埋怨声，传到了刘亚斌的耳朵里。悄悄地，他买来高压喷雾器，给树打药治虫。

有人劝他，"别傻了，这都是物业的事，别费劲不讨好！"

刘亚斌露出脸颊上两个不深不浅的小酒窝："费劲儿了，肯定能讨到好，这虫子不是明显见少了吗？"

单元楼门口上挂着一张塑料软门帘。这是刘亚斌生前花一百四十六元网购来的。他去世后的第二天，物流才送到，两名同事代他挂了上去。

说起门帘，年近八旬的王奶奶抹着眼泪："已经五年啦，一到夏天这孩子就自己掏钱买门帘，挡着不让外面的蚊虫飞进来。我跟他说让大伙摊一下，可这孩子说什么也不让……"

◦ 九 ◦

老人腰杆笔挺地坐在我的对面，炯炯有神的眼睛里闪着点点泪光。

说起儿子刘亚斌，老人的话令我们五味杂陈："全国先进工作者、全国公安系统二级英模、全国公安系统刑侦情报研判能手……"说话时，老人特意把"全国"二字用了重音，"还有那么多省、市的奖励，没想到亚斌这孩子这么出息，这些他从来没给我们说过。政府给他的荣誉够多了，他对得起国家，对得起这份职业！"

荣誉不争，功劳不抢，认真做事，踏实做人。老人用四个词概括了对儿子一生的教育。

父言如金，儿行不悖，一个军人家庭的家风，就这样默默传承着。

2022年2月5日，刘亚斌在顺利完成冬奥火炬传递、国旗传递两项重要任务后回到了沧州。

5月6日一上班，刘亚斌召集科室同事开了个短会。这一天，他往电脑里倒了些数据，梳理了几个案件线索，交代了一些需要抓紧办的事情。

晚上下班回家路上，他给母亲买了枣糕。不到九点钟，父亲遛弯还没回来，刚睡下的母亲被熟悉的脚步声惊醒。

"好几天没顾上看你们了。"把枣糕放到茶几上，他问母亲，"怎么睡这么早？"

"不知道怎么回事，这两天有些腰疼……"

"腰疼可不是小事，明天让我爸陪您去医院看看。"他嘱呐道。

陪母亲说了会儿话，他下了楼。回到家里，儿子还没有睡。小家伙正值垂髫，醒睡无定时，正是黏人的年纪。

月儿弯弯，躲进薄薄的云层；星星稀疏，调皮地眨着眼睛。

他把儿子搂在怀里，轻轻拍着他白白嫩嫩的小屁股。扭头望望窗外，他长舒了一口气。前段时间疫情防控，他二十多天顾不上休息，他的血液，他的心脏，他的所有身体器官高速运行，到现在还没缓过来，他需要好好休息。

此刻无比安静。躺在床上，很多事情在脑子里浮浮沉沉，像漂摆在海面上的一艘艘小船：千头万绪的案件线索该从哪里入手；杂乱密集的数据该怎样梳理；早上再提醒父亲，一定要带母亲去医院检查。明天市局还有一个考试呢，对了，新买的单元楼的门帘还没挂，明天一定抽时间挂上……

他睡着了。

谁能想到呢，这一夜，竟成了刘亚斌最长的一个梦！

……　……

5月9日，遗体告别的日子。

清早开始，天空就飘着稠密的雨丝。疫情原因，许多同事和亲友不能送刘亚斌最后一程。但这一天，沧州几乎所有的手机都被霸屏：战友、同学、朋友、居民及社会各界人士都在为他送行。

采访时，我拜访了刘亚斌的办公室。那台电脑沉默着，等待主人唤醒。桌子一角，放着一板只吃了一片的降压药，还有一盒未开封的速效救心丸……

"半路"从警，刘亚斌在热爱的警察事业道路上只走了半程，便悄无声息地离开了，空留下忙碌的身影。这忙碌的身影，是一个人，也是无数基层民警的群像。绵薄文字，谨向这些英雄们致以最崇高的敬意！

　　路虽远，行则将至。不远处，大运河蜿蜿蜒蜒，一河清流奔腾不息，那磅礴的气势，不就是他们永不停歇的脚步吗？

　　　　　　　　　　（原载 2022 年 11 月 04 日《光明日报》）

"编外老兵"的红色记忆

见到老两口时，张廷修正坐在蒲团上，揣着手，眯着眼，晒太阳。身旁，一只老黄猫冲我们残喘轻喵，像在打招呼。妻子靳红祥坐在板凳上，往灶堂里塞干柴。她白发红颜，皱纹稀疏，初次见面，很难看出已经八十多岁。地灶上，一口大铁锅腾腾冒着热气，整个院子里弥漫着浓浓地萝卜味……

2016 年 4 月，我到"深入生活"联系点走访，有缘结识了这对"编外老兵"。

◦ 一 ◦

靳红祥八岁那年，第一次见到了鬼子。

那是个初夏的深夜，东寨南村的百姓被断断续续的枪声惊醒。

东寨南村位于太行深山区的河北省灵寿县岔头镇，是赫赫有名的"陈庄战役"的发生地。听到枪声，靳红祥的母亲一骨碌从炕上坐起来，惊慌失措地叫醒睡梦中的孩子们："快起，快起，鬼子来了！"

一家人仓皇不定、手忙脚乱地往外走，前脚刚迈到门口，日本人就闯进了家里。鬼子横着上了明晃晃刺刀的步枪，嘴里叽里呱啦地嚷嚷着，示意他们到外面去。

母亲拉着靳红祥姐姐和她的手，缩着头，忐忑不安地，躲着鬼子一步一步往外挪。一个鬼子扑过来，一把按住靳红祥的头，把她们推搡了出去。

院子里，五六个鬼子横七竖八站着，娘儿仨刚出屋，鬼子就把沾了硫磺水的火把甩到了窗户上，浓烟裹着滋啦滋啦烧着硫磺的大火，照亮了整个院子，也烧化了靳红祥母亲心中的愤怒和悲伤。

男女老少被鬼子赶到村外的大道上。鬼子瞪着恶狠狠的眼睛，在人群中扫射了几遍，最后，目光落在了靳红祥叔伯大伯身上。靳红祥的大伯被拽了出来，鬼子示意让他领路。全村几十口人，在鬼子的枪逼刀呵下，在靳红祥大伯的带领下，向西行进。

靳红祥大伯天生胆儿小，没走多远，他嘴里就开始嘟囔："咋还不让回家。"

没走几步，他嘴里又开始絮叨："咋还不让回家。"

几次三番，惹怒了鬼子。

一个领头的鬼子操着不太流利的中国话："你的，回家去吧……"说着，手起刀落，像切萝卜一样把靳红祥大伯的脑袋削了下来。

鬼子在靳红祥心目中的第一印象，就这么刻下了，并且在她的人生记忆中再也无法抹去。

那个年头，日本人隔三差五就来村里烧杀抢掠。靳红祥的母亲告诉她，鬼子分三种，扛黑旗、扛红旗和扛白旗的，见到扛黑旗的，一定要躲着走，因为扛黑旗的最惯于杀人。尽管直到现在靳红祥也不明白黑、红、白三种鬼子的区别，但鬼子在她心中的印象却越来越刻骨铭心。

靳红祥回忆，鬼子在村里活跃最频繁的一年，是她十岁那年。三月初八，鬼子再次来到村子里。得到消息的百姓纷纷外逃，躲到了半山腰的石洞里。当时，靳红祥的母亲还在月子里。她顾不得身子和没出满月的孩子，急匆匆拉着靳红祥和她的姐姐上了山。所幸，这次鬼子只在村里待了两天就走了。可是，百姓们回到村里时，靳红祥没出满月的妹妹早已饿死在炕上……

饿死的何止一个孩子？

当年中秋节前夕，鬼子又来"光顾"东寨南村。这回，鬼子整整待了三个月。刚开始，人们还能靠山坡上的野菜裹腹，山洞周围的野菜、树叶吃完了，他们就趁着黑夜到稍远些的地方找东西填肚子。靳红祥老人说："时间最长时，我们一天一夜没吃没喝，那时候饿死的人多了去了。"

农历十月的太行深山，气温已经降到冰点以下。住在山洞里的百姓，仅能靠添加干草御寒。即便是这样，靳红祥姐姐的脚心，还是被冻得肿了二寸多厚。十月二十，山里下了场大雪，厚厚的雪层将近半尺。当然，日本人的吃住也并不如意，不得不悻悻而去。

◦ 二 ◦

张廷修十二岁那年，陈庄战役打响。

陈庄镇，与太行深山唇齿相依，距革命老区灵寿县城百余里，是边区商业、交通重地，边区许多机关、学校和团体都设在陈庄附近。

1939年9月，日军第31大队田中省三大佐率军1500余人，作为日军旅团长水原义的游刃"牛刀子"侵占陈庄，妄图消灭晋察冀边区根据地领导机关和后方设施。贺龙、聂荣臻指挥第一二零师主力和晋察冀军区参战部队，集中六个团的兵力，将计就计，巧设伏阵，经六天五夜周旋激战，歼敌1200余人，彻底粉碎了日军的"牛刀子战术"。陈庄战役被誉为抗日战争相持阶段敌后抗战的一次模范歼灭战。

张廷修所在的下庄村距陈庄镇十来里地，自然而然地成为了日军扫荡的重点。九月份一天的深夜，乱糟糟地脚步声把下庄人从睡梦中惊醒。日军是来抓壮丁的。当年，张廷修的大哥已经十九岁，正值年轻力壮的小伙子。日本人蛮横地闯进家里，十二岁的张廷修，眼睁睁看着哥哥被日本人连捆带绑抓了去。这一走，张廷修再也没见过哥哥。

如今，张廷修回忆起来，依然咬牙切齿。他低着头告诉我们："当时，我哥哥已经是共产党员了，不知道他的身份暴露没有。想必是暴露了，要不然他肯定还能回来的……"说完，患有白内障的张廷修，抬起头，默默望着院子里的一棵桑树，树叶在山风抽打下，哗哗作响。

这个话题，触及了他内心深处的伤痛。尽管老人的眼睛不太灵光了，但我们知道，他是在用心看。他心里，明镜儿似的。

张廷修告诉我们，那年头，日本鬼子见人就抓，见妇女就糟蹋。你还不能跑，要是一跑，鬼子远远地就是一枪。有次，村里有个年轻人就是因为逃跑丢了性命。当时，鬼子到村里扫荡，这个年轻人害怕被抓了壮丁，试图通过逃跑躲过一劫。没想到，他没跑多远就被日本人发现了，鬼子举起枪，"啪"的一声脆响，朝着他的腿上就是一枪，远远地就瞧见那个年轻人趴到了地上。鬼子还不罢休，他们追上去，用刺刀挑开了他的肚子，肠子在地上甩出去两米多长……

后来，陈庄战役大获全胜，但占据灵寿县城的日军依然顽固坚守未退。张廷修十八岁那年，加入到了"支前"的行列。

当时，无论男女老幼，但凡能出力的，都是支前队伍的一员。全民皆兵，共驱日寇。

从下庄村邻村刘家沟到阜平县，往返一百多里地。张廷修尽管已经十八岁，但由于缺吃少食，他也不过一米四五的个头，瘦巴巴不足百斤。个小体弱的他就当半个劳力。成年人一担粮食五十斤，张廷修担不动，就担二十五斤。晨起擦黑出发，傍晚日落而回，为了省下更多粮食支援前线，一天下来，有时候他们连半块菜饼子都吃不完。

就这样，张廷修一干就是两年。现在回想起来，张廷修老人面带微笑、略显自豪地说："没能到前线打鬼子，能干上支援前线的活儿，俺觉得自个儿也是个解放军……"

◦ 三 ◦

靳红祥十二岁那年，家里来了位解放军。

靳红祥老人回忆，解放军的全名不知道，只知道母亲管他叫小六。小六当年只有十九岁，据说还参加过长征，走过草地的。

小六个儿不高，人黑瘦黑瘦的，操着南方口音。最显眼的，是他耳洞边上长着的两块息肉。两块息肉左右对称，一边一块，像炸开了的爆米花。

但，小六是个聋子。

聋子咋还当兵？

原来，过草地时，小六他们一个班遭遇鬼子伏击。一场恶战下来，全班十二个人，只有小六活了下来。也就是那时候，鬼子的一颗子弹从他的左耳进，右耳出，小六命大，命保住了，人却成了聋子，留下了耳洞上的两块"息肉"。

小六在靳红祥家住了一个多星期。那段时间，靳红祥也从小六嘴里，知道了很多关于解放军冒死英勇杀敌的故事。也就是从那时候开始，靳红祥就下定了支援前线的决心。

但是，那时候毕竟年纪小，靳红祥就做一些力所能及的事情。做饭时，她会主动烧火；洗衣时，她会拎上半桶水……总之，但凡能做的，她从来不放过一次机会。说到这里，靳红祥老人还给我们讲了一个小插曲：有一次，她在烧火时不小心把左脚布鞋的脚后跟烧着了。母亲知道后很是生气，但就是为了多省些碎布料给解放军缝补衣服，母亲硬是让她光了一个星期的脚。

往事历历在目。靳红祥老人从衣兜里拿出一块方巾，轻轻擦拭着眼睛。看到这情景，我们赶紧转移了话题：现在想来，能做这些事的人都是很令人敬佩的，都应该感到光荣的。

说起这个，老人的眼睛亮了起来。

"那可不。要说当时吧，俺们家穷得叮当叮当响，可是宁可自己不吃不穿，也要把最好的留给解放军，那觉悟可不是家长教出来哩……"

◦ 四 ◦

靳红祥十七岁那年，经人介绍，嫁给了大她五岁的张廷修。

两个有着相同经历的人走到了一起，与其说是一种缘分，倒不妨把这段姻缘看成是革命力量的凝聚。

两人婚后的前几年，全国上下支援前线的热潮依然高涨。日子要过，支前也不能掉队。就这样，一对年轻的夫妇，丈夫勤耕种田维持生计，妻子纳鞋做衣支持部队，小两口的日子过得紧巴而充实。

张廷修老人告诉我们："俺们这辈子，树上的东西没有吃不遍的，地上的东西没有吃不遍的……因为穷，我二十多岁才开始长个儿，一米八的个头，长成这样可不容易呀！"

靳红祥补充道："最难忘的是吃'双擀杖面'。"

双擀杖面？

靳红祥老人进一步解释：一把玉米面或者高粱面，掺上大量的树叶，熬成粥糊糊，吃的时候，用两根筷子往外捞稠哩，这就是"双擀杖面"。

聊到这里，靳红祥老人还向我们传授起了经验。她说，不是所有的树叶都能吃的，柳树叶和杨树叶发苦，得用水焯一下才行；椿树叶和楸树叶不能吃太多，吃多了脸会肿；榆树叶和槐树花好吃，那可是美味哩……

老人讲得饶有兴致，她的话语，却让我们心里酸酸的。

说完吃，靳红祥老人又开始给我们讲穿。那时候，人们穿的衣料都是自家做的染色布。椿树叶和桑树叶拿水煮了，把白布在里面洗上几水，白布就上了颜色，是那种紫褐色。到了冬天，人们用榆树皮熬成浆糊，刷在麻袋片上做成衣裳。还别说，穿着还挺暖和……

谈起那段难忘的记忆，两位老人似乎有那么多说不完的话，讲不完的事。靳红祥老人告诉我们："现在和一些年轻人讲起这些来，他们都说是胡编乱造哩，你们信不，这可不是胡编乱造就能编出来的。"说完，她长长地叹了一口气。

望着老人略显委屈的目光，我们坚定地点了点头。

◦ **五** ◦

两位老人从未亲临过战斗一线，却在后方做着力所能及的战斗支持。他们是中国千千万万支前队伍的代表。所以，我们愿意称他们为"编外老兵"。

这对"编外老兵"，已经携手走过 66 个年头。他们身上凝聚了将近一个世纪的苦难记忆，他们更是见证了中华民族最为惨烈却最应铭记的那段历史。

此时此刻，灶堂里柴火烧得极旺，红彤彤的火苗，婀娜摇摆，似舞蹈的少女；铁锅中，萝卜丁在沸水里上下翻滚，欢快跳跃；蒸汽袅袅，飘到糊着白纸的窗棂上，飘到炊烟熏黑的椽子上，飘到饱经沧桑的土坯墙上……这三间房子，亲历了他们抗敌支前的同甘共苦，居住着他们相濡以沫的幸福记忆，诉说着他们坚信美好未来的期许。这深山里司空见惯的房子，因了两位老人，有了别样的内涵和情韵。

靳红祥老人扶着灶台，艰难地起身，掀开锅盖，用筷子在锅里搅了搅，放到嘴里尝了尝，把半勺盐放进锅里。

这时候，我们才发现，原来靳红祥老人左腿不大灵便，走路已经离不开拐杖。老人的腿是在十年前上山干活摔伤，落下的病根。

"你们平时就吃这个？"我们心里很不是滋味。

"老话讲得好，好日子穷着过。现在老百姓越过越好，一天天比当年地主过得都好。但日子好了，不能忘了本不是。就拿俺们山沟沟来说吧，还不算富裕哩……"

"2020 年全国人民奔小康，现在的'精准脱贫'，全国上下，一呼百应，国家不会忘记咱们老区人民。"我们试图让谈话变得轻松些。

我们这么一说，又一次勾起了老人的话匣子。

没想到，两位老人，目不识丁，却对国家发展和命运十分关心。73 岁那年，张廷修老人患上了白内障，眼睛只能模模糊糊看清一些东西。少有活动的张廷修，就养成了听电视的习惯。这个年近九旬的老人，思维异常清晰：他从中国在世界上的地位越来越高说到党中央攻坚脱贫实现了几代人的梦想，从人民生活越来越富裕说到一定会实现的中国梦……

"俺们现在可是活一天赚一天了。现在的日子，吃穿不愁，俩人每月每人75块钱的保障金……"张廷修老人一边乐呵呵地说着，一边戴上眼镜，他愿意更清晰地看见这美好的一切。

"你们有几个孩子？仨？"

说起这个，靳红祥老人脸颊绯红，有些不好意思："说出来不怕你们笑话，俺们有七个孩子，五女俩小儿。闺女们都嫁出去了，日子过得都不赖，俩小子，老二在山西打工，老大在家种地，还有几十亩板栗和核桃树，日子过得也不赖……"

"这么大岁数了，怎么不和他们一起过？"我们又问。

"能动弹就不愿拖累孩子们，这都是当老人的心思。重要的，还是舍不得这几间破房……"靳红祥老人停顿了一下，似乎想到了什么。

她紧接着说："孩子们都孝顺着呢，隔三差五送东西来，我们老俩哪里吃的清。"老人肯定多心了，她想用这种方式消除我们的疑虑。

这还不行，靳红祥老人用手指了指西面绵延起伏的山头："等到秋天你们还来，让孩子们给你们摘板栗，砸核桃，拔花生，挖红薯，刨土豆，都好吃着哩……"

张廷修老人补充道："再过俩月来就行，漫山大黄杏，甜的很……"

顺着老人手指的方向望去，蓝天白云映衬下，山峦参差，绿叶纷披，叠叠青翠，满山果树在春风轻拂下，又开始了新的生长。

那是生命的绿，幸福的绿，更是人民勤劳智慧和中国精神充满活力的绿……

（原载 2016 年 8 月刊《军事故事会》）

飞快奔跑的城市

"左拐！右转！对，沿着平安大街一直向前……"

初夏清晨，我和父亲驱车行驶在石家庄的街头。父亲年近八旬，两眼昏花，但仍旧热心做一名向导，生怕我走错了路。

一片高楼出现在眼前，父亲兴奋起来，用手一指："看，以前这里就是我们的厂子……"

年纪大了之后，父亲时常忘事，刚说过的话，转眼就想不起来。但关于这座城市的记忆，却从未褪色。

下车，站在马路边。路面刚刚洒过水，宽阔、明亮。路两侧，国槐树叶密冠茂，与草坪、鲜花、万年青交相辉映。路边一块休闲空地上，人们三五成群，或轻歌曼舞，或谈笑风生，或踢毽打球，或练拳对弈，好不热闹。

"厂大门在这儿！""那儿是厂俱乐部。""这里是职工宿舍。"父亲抬手指向马路远处，"那里还有造纸厂、农药厂、纺织厂、配件厂、拖拉机厂……"父亲沉浸在回忆中，津津乐道。

收回目光，父亲跺跺脚："还记得这条路吗？"

我回答他："您讲过很多次啦。"

"那时，你就是沿着这条路往前走的。那么个小不点儿，足足走了一里地，也不知道害怕。要不是我在后面悄悄跟着，指不定走到哪去……"

父亲说的，是我第一次来到石家庄时的情形。那年我才四岁，对这"第一次"印象寥寥，唯一记得的，是奇怪的味道。那种味道浓烈而复杂，是煤炭燃烧的焦煳，是钢铁摩擦的火气，是汽车尾巴里吐出来的黑烟……

如今，将近四十年过去了。路已经不是原来的路，空气里没了当年的味道，父亲不再年富力强，我也从蹒跚的孩童走进人生的中年。

回忆童年，耳边总会响起父亲的自行车铃声：丁零零，丁零零……娘说："快去，准是你爹回来了。"我就立刻扔下手里的玩具，冲到门外。

那时，父亲每周末从石家庄骑车回家，周一天不亮返厂，一年四季，风雨无阻。每次回来，他总要带些"馋人"的东西：糖纸包着的糖块、装在小盒里的点心，还有新鲜而遥远的故事……从那时起，"石家庄"三个字，便时常萦绕在我的耳边和梦里。

我十四岁那年秋天，父亲因摔伤入院，母亲赶去陪护。一个周末，我不知哪来的胆量，突发奇想要去石家庄看父亲。我骑着自行车，沿着国道，一路向北。百余里路程，两个来小时，路上停了好几歇，那时我才体会到，父亲就是这样经年累月地完成着家与城的往返。

这也是我第一次真正认识这座城市。

"红楼"转盘入城，向北，我穿梭在时宽时窄的平安大街。环宇电视机厂、长途汽车站、洞天影院、市第一招待所……父亲口中常常提及的这些地方，成了我识途认路的标志。我感到新鲜而兴奋，对一切陌生又熟悉。彼时的石家庄，是个如我一样未脱乡村气的孩子，说是"市"，倒更像一个颇为繁华的大城镇。

多年后，我时常想起那次浮光掠影的经历，并感慨今昔的巨大对比。如今，当年的建筑很多已经不在了，取而代之的，是宽阔干净的马路、拔地而起的高楼、琳琅满目的商铺、树密花艳的绿化带。特别是交通的变化：公交延伸到城市周边，乡下老家也通了公交，再也不用像从前那样蹬自行车了。

时间的脚步迈进新世纪的大门。这一年，父亲退休，我加入"城里人"行列，我和父亲就这样完成了与这座城市的接力。

退休后的父亲，回到了乡下老家。开始几年，他几乎每个星期都要来一趟石家庄看我。我不想让他奔波，但父亲执拗得很。到我这儿后，父亲往往没坐一会儿就要走："我到厂里去一趟……"我明白，他的心里一直装着这个厂子和这座城。

时光荏苒。这些年，石家庄变化很大。我当年租住的城中村已化身高楼大厦，父亲所在的工厂等重工业企业已远离闹市。我目睹着这座城市的日新月异。

生活好了，日子富了，我们利用空闲的时间，行走在这座飞快"奔跑"的城市。

向北，驻足滹沱河畔，举目四野，清水碧，虫鸟鸣，花木绵延。河对岸，正定古城与石家庄隔河相望，河那边藏着历史，这边写着未来。

向西，行驶在绿意葱茏的山前大道，村落摇身变为美丽的使者，用迷人的青山绿水、朴实的民风民俗、醇香的乡野美食，喜迎八方宾朋。

向南，看赵州桥横跨洨水，千年依然。

向东，现代化产业新城翘首昂姿，令人叹为观止，心生自豪。

父亲的脚步没有停下。那天，他悄悄地体验了一次开通不久的地铁。回来后，他激动地说了一遍又一遍："这地铁，那叫一个快啊，现在的石家庄，那叫一个大啊……"

父亲老了，我也会渐渐老去。但我们的城市正青春，诚如作为市花的月季，年年月月，次第绽放，鲜艳娇翠，清香弥漫……

（原载 2020 年 07 月 13 日《人民日报》）

一位河北医生的援疆故事

前不久，应邀到新疆库尔勒市采风。

库尔勒，北靠天山，南倚沙漠，东临盆地，是古丝绸之路中道咽喉，南北疆重要交通枢纽和物资集散地。这里，盛产香梨，故又称"梨城"。

朋友告诉我，这里有很多你们河北的老乡。早就听说过，1997 年 11 月，中央决定河北省对口援助新疆巴音郭楞蒙古自治州，1998 年，首批援疆干部奔赴巴州，时至今日，已有数以千计的河北干部不远千里，背井离乡，轮换于此。

孤身千里边疆，"河北"二字噌地跳出来，顿感格外亲切和温暖。住所距离河北省援疆工作前方指挥部也就十几分钟脚程，我决定到那里转一转。

深春的梨城，乍暖还寒。但，寒难挡暖，春天终究还是悄无声息地来了。行走在宽亮的街道，草坪返了浅绿，花丛吐了新蕊，报春花挂了串串浅黄的花骨朵，到处呈现出勃勃生机。

巴州宾馆，河北省援疆工作前方指挥部所在地。建筑外表略显沧桑，飞檐拱斗的仿古建穹顶与现代化高楼对比鲜明，显得古朴典雅，别具一格。

说明来意，又听说是河北人，工作人员热情接待了我。由此，我也有缘邂逅了一位名叫樊晓妹的援疆医生。她长得小巧玲珑，见人就是满脸笑，走起路来风风火火，像一只快乐的小鸟，周身上下透着热情、阳光和干练。

有人悄悄告诉我，你们可以聊一聊，这个医生身上有故事……

◎ 一 ◎

单位的通知来得太过突然了。

2021 年 9 月中旬的一天，河北医科大学第四医院妇瘤科副主任樊晓妹突然接到单位通知，她被选定为援疆对象。

猛然而来的信息，令樊晓妹兴奋不已。在她心里，新疆这地方充满了神秘的吸引力，能够到祖国最辽阔的疆域开开视野、见见世面，是很多人的一个梦想。

然，生活的冷水很快压制了激动的情绪。

这么多年以来，樊晓妹独自把女儿拉扯大，这一年孩子刚刚升入高中。作为家长，樊晓妹深深懂得，高中是决定孩子未来的关键期，远赴新疆，也就意味着在孩子最需要关爱的重要人生节点，她将不能给予孩子最需要的母爱。

更重要的是，几年前，樊晓妹年过七旬的父亲患了膀胱癌，作为女儿，照顾好老人，守在老人身边尽孝，是多么重要的一件事啊！

太多事情，似一道道闪电击中樊晓妹的心门。

那一夜，樊晓妹彻夜未眠。不去，显然不是她的性格，看似柔慈而弱小的身子里，有着面对困难和生活坎坷的倔强，执着和执拗。她知道，能够被选为援疆干部，是组织的信任，作为一名国家干部，服从组织安排，怎么能讲条件呢？去吧，孩子怎么办，老人怎么办……

俗话说，家家有本难念的经。自家的情况千头万绪，谁家没有一些舍不得、放不下、离不开的事情啊，如果都把私心放在首位，都把自己的事情摆在前面，每个人在国家需要的时候选择退缩，该是一件多么可怕的事情！

眼前的樊晓妹，面带笑容，娓娓道来，话语轻松却充满了无限沉重。我猛然觉得，一个柔弱女子的胸怀，竟然有着这么大的格局！

◎　二　◎

"电解质正常，肾功能正常，尿量正常……"穆耶赛尔把手机摆到桌上，目光紧紧盯着樊晓妹，逐条逐项说明情况。

就在几个小时前，樊晓妹所在巴州人民医院收治了一名宫颈癌患者。穆耶赛尔让她看的内容，正是这名患者的检查数据。

樊晓妹边点头边叮嘱："片子要亲自看看，不要只盯着数据。作为一名优秀的医生，除了依靠专业技术，还要善于总结经验……"

向来爱笑的樊晓妹，谈起专业来显得格外严肃。穆耶赛尔用右手推了推架在鼻梁上的眼镜，不住地点着头，于她而言，樊晓妹的每句话都是经验之谈，她们之间的每次谈话都是实战的技术传授，她不想错过机会。

穆耶赛尔是樊晓妹的第二个学生。

2021年6月，巴州人民政府与河北省卫生健康委员会签订协议，开启了巴州探索医疗"组团式""托管式"援疆新模式。但，这种模式虽能在短时间内提升医疗诊治水平，但如何从根本上保障群众健康的长久，那就需要一支带不走的医疗人才队伍。

河北援疆医疗专家探索实施传、帮、带培养模式，援疆医疗专家与当地医院的年轻骨干共结"师徒"，帮带提升当地医疗人才……

樊晓妹与穆耶赛尔，便是这种背景下结成的一对"师徒"。

◦ 三 ◦

2021年深秋，樊晓妹与第九批中转干部远赴新疆。

对于樊晓妹而言，夜晚的时候最为难熬。

黑色的幕布从遥远的天山一层层铺展开来，行走在陌生的街道，看着忽明忽暗的霓虹灯，看着匆匆回家的人群，看着温馨和暖的万家灯火，看着川流不息的车流，樊晓妹的心不自主地飞到了她熟悉的城市。

孩子在学校适不适应，学习紧不紧张，吃得还习惯不习惯，天气越来越冷了，她穿得又是什么？还有，年迈患病的父亲，他的病情怎么样了，是不是定时做了检查，症状是减轻了还是加重了……

夜晚的时候，樊晓妹喜欢看天上的星星。

这些调皮可爱的小家伙们，高高地挂在天上，一闪一闪，蹦蹦跳跳，好像顽皮的孩子。这里的时间要比河北推迟三个小时，也就是说，边疆城市刚刚开启夜生活，燕赵大地上的人们早已进入甜美的梦想。孩子啊，爹娘啊，此刻，你们睡得好吗？

她也喜欢看圆圆扁扁，如玉盘，似小舟，像弯弓的月亮。

"今人不见古时月，今月曾经照古人。"是啊，此时的月亮，那么美，那么柔，那么亮，它照耀着异域他乡孤独的心，也照耀着千里之外牵念的人！

◦ 四 ◦

施源器，腔内放疗，同步放化疗，原始鳞状上皮，子宫颈上皮病变……

老师讲得深入浅出，学生听得聚精会神，术语太过专业，樊晓妹与穆耶赛尔的交谈令我这个"门外汉"只能在一旁默默地倾听。

趁着她们交流的空当，我有机会细细端详樊晓妹的第二个"徒弟"。她个头不高，不胖不瘦，一副近视眼镜后面藏着一双炯炯有神的眸子。皮肤不白也算不上黑，略显稚嫩的脸颊上深深浅浅镌刻着些许超乎年龄的沉着与成熟。

穆耶赛尔爱笑且健谈，1994 年出生的她是地地道道的新疆人，2019 年从浙江大学临床医学专业毕业后，她选择回到家乡，进入到巴州人民医院。

巴州地区是宫颈癌高发地区，许多妇女，尤其是晚期宫颈癌患者，常常因本地医院缺乏规范化、个体化的临床治疗经验，需要千里迢迢去上级医院就医。

为快速推动巴州人民医院肿瘤诊疗水平进步，樊晓妹积极发挥河北省肿瘤医院的力量，利用网络信息化平台，建立全方位肿瘤诊疗实时在线指导方案，保证患者可以得到高水平个体化治疗。与此同时，在巴州人民医院成立放疗科的计划也开始在她心里酝酿着。

2023 年，由樊晓妹组织牵头的放疗科正式成立。那段时间，从后装中心筹建到机房改造，再到新院区放疗中心建设图纸把关，樊晓妹对每一个环节都亲自过问。新成立的放疗科，不仅让这里的医疗诊治更为专业和系统，也成为她施展技术的更高更大的舞台。

组建专门科室，人员自然是第一位的。根据需要，医院下发通知，在全院公开招募放疗科室人员。

得知消息，穆耶赛尔第一时间报了名。

中午 12 时 15 分，樊晓妹心里，一个雷打不动的时间坐标。

自从远离故土来到新疆，樊晓妹的手机里，始终储存着这个闹钟，她每天最盼望的，也是这有限的十分钟。

这个时间，属于樊晓妹母女。

按照学校规定，女儿只有在这个时间才有暇与家长通话。为了珍惜这屈指可数的十分钟，樊晓妹每天都要提前安排好手头的工作，甚至于提前想好要给孩子交待些什么。

很多时候，费尽心思的准备并不一定能派上用场。电话接通的那一刻，她想说的话却又不知从何说起。从母爱的怀抱里猛然脱离，短时间内需要学会自理，对于现在的很多孩子来说，都是一场巨大的考验。

女儿是个懂事的孩子。她知道母亲的苦，也知道母亲的不易，更知道母亲所作的是值得自己骄傲的事情。这些，都是樊晓妹没有想到的。

克制，有时候真的很难。也不知从什么时候开始，樊晓妹学会了克制。每次与女儿通话，她的心里总是充满着说不出来的酸楚，甚至，眼眶都有些红润。她极力清着嗓子，极力控制情绪。

谈起女儿，樊晓妹总有说不完的话。交谈期间，她拿出手机，翻出女儿的照片让我看，一个高挑、白皙、可爱的女孩，青春阳光，满满的幸福感。

之于年迈患病的父亲，樊晓妹同样显现出作为女儿的缺位。不能守在老人身边，更多的照料的重任便压到了哥哥身上。哥哥照料尤佳，老人通情达理，女儿越来越懂事，家庭的安稳成为樊晓妹踏实工作的坚强后盾。

◦ 六 ◦

离开的日子近在眼前了。

今年五月，第九批中期轮换河北援疆干部们将完成使命，重归故土。

据河北省援疆工作前方指挥部工作人员给我提供的数据，河北医疗人才"组团式"援疆以来，首创增设援疆专家门诊，提供诊疗服务 5000 余人次，"师徒"结对 300 余对，帮带提升当地医疗人才 400 余名，首例完全腹腔镜下胰十二指肠切除术、首例超声引导下腹横筋膜阻滞和胸椎旁阻滞术、首例新生儿大面积肠管切除术、首例晚期宫颈癌个体化治疗……

一个个难题得到解决，58 项医疗技术填补当地空白，在巴州大地落地生根。

采访那天，我没有见到樊晓妹的第一个"徒弟"。

樊晓妹的第一个"徒弟"名叫范晓宇，这一天，范晓宇正在乌鲁木齐市参加大型设备上岗证的考试。现在的范晓宇已然从青葱稚嫩走向了成熟，已经能独当一面，成为放疗科的中坚力量。

归期有日，樊晓妹更加忙碌了。在剩下来的时间里，她希望把更多想法、思路、技术留在这里。看着一年多来他们的付出和收获，无愧这个词，让他们心里踏踏实实。

这是一个河北医生的援疆故事，简单、朴实，却又充满了动容与敬佩。

樊晓妹，只不过是众多援疆医生的缩影，在她身上，我看到了更多援疆医生的心路，看到了相隔千里结下的友谊常开之花。这盛开的鲜花呀，必将在一批又一批人的呵护下，开得更艳，开得更美，开得更加长久！

（原载 2023 年 7 月 7 日《燕赵都市报》）

三进崇礼

漫长的雪期把时间拉长。在崇礼这地方，只有慢下来，你才能咀嚼出雪的味道，才能读到隐匿在时间深处的秘密。一村一庄，一山一石，一沟一壑，像饱经沧桑的老者，又似活力满满的青年，它们与雪为伴、依雪而生，把一个又一个肥厚的过往藏在雪里，把一个又一个美妙的愿望写进雪里，向着美好的未来且歌且行……

◦ 一 ◦

山坡上，丛林间，沟壑里，雪迹斑驳，肥肥瘦瘦。暮春时节，花开了，山也绿了，但雪还在。它们像时间老人于冬日遗落的棉絮，大团小簇被风吹得东散西落。车在高速路上飞驰，峰回路转，或从深长的隧道里钻出，除了明媚阳光下的青山繁花，最惹眼的，只剩下雪了。

十年前的四五月间，我随省里的文物专家刘教授一行初到崇礼，考察位于崇礼境内的长城。

车下高速，左转右拐，颠颠簸簸，像坐轿子。绕过几个村庄，沿着山路盘旋而上，至山顶处，无山体遮挡，丛林置于脚下，视野瞬时宽阔。天挂在头顶，蓝得晃眼，云镶在天上，白得夺目。举目四野，群山远远近近，层层叠叠，起起伏伏，高大的风车矗立山巅，天地辽阔，山河秀丽，动静相宜。

远远地，蜿蜒如龙的长城被眼睛捕获。与承德的金山岭长城和北京的八达岭长城相比，崇礼的长城少了垒砌的青砖和整齐的建构，但人类的智慧恰是在这平淡无奇中创造奇迹。青色的，褐色的，土黄色的石块，或大或小，或圆或方，它们依形而置，就势而垒，严丝合缝，罗列出一道超人高的石墙，绵延在群山之间。

尽管阳光明媚，尽管时至暮春，站上长城的脊梁，依然能够看见斑驳的雪影。时隔多年之后，我总喜欢闭上眼睛回忆当时的景致：古老的石头被现实的积雪抚慰着，历史与当下，悄无声息地实现了一次又一次亲密接触。

雪与石涂抹的景色，给了我更多了解崇礼的时间。

崇礼这地方，地处燕山山脉边缘，华北平原与内蒙古高原交汇于此，历来为兵家必争之地，也是重要的边防要塞，修筑长城抵御外敌也就理所当然。据史料记载，崇礼境内分布着多代长城，燕、魏、赵、秦、唐、辽等时期均有修筑，尤以明长城最为壮观，达近百公里。石砌的城墙，底宽丈六，顶宽八尺，高过丈七，站台、瞭望台、烽火台一应俱全。刘教授告诉我，崇礼的长城资源非常丰富，东面为燕、北魏、明长城，西面接赵长城，南面为北魏、明长城，北面为秦汉长城，璀璨的长城文化在这里可见一斑。

时间的尘埃遮掩了历史，一块块石头是最真诚的诉说者，而雪，是最忠实的倾听者。在长达五个多月的时间里，石依偎着雪，雪拥抱着石，一个不紧不慢地讲，一个安安静静地听，多么温暖的画面啊！

是的，星月轮回，春秋更迭，经历过多少次风雨洗礼，又经历多少次冰雪消融，石头依旧坚硬如斯，雄伟的长城依旧巍然挺立。身在长城之上，我的身后是部族交错时的群雄争霸和金戈铁马，而我的前方就是锦绣山河，青山绿水。

◦ 二 ◦

其实，欣赏最有蕴意的雪景，还是要到山村去。

掩映在群山里的村庄，慷慨地迎接了雪的到来。白的宽宽窄窄的田，白的弯弯曲曲的路，白的高高矮矮的房，与白雪漫漫、青青黄黄的山林融为一体。尽管，少了些炊烟袅袅，依然不失素雅和明净，不失冰寒里流淌着的些许温暖。行走在披雪的村庄，少见人来人往，却闻得到空气里飘散的饭菜香，那是混合着莜麦、土豆和黄糕的味道。偶有几声犬吠和牛羊的哞叫，或者有风吹过，雪花漫舞，安静的山村瞬时多了几分灵动和生机。烟火人间，因雪而美。

我对这样的景象记忆尤深。那是五年前的冬天，当时，我受邀去采风当地的脱贫攻坚工作。因了这个缘故，我对崇礼有了更为清晰的认识。

在崇礼，除了以"营"入名的村庄之外，高居榜首的，大概就是"沟"了。青虎沟、瓦房沟、达连沟、大水沟、四台沟、二道沟、龙门沟、刷子沟、狮子沟、柳条沟、杨树沟、南泥沟、夹道沟、圪料沟、车牛沟、碌碡沟……这些村名，简单纯朴，却又形象生动，满满的画面感。

某种意义上讲，"沟"代表着什么？山区、闭塞、贫穷之类的词汇，或多或少总要与之产生某种联系。很长一段时间里，这里也确实如此。那时候，崇礼还是河北省垫底的国家级贫困县。曾经有一段顺口溜道出了其中的贫寒：一条马路尽是坑，十字路口一盏灯，十五瓦灯泡照全城……当地政府工作人员告诉我，党的十八大之前，世代生活于此的崇礼农民收入微薄，在黑黑白白的日子里过着清清贫贫的生活。

我去的时候，崇礼早已摘去贫困地区的帽子。时已入冬，雪落村野，在门二营村，人们告诉我，夏天来特别好看，千亩田地，蚕豆苗碧绿如海，若逢盛花期，蔚为壮观。那时候开始，门二营村与农业开发公司合作，通过土地流转的方式打造蚕豆种植、加工、旅游产业链，不仅让本村农民摆脱了贫困，还辐射到周边四个村。

在西狮子沟村，一条通往草原天路的必经之路将村庄一分为二。曾经老旧的房屋正在拆迁，扶贫搬迁及中心村改造而建的新楼房项目已见端倪，"楼上楼下，电灯电话"的梦想，变成了现实。说起生活上的变化，建档立卡户史大姐告诉我，以前靠打零工挣钱，一年下来，省吃俭用收入不足万元。这两年，她到滑雪场的餐饮部当了服务员，管吃管住，月入三千，收入稳定，很是满足……

白雪映着蓝天，透过车窗向外看，明媚阳光照射着的山林和土地，白得刺眼，白得迷人。俗话说，瑞雪兆丰年。国家惠及于民的好政策，又何尝不是一场"瑞雪"？这又使我想起史大姐话语中的"滑雪场"，崇礼这地方，因雪闻名，生活在这里的崇礼人，依雪而生、靠雪致富，陡然间，我竟然对这铺天盖地的雪肃然起敬起来！

◦ 三 ◦

宽宽窄窄的白色从山顶铺展下来，像一条条玉带，又如"飞流直下三千尺"的瀑布，阳光照射下，白色涌动，山体泛光。

2020年刚刚入冬，雪还没有来，我们却看到了雪。

这里是崇礼众多滑雪场中的一个。机器轰鸣，巨大的喷射力把雪花洒向山体，时间不长，便铺满厚厚一层。尽管少了天然雪花的花瓣和外形，但人工造雪不受天气影响，紧密、瓷实，随时可以满足人们对雪花的渴盼和向往。当地人告诉我，自从成为冬奥会分赛场举办地之后，崇礼的滑雪场每年有新建，上至耄耋老者，下到咿呀学童，冰雪运动已经受到越来越多人的喜爱。

人们对于雪的喜爱，又何尝不是对大自然的喜爱呢？

这是我第三次到崇礼。这一次，除了见到日渐蓬勃的冰雪产业之外，我还结识了一个小山村。太子城，一个注定被世界记住的中国小山村。这里是奥运村所在地，施工收尾如火如荼。明净宽敞的宿舍楼整齐林立，餐饮、商店、休闲等配套设施一应俱全。距离奥运村百余米便是新建的高铁站，出站即可进村，出村即可进站，如此便捷，实属罕见。

曾经名不见惊传的小山村，摇身一变，世人皆知了。

很多人并不知道，这个曾经破败的小山村里却藏着一段关于"太子"的传奇，太子城之名也由此而来。传说毕竟是传说，太子城真的存在吗？我在已经挖掘出来的遗址数据中找到了答案：太子城遗址为一座长方形城址，南北400米、东西350米，总面积14万平方米。现东西南三面城墙存有地下基址，北墙基址被河流破坏无存，残存三面墙体外均有壕沟……对于太子城的规模与壮观，元朝诗人郝经曾写下这样的诗句：参差雉堞云间横，鳌头岌嶪擎长鲸，壮哉三都与两京，殿阁楼观颂空明。丹腾峭丽欹且倾，烟气荏苒摇旆旌。

一个有着历史、藏着传奇故事的山村将要迎接来自五湖四海的宾朋，想一想都是一种欢喜和自豪。

华夏历史在冰雪运动中走向世界，世界宾朋在冰雪运动中感受华夏历史，这是中国向全世界张开怀抱的最好礼物，这也是命运与共、文化交融、文明共建的难得机缘。

◦ 四 ◦

"应是天仙狂醉，乱把白云揉碎。"

我想，引用诗仙李白的这句话形容崇礼的雪，恰如其分。雪花漫天，肆无忌惮，纷纷扬扬，似千军万马从天而降，如汹涌浪涛狂风卷起。冬奥会倒计时一百天纪念活动刚刚过去不久，这第一场雪就来了，而且来得豪放，来得猛烈，来得酣畅淋漓。

这是冬奥会来临前最澎湃的序曲！这是迎接四海宾朋最热烈的舞姿！

这次崇礼之行，我也认识了那么多默默付出的奉献者。比如太子城"冰雪五环"桥的建设者，比如献身公益的志愿者，比如坚守平凡岗位的环卫工人，比如热衷冬奥宣传的民间艺人。在他们不同的故事里，你会想到同一句话：国家的事就是自己的事。

无疑，各行各业为了冬奥会无私奉献的每个人，都是可爱可敬的人！

何止是他们。如今，生活在崇礼的每个人，都被冬奥会影响着，感染着。我在崇礼的街道上遇到过聊天的老人，他们闲谈的话题不是鸡毛蒜皮的家长里短，他们的话题是冬奥，是冰雪；我在饭店里和服务员交谈，言谈举止尽显文明，她们说，冬奥会来了，咱不能给崇礼人掉价；我在商店里和经营者聊天，他们的诚信让我倍感踏实……

三进崇礼，我在历史与现实中穿梭，在变与不变中品味，在冰与雪的世界里感触良多。横贯山林的雄伟长城巍然挺立，那是中华文明的象征，也是中国人民昂首挺立的英姿。一个又一个小山村改貌换颜，那些曾经贫寒的"沟沟"，正在富足安逸的现实中讲述新的故事。

踏着这场丰沛的雪，我不舍地离开崇礼。作为崇礼变迁的见证者，冬奥会之火点燃的那一刻，我骄傲地告诉朋友们，在崇礼这片洁白的雪地上，我曾经留下过深深浅浅的印痕……

（原载 2022 年 02 月 09 日《光明日报》）

电梯与人的距离

现代化都市快速发展，电梯成为人们生活不可或缺的"交通工具"。然而，一起起血淋淋的电梯"吃人"事件，让人们恐惧忧虑的同时，更将它视为随时危及生命安全的"不定时炸弹"。殊不知，每一起安全事故背后，都隐匿着鲜为人知的人为因素。电梯安全问题，值得我们深刻地反思。

——题记

一、电梯是人的另一种蜕变

最近的距离，有时却最远。

就电梯而言，2004年，中国电梯保有量突破50万台的时候，电梯给了人们了解的机会，人们不以为然；2014年，中国电梯保有量超越350万台、位居世界第一的时候，人们仍然熟视无睹；当如今全国每天有两亿人在与它亲密接触的时候，我们仍旧对它知之甚少。

熟悉中的陌生，把电梯，推向了"希特勒"式的风口浪尖，成为人心恐惧、忧虑，甚至"谈梯色变"的始作俑者。2015年7月底，我们的手机一次又一次被刷屏。嘀嘀嘀地声响，无数次将我们从酣梦中震醒：电梯，又是电梯。

7月26日，湖北荆州安良百货商场，六楼至七楼间的自动扶梯夺走了一名 31 岁女士的生命；

7 月 27 日，广西梧州太阳广场，一名 1 岁男童的左臂卷入自动扶梯致残；

7 月 30 日，杭州庆春路的新华坊，年仅 21 岁的女孩被电梯夹死。

…………

血淋淋的事件把人与电梯的距离越拉越远。在这里，电梯俨然变成一颗隐藏在我们每个人身边的"野兽"。它的冰冷无情，它的强大凶猛，把人们逼向生命的悬崖，并以胜利者的姿态，高高凌驾于每个遭遇不幸的家庭之上。质疑盘旋在脑海：一百六十多年前，美国人伊莱沙·格雷夫斯·奥的斯发明了电梯；一百六十多年后，电梯俨然成为人们不可或缺的生活工具。难道这个现代化生活中不可或缺的"交通工具"真的危险重重？

人们在非议，电梯却在暗自悲伤。

想起一年前，当我们第一次走进石家庄新华区质量技术监督局的大门时，被问到的那个简单而又复杂的问题：电梯，你知道吗？

如果倒退几十年，问及这个问题，答案未必全是肯定的。而如今，上至耄耋老者，下到咿呀学童，老弱妇幼，谁不知道电梯是什么！

当时，我们不置可否地笑了笑，笑容里有着赤裸裸的轻视和不以为然。

时间的推移改变着我们最初武断的定论。一年时间里，我们以一名外科医生的姿态，把电梯层层解剖，寻觅它无情背后的根源。然而，当它支离破碎地躺在我们面前的时候，我们越来越觉察出，电梯的生命原本像人一样脆弱。

人有五脏六腑，电梯同样如此。曳引系统如心脏，控制系统像大脑，导向系统若双足，轿厢系统似腹腔，门系统仿脸面……近千个零件合成一个健康完整的电梯，任何一处受损，对它而言都是一种痛苦。痛苦的发泄，要么罢工，要么危及人的生命。

人有七情六欲，电梯同样如此。人的喜怒哀乐因心情、天气、环境的好坏而变化，电梯亦不例外。七月和八月，天气最炎热的时节，电梯同样厌倦高温和潮湿。厌倦背后，是顺理成章地慵懒，是随心所欲的发飙，而所有的发泄对象，统统指向了人。

人有生老病衰，电梯同样如此。古语道，人三十而立，五十而知天命。对电梯而言，十五年已至耄耋。"花甲"的电梯，如一位病入膏肓的老人。人之为老，益寿延年，需勤查勤防，有病必医，无病常保。人既如此，电梯不二。

我们越来越觉察出那个问题的不简单。

何止不简单！

问题的前缀，远比问题本身繁复得多。所谓简单，电梯，就像我们日常生活中再熟悉不过的房子、桌、椅、板凳、电视机、手机，等等等等，它是我们现代人再常见不过的事物。所谓复杂，我们可以轻而易举地认出这两个汉字，不假思索地叫出它的名字。可在这两个汉字的背后，却对电梯所知甚少。

越是看似简单的问题，越不要轻率地给出答案！

电梯，是文化的延续和发扬。

辘轳，始为电梯的千年前世。

悠悠中华，文化深邃。追根溯源，电梯身上，秉承着3000多年前先人的智慧。公元前约1100年，周朝史官史佚发明了运用卷筒回转运动，并完成升降动作的辘轳，《物源》记载：史佚始作辘轳。到春秋时期，辘轳已十分盛行，战国到汉代，辘轳常被人用作入葬下棺的机械。三国时期，魏明帝建凌霄观，人们依辘轳做牵引，使人将字写到距地面 25 丈高的匾额之上。《唐韵》称辘轳为圆转木，《集韵》说辘轳是汲水木，南唐有首《应天长》词曰：柳堤芳草径，梦断辘轳金井。元代王桢《农书》及明代《天工开物》，均载有水井辘轳图。

地域有界，文化无疆。

公元前 236 年，希腊数学家阿基米德设计出一种人力驱动的卷筒式卷扬机，这也成为最早的电梯雏形。19 世纪初，欧美始用蒸汽机作为升降工具的动力。1852 年，美国机械工程师伊莱沙·格雷夫斯·奥的斯以蒸汽机为动力，再配以安全配置的升降机，发明了世界上第一台安全电梯。

1901 年，美国奥的斯公司在上海产出中国第一台真正意义上的电梯。

1998 年，我国第一部关于电梯安装规范标准出台，这个标准的参考对象，源自欧洲。

当然，我们真正意义上接触和认识电梯，也只不过是近十几年的事。在城市化进程日趋加剧的十几年里，平房逐渐退出了历史舞台，越来越高的楼房，如雨后春笋般，成为现代化都市的象征。现代化都市的发展，激活了房产业，活跃了服务业，直梯、扶梯和自动人行道等铺天盖地的电梯，成为助力人们乐享高品质生活不可或缺的"双腿"。

电梯，用不知疲倦地身躯，承载着都市人的幸福和快乐。同时，它也用愤怒和反抗，表达着心中的不满。不满来自于，人们并没有对昼夜不息的电梯给予关爱和呵护。在普通人看来，电梯只不过是一种冰冷、无知的机器，使用它时，人们可以随心所欲，为所欲为。

可是，对于从事了电梯维保工作十多年的刘平而言，他辖管的上百部电梯，就像自己亲生孩子一样。甚至，只要站到电梯的层门前听一听，就知道哪里出了问题，哪里需要保养。

电梯也是通人性的，你对它关爱有加，它回报给你的就是安全的保障。但是，它又是一头"倔毛驴"。按照国家规定，维保部门和使用单位对电梯的日常维护，每月两次，季度、半年、年终都要进行大检。当前，维保单位市场竞争激烈，恶意压价、维保工人超负荷运转、违法资质挂靠等现象普遍存在，一定程度上使维保工作流于形式。

人对电梯的关爱偷了懒，就像给骡马牲口少喂了几口料，电梯就没有理由不"发脾气"。归根结底，电梯，毕竟还是一种机器。

某种意义上讲，电梯更像是人的另一种蜕变。

随着电梯安全事故的频发和社会各界对电梯问题的热点关注，更多潮水一样的质疑统统涌向了监管部门、维保单位和电梯制造企业。质疑当然存在，但质疑背后却同时忽略了一个重要的问题，那就是人本身的素养。换个角度思考，当下电梯事故频发的镜像，是不是就像我们满大街看到的那些不文明、不道德的行为？

说到底，电梯的种种问题，是人们自身行为的一种折射。只不过，这个看似冰冷的机器，虽不能言语，却无奈地在特定的时间，把问题集中放大，用一次次血淋淋地事实告诫人们，以期唤醒人们昏昏沉睡的意识。

在任何一起事故中，电梯从未主动施暴，更不会无缘无故地肆虐性情。当人们用无情地举动伤害到它时，我们坚信它是含着泪水进行着最顽强的自我保护和不情愿的反抗。

我们痛心地意识到：人本身的观念没有改变，电梯的反抗

71

便不会休止，甚至会愈演愈烈。如果把这看成是一场战役的话，这恐怕将是一场持久战。

◦ 二、"吃人"的不是电梯，是人 ◦

2015 年 7 月 26 日，一个平常之极的周末。湖北省荆州市的张伟与妻子向柳娟，领着不满 3 岁的儿子，来到荆州市沙市区北京中路 189 号的安良百货商场。

商场的六楼有个儿童游乐园。张伟一家人在六楼逛了一会儿后，夫妻二人商量，妻子带儿子到七楼"转一圈"，张伟在六楼自动扶梯口附近的一家童装店前等候。

谁能想到，这竟是一对年轻夫妻的诀别，一个年轻家庭的破裂。

向柳娟带着儿子乘自动扶梯上楼，在最上端，向柳娟抱着孩子踏上了电梯与楼面之间的盖板。刹那间，中间的一块盖板忽然出现翻转。也就是眨眼的工夫，向柳娟的双腿被转动的电梯搅了进去。危急时刻，她奋力将儿子托举出，向柳娟却被卷入缝隙之中……丈夫眼睁睁地看着自己深爱着的妻子被电梯吞噬！

事件发生后，短短一天时间，向柳娟的名字就占据了国内各大网站头条。

同情，悲悯，谴责，愤怒……

在向柳娟的网站纪念馆里，无数网友用鲜花和蜡烛为她送上最诚挚地祈福！

生命的代价，唤醒了人们对电梯安全的关注。

网友"陆时磊"留言：太惨了！商场的管理疏忽，搞得别人家破人亡。

网友"海Y清"留言：安检！安检！天天使用的电梯必须要定期安检！

网友"丰丰的微幸福"留言：其实边上有个红色的紧急按钮的，可以急停！

…… ……

昼夜不息的快速发展，将中国推向了世界第一电梯大国的位置，每年全球新增电梯的一半在中国。当电梯成为我们生活必需的同时，事故的发生频率也在不断攀升。据国家质检总局的数据显示：2012年我国发生电梯事故36起，死亡28人；2013年发生严重电梯安全事故70起，致84人死亡，80人受伤；2014年发生电梯事故48起，死亡36人。2014年全年，以广州、南京、杭州为例，电梯应急处置平台分别解救困梯人员14606人、10180人、6816人，平均每天分别解救40人、28人、19人……

这不禁让我们心里生了疑问——我们的电梯安全吗？

其实，电梯安全与否的答案并不重要。电梯并非什么高科技产品，放眼全球，各国制造技术相差无几，国产电梯的安全性同样如此。据国家市场监督管理总局统计的数据显示，至2009年，我国电梯万台设备事故发生率仅为0.33。作为一种特殊的交通工具，电梯的安全系数最高。

安全系数最高，并不代表着绝对。

这就像一个人，也许他一直都不遵守交通规则，可能一辈子都安然无恙；而具体到另一个人，也许他一辈子循规蹈矩，可能第一次闯红灯就终结了自己的生命。

偶然与必然，成为反思电梯安全问题的关键。

人与电梯的命运如此类似。人之一生的诸多幸与不幸，有偶然也有必然。偶然里隐藏着飞来横祸和出乎意料，必然中存在着潜在预兆和麻痹大意。电梯也不例外，如果把它的偶然归结于外部环境，它的必然绝对绕不开的一个因素就是人。

电梯与人相似，却不是一个有血有肉的生命。安全事故背后的真正制造者，离不开人。在这起事故里，商场做电梯检修时，检修人员只铺了踏板，并没进行深度检查，这是一种人为的必然。更让人诟病的细节是，事发之时，商场工作人员竟未及时按下触手可及的急停按钮，从而使事态变得不可收拾。这又是人为的必然。如此疏忽大意，制造再精良的电梯，亦难逃事故发生。

一个血淋淋的事件，唤醒了人们对电梯安全问题的觉醒。

事件发生后的很长一段时间，各级媒体纷纷辟版提醒市民该怎样安全乘坐电梯。这当然是一种必要的手段，但关于电梯的安全性能分析与掌控，还得依赖专业维修人士，仅凭常人的感官判断来排除风险的可能性微乎其微。关键是，在泱泱十四亿人口的大国里，凭什么要求一个平头百姓逛个商场，还得像林妹妹初进贾府样，步步小心、时时留意？

人是会反思的动物，每有重大安全事故发生，都要警钟长鸣一番，并总结出一些看似寻常却日常少知的经验，以示后人。人又是健忘的动物，几乎所有安全事故背后，矿难也好，食品安全也好，电梯"吃人"也好，都能捋出和已经发生过的事故的相似之处，终归是人心的缺失。

人对自身责任的刚性强化，始终赶不上科技的进步。所有爬在纸面上的制度永远抵挡不了自身易健忘、常麻痹大意等"劣根性"。电梯安全防护，要求每半月进行一次维修保养，相关监管部门还要定期检查，但这些制度本身不能解决全部问题，制度的执行还得靠人。

责任问题，最终还要靠责任追究来解决。荆州的电梯惨剧会再度警醒全社会关注电梯安全，但过不了多久一切将复归平静，等下次再发生类似事故，这件事又会被拿出来举证，证明人类是多么健忘。

后人哀之而不鉴，亦使后人复哀后人也。

细数电梯可能发生的事故，大致包括困人、坠梯、剪切或挤压伤人、冲顶或蹲底、触电、火灾，等等，追根溯源，每一起事故的背后都与人紧密相联。甚至，有些事故的发生，让我们不可思议。

刘伟在石家庄的一家电梯维保单位工作，二十多年的工作积累，让他从一个普通工人成长为小组长。2012 年春，刘伟和两个同事对某小区的电梯例行检查。对电梯的常规检查，离不开轿厢的顶部。在轿厢顶部设有升降控制系统，检查时，维保人员可以在轿厢顶部自主操作升降。需要说明的是，通常情况下，轿厢顶部的升降按钮有三个，一个升，一个降，外有一个公共按钮。为了防止意外，操作人员必须同时按动升或降按钮和公共按钮，电梯才能运行。刘伟经验丰富，当然知道这些。意想不到的是，为了操作方便，他竟然将升或降按钮与公共按钮进行了短路链接，这样一来，操作人员只需按动升或降按钮即可，公共按钮也就失去了它应有的作用。

检查从一楼开始，电梯层层上升。十六楼是最后一层，刘伟站在轿厢顶部，检查完这一层就可以收工。决定让电梯上升的同时，他按下了上升按钮。

事故，就在这一刻发生了。电梯升至十六楼，他松开按钮，电梯却并没有停下。刘伟顿时预感到事情的不妙，他一边大喊，一边奋力按动按钮。按钮早已经完全失去了作用，也就几秒钟的时间，这个有着二十多年维保经验的人，活生生地被电梯和楼顶夹死……

事后检查发现，上升按钮的缝隙里阴差阳错掉入了小沙粒，使得按钮无法弹回，而始终处于按下状态。如果公共按钮不被短接，即便出现同样的问题，事故也不会发生。为了图一时的便利，他亲手切断了生命的最后一道防护网。

如果说是经验害了刘伟，倒不如说是"自作聪明"害了他。这使我们想起几年前的一件事：一个糖尿病人，明知不能饮酒。可是，在人的劝阻下，侥幸心理占据了主导，偶尔一次成了祸根。最终，这个人因为饮酒而丧命。电梯也是这样，它的所有程序都牢固地镌刻在电脑板上，没有跳跃的步骤，没有讨巧的余地。可是，一旦人为强行更改了它的固有模式，安全风险也就随之而来。

这起事故归根结底的原因，还是人。生活中，人们总喜欢在某些事情上"走捷径"。

生活没有捷径，得一天天过，安全更没有捷径。想要蒙混过关走捷径的人，是在自燃危及生命的火种，安全走了捷径，危及的是自己，抑或身边的亲人和朋友……

◎ 三、"亡羊补牢"式的预防和积累 ◎

湖北荆州电梯"吃人"事故发生不久，也就是 8 月 3 日，我们随同维保人员去大型商场做电梯检修。

登上扶梯前，我们悄声议论着扶梯上的红色按钮；下扶梯时，我们又心有余悸地尽量绕过第二块儿踏板。

我们愚蠢而滑稽的动作，完完全全暴露在旁边几个服务员面前。目光对视的一刹那，我们看到了她们意味深长的笑容。猛然间，我们清晰地意识到：7 月 26 日的电梯事件之后，关于紧急停梯的按钮以及第二块踏板下面是空的这些信息，已经成为大家避险常识库里最基础的内容。

因为一起血淋淋的事件，我们看到了国人在安全意识上的觉醒。

或许是国人真的觉醒了，事后一个星期的时间里，我们"深入基层"所在的石家庄市新华区质监局，几乎每天都能接到十几个关于电梯的举报电话。

"我们小区里的电梯的警示标志没有了……"

"我们小区里的电梯的长明灯坏了。"

"电梯里报警按钮破了一点。"

……　……

尽管大多数属于因人的恐惧而引发的"忧虑性举报"，但同时也看出，人们对电梯安全问题的愈发重视，乃至对生命的珍视。

事件发生后，作为电梯监管部门之一的质量技术监督部门，迅疾开展了全方位的电梯安全大检查行动。我们无可否认，这些年来，"头疼医头，脚疼医脚"的事情屡见不鲜，我们也时常会在事故中进行深度地总结和反思。但，我们在针对性地开展整治的同时，却往往忽视了对事故前期征兆和苗头的重视，而那些未被发现的征兆和苗头，很可能成为下一次隐患的导火索。

《战国策·楚策》载："见兔而顾犬，未为晚也；亡羊而补牢，未为迟也。"

"亡羊补牢"的故事告诉我们，出了问题再想办法补救，犹未晚矣。目前，我们的事故预防大多是"亡羊补牢"式回顾性事故预防，安全标准每一个条款的修正和补充，其背后无不是多少次血淋淋的教训换来的；人们避险常识的积累，也大多是"亡羊补牢"式回顾性的积累。

河北省特种设备检验检测研究院的李强告诉我们："电梯数量增长迅猛，随着使用年限的增长，如果不加强防范，各种故障将会越来越多。"

"亡羊补牢"式的预防和积累，放到整个社会，确实犹未晚矣，可对于逝者而言，终究为时已晚。

在这里，我们觉得有必要进行个"小插曲"，小插曲的目的，无非证明，亡羊补牢，当下还不晚。

在质监局的职能里，特种设备安全监察工作包涵了锅炉、起重机械、游乐设施、压力容器、厂内机动车、压力管道和我们在本文中关注的电梯。应该说，任何一类特种设备安全隐患的存在，都是人命关天的大事。

2014年，"五一"假期的第一天，石家庄新华区植物园游乐园里人头攒动，热闹非凡，各种大型游乐设施异常活跃，仿佛节日里的人。一拨游客从过山车上下来，又一拨上去。过山车载着新一拨游客开始缓缓上爬。随着速度的越来越快，过山车已如腾空的巨龙，身影飘忽，上下反转。过山车在游客的尖叫声中飞驰，突然，过山车车头与车身发生断裂，围观的游客惊呆了，乘坐的游客顿时蒙了……

庆幸的是，一系列应急措施之后，有惊无险的游客从过山车上平稳着陆，无人受伤。

这起事故的发生，虽然没有造成人员伤亡，但迅疾见诸媒体，曾一度引发人们对游乐设施的安全质疑。

事后，石家庄市质监部门迅疾在全市范围内开展了游乐设施大检查。

事实证明，"亡羊补牢"式的安全应对，没有错，也不可缺。但我们更希望看到这种阶段性、应急性的"亡羊补牢"式的安全防范常态化。想来，如果"养羊人"能够早些感知到事情的危害性，能够早些听取邻居的建议，他的羊就不会一次又一次成为狼的"盘中餐"。

德国飞机涡轮机的发明者帕布斯·海恩，提出一个在航空界关于飞行安全的法则，又称"海恩法则"。核心要义提醒人们：事故背后有征兆，征兆背后有苗头。每一起严重事故的背后，必然有29次轻微事故和300起未遂先兆以及1000起事故隐患。

事故发生，是量的积累。再好的技术，再完美的规章，在实际操作层面，也无法取代人自身的素质和责任心。

一系列电梯事件引发了大范围的安全大检查，无疑是好事。可对事故征兆和苗头的排查，依然被忽略。电梯的日常维护受到空前关注，可电梯从招标、采购、安装、运行到监督管理、日常维护，任何一个链条的疏漏，都可能埋下事故隐患。

那些未被发现的征兆与苗头，不应该等待下一次的"亡羊补牢"。

电梯之殇，在人心。

其实，人对某些危险的判断，总能在潜意识里先知先觉。痛心的是，先知先觉之后的不以为然。电梯虽然不是人，但它亦有着自身特有的预感和危险征兆。现在，缺少的不是对电梯越来越多的非议和排斥，我们更需要与电梯"心灵"内在的碰撞。

提前预防也好，亡羊补牢也罢，当我们真正用心来关注电梯的话，作为机器的电梯的生命感恩，将换来我们安全的保障。

◦ 四、你不爱它，电梯也不会爱你 ◦

我们不可否认，当下社会，爱的正能量磅礴地涌动着。"人之初，性本善"的文化基因依然占据着人心内部的主导地位。

所以，电梯对人的态度，与人们对它的态度息息相关。

你不爱它，电梯也不会爱你。

2013年秋，石家庄市区的华南小区即将竣工交付，紧要环节就剩下安装电梯了。三十多栋高层，几百部电梯，开发商对安装单位的要求是，两个月必须完工。通过招投标，石家庄市鼎盛电梯安装及维保公司获得了这个项目。石家庄市鼎盛电梯安装及维保公司，在全市二百多家同行业单位里，属于小型公司，人数不过二十几人。面对如此大的工程和时间紧迫的工期，鼎盛公司在人手不足的情况下，违背电梯安装人员必须经过专业培训和持证上岗的法律法规，私下从劳动力市场找来了一批人。

这批人的加入，成为电梯安全隐患最大的祸根。电梯安装是一项要求严密、谨慎的技术活。电梯如同直立的火车，电梯导轨如同竖起的火车轨，导轨装不直，轨距宽窄不一，轻则会造成轿厢的晃动，重则会严重损害导轨，埋下严重的安全隐患；线路接不好，电梯可能随时骤停。甚至，任何一个细微环节的不到位，都将成为电梯将来发生事故的隐患。

事实证明了这一点。电梯安装到一半的时候，一名"临时"安装工爬在轿厢顶部接线。因为当时电梯地基上的防护基还没有做好，且反重设备已经装好。孰料，就在他刚刚接好一根线的时候，负责反重设备的人员以为他已经接好线，开启了上升按钮。遗憾的是，那名接线的临时工，还没有明白怎么回事，就已经身首异处。因为这起事件，鼎盛公司和开发商都付出了沉重的代价。

我们在为这名临时工惋惜的同时，也感到一丝庆幸。我们庆幸的是，相关部门要求对华南小区所有安装的电梯进行全面排查，对安装不符合要求的，拆除重装。我们更庆幸的是，因为鼎盛公司的"明知故犯",无形之中避免了电梯投入使用之后的无数次安全事故的发生。

可我们能一直庆幸多久?

2015年3月10日,春寒料峭,年味未消。上午十点多,石家庄市新华区质监局办公室接到群众举报:佰林嘉园二十号楼二单元的电梯出现故障,在十五楼久停不下。

佰林嘉园是城中村改造后建成的一个新小区,有十六层高楼二十三栋。小区分为两部分,前半部分有高楼九栋,属于商品房;后半部分的十四座,是城中村居民的回迁楼。

举报人刘永福,76岁,家住佰林嘉园二十号楼二单元六层。执法人员到达现场,老人见到他们的第一句话就是:已经一个多小时了,电梯停在十五楼就是下不来。我上午出去遛弯,回来连家门也进不去了!幸好现在大部分人都不在家,要不然……

刘永福老人正介绍情况,提前接到通知的维保单位技术人员和物业管理人员相继赶来。"电梯在检验有效期内吗?"特种设备科科长张庆福问道。维保单位拿出了检验报告、维保记录等相关材料。电梯在有效期内,所有的维修和日常巡检记录都没有问题。

"奇怪,以前出现过这种情况吗?"张庆福问技术人员。

"没有,小区新入住时间不到一年,电梯都是新的。加上维护保养都很到位,这样的情况我们还是第一次遇见。"技术人员说。

疑惑在每个人的心里盘旋。

"到十五楼看看!"张庆福说。

执法人员气喘吁吁地爬到十五楼,未见电梯,先闻其声。还没有推开十五楼的楼道门,他们就听见一声接一声咣当咣当

电梯与人的距离

的声响。声响让每个人心里的疑惑更加扑朔迷离。推开门的一瞬间，眼前的情景让人哭笑不得：一个马扎躺在两扇电梯门中间，电梯门时合时张，响声在一合一张间频频发出。

一个小小的马扎，让电梯在十五楼停了一个多小时。

为什么要用马扎阻碍电梯的正常运行？

执法人员在这个楼层的住户那里找到了答案。原来，这户人家为了自己上下楼方便，故意把马扎放到了电梯门口……

关于电梯，人是最大的受益者。然而，人们作为电梯的使用者，却很少将"爱"给了电梯。

人对于电梯的不爱护、不"尊重"，远远超乎我们的想象。

新建小区，装修房子是个避不开的话题。但在装修过程中，客梯无形之中扮演起了货梯的角色。这样一来，短短几个月的装修时间，因为客梯承担了不该承担的责任，对使用寿命和损坏程度都非常严重。

新小区里安装的是新电梯，谁知到住户入住的时候，已经不再是好电梯。

很多时候的很多事，总让人琢磨不透。比如那些随手破坏电梯标识、设备部件的人，他们其实并没有意识到，或许因为一个不起眼的破坏，就已经为电梯埋下了安全隐患的祸根，到最后触碰危险"高压线"的，不是自己，就是身边的人。

痛则晚矣。

2015 年 5 月 21 日，夜 11 时许，石家庄市桥东区乐家园小区一片沉寂，人们都已进入梦乡。这时，王某和李某喝酒回来，准备乘电梯回家。乐家园小区的电梯为并联控制系统。也就是说，在同一单元里的两部电梯，使用者只要按下其中一部电梯的按钮，哪部电梯距离使用者近，哪部就会先到。乐家园小区单元楼里的电梯安装是面对面的。所以，当王某按下正面电梯按钮时，背面的电梯同时接到指令，因为距离一层最近，所以王某背面的电梯就提前赶到一层。但是，晕天雾罩的二人，只顾着看正面的电梯，并不知道背面的电梯已经开了厅门。

等了大约十几分钟的时间，二人见正面的电梯始终下不来，就火冒三丈起来。起先是拍打电梯门，紧接着，王某飞起一脚踹了上去。电梯受到外界"攻击"，马上启动自我保护系统。但为时已晚，这一脚，硬生生将电梯控制系统的线路板烧毁。

…… ……

人心无"爱"，电梯亦无奈。而电梯无奈地反抗，就是"自残"式罢工。

人心无"爱"，电梯亦无情。而电梯无情反抗的结果，是我们不愿意看到的。

2015年7月28日夜，河南信阳潢川县光州国际酒店1名16岁男孩从电梯井道坠落死亡。事发当天晚上9点多，死者在光州国际酒店KTV饮酒后与他人打斗，一直打斗至酒店三楼电梯处，在打斗中，死者被他人反复推撞到三楼电梯门上，将正运行在三楼以上的电梯门撞开后，死者从电梯井坠下，不幸身亡。

每一起电梯事故的发生，实际上并非单纯的安全问题。影响电梯安全的因素，往往不是电梯本身，而是人的无知。诸多电梯安全监管的方法是工具、是途径、是机制，但电梯安全的保障前提，应该是良好的人格素养和细腻的人为关怀。

电梯不能承受之伤，远比我们想象的脆弱。

电梯，随着时代的发展而一次次更新换代，这就像人的衣食住行，总是紧跟时尚的脚步。但是，电梯越是更新换代得快，融入其中的科技含量就越高、技术装备就愈发地精密。精密背后，是脆弱的身躯。所以，"乘梯安全须知"无数次告诫我们，要文明乘梯。文明，是历史沉淀下来的，有益增强人类对客观世界的适应和认知、符合人类精神追求、能被绝大多数人认可和接受的精神财富、发明创造。千百年来，国人用言行很好地诠释着文明的真正内涵和意义。我们决然不能，因为电梯，而让文明的光辉毁在这个富强、和美的时代。

◦ 五、电梯"发怒"，人何以堪 ◦

尽管电梯和人类有着诸多相似，但我们还必须把它看作没有情感的机器。因为，电梯和人相比起来，人有着坚强的自我抑制力，有着控制情欲肆虐的忍耐力。电梯断然不会有。

河北省特检院的李强告诉我们，管电梯的时间越长，我的胆子就越小。不是因为自身对电梯事故发生的不确定性，我们不破坏电梯，但也不能轻率地过于相信某种意义上安全的电梯。

对于安全问题，永远没有绝对。

正因为它的冷血，我们对电梯，除了爱护、敬畏之外，更应该多一份防范。

这使我们又想起电梯与人的共同点。人会因为环境、天气等外界因素，产生不同的情绪变化，或喜，或怒，或悲，或躁。电梯同样能够因为温度、湿度以及外界作用力的变化而变得喜怒无常。

就拿七月和八月，天气最炎热的时候而言，这段时期就是电梯的"暴躁期"。

按照相关规定，电梯在5℃到40℃左右的环境里，才能正常运行。夏季高温，加之电梯本身的相对封闭、核心装置大都在楼层顶端和不能及时通风，电梯机房内的温度比室外起码高出7℃到10℃。功能模块过热，势必导致电梯死机；系统给出的指令接受不了，通信中断，从而造成电梯出现故障。

夏季，电梯发生事故的概率要比其他季节高出百分之十五左右。这就像人，夏季的很多人肝火旺盛，发脾气、郁闷等情况明显多于平日。面对无法躲避和更改的炎炎夏日，人可以通过食疗等手段有效规避，而电梯，除却维保部门的勤查勤检，更多的还需要使用者的关爱、呵护，乃至关注与预防。

警惕与预防，犹如长年累月养成的生活习性，这种保护自我生命安全的意识和观念，非一朝一夕可以改变和生成。但必要的知识需要了解，更需铭记于心。

2014年9月28日，陕西省横山县某百货商场发生一起小女孩逛商场不慎被电梯夹掉手臂的事件，事发时，和小女孩一起乘电梯的大人则正在一旁忙着玩手机。事发后，消防人员在电梯里找到了孩子那只已经面目全非的小手。小女孩的手虽然接上了，但这起事件给孩子造成的痛苦与阴影，可能这辈子都挥之不去！

放松警惕与防范的代价是惨重的，触及内心深处的伤疤，孩子无法抚平，大人悔恨终生。

对于电梯，我们更愿意把它看作一个不谙世事的孩童。生产企业是父母，维保单位是保姆，监管部门是老师。父母的不负责任，必然导致孩子降生时的不健康、不健全，保姆素质的高低，决定着孩子成长性格的养成，老师有做好家长工作必要，有劝解保姆的义务，更有引导孩子走向"正途"的责任。

在这里，我们陡然又想起发生在荆州安良百货商场的电梯"吞人"事件。7月29日，中央电视台《焦点访谈》栏目披露了这起事故的真相，通报了国家相关部门对事件责任进行了认定。认定结果为，申龙电梯公司生产的该类扶梯的盖板结构设计不合理，容易导致松动和翘起，安全防护措施考虑不足。

同时，申龙电梯股份有限公司涉及事故的三块盖板尺寸与图纸不符……

就一个家庭而言，添人增口，何尝不是一件喜事。然，如果一个家庭平添了一个不健全的孩子，内心的愧疚、忧虑、负担、压抑、痛苦的"雾霾"，将附着于这个家庭的几代人身上。生产企业作为电梯的"父母"，自然没有像人一样有那么多的情感纠结，而不负责任的背后，必然导致更多家庭的不幸。这样的悲剧，更让人痛心。

维保单位是保障电梯日常安全最直接的管理者。作为电梯的"保姆"，如果不能按照规定真正履职，同样贻害无穷。

2015年7月30日，上午10点15分左右，杭州市下城区新华坊小区十八幢发生电梯事故，回家过暑假的女大学生小王被卡在电梯井十六至十七楼之间，消防解救后已无生命迹象，送医后宣告不治。

单元楼下，居民们讨论不迭："太可惜了，小姑娘还很年轻！"

当时，小王从十六楼的家中走出，准备乘电梯，但当电梯门打开时，电梯轿厢却没停止继续上行，轿厢地板将想要进入电梯的小王带离地面，最终卡在了两楼之间。

经过一个多小时抢救，小王最终还是没有恢复呼吸、心跳。

…… ……

这起事故的责任认定结果为：维保单位对电梯维保不到位是事故发生的主要原因。据广东省特种设备行业协会的一项调查统计显示，在众多导致电梯安全隐患的因素中，因日常维护保养和使用不当引发的隐患和事故高达60%。电梯维保市场的恶性竞争、维保企业运作和管理不规范为电梯安全埋下一大隐患。在2010年广东省特种设备行业协会的一份报告中指出：

该省近三年共发生重伤以上电梯事故 17 起，死亡 17 人，重伤 3 人。其中，由电梯维保企业违章、违规造成的事故达 16 起。

现实社会中，独生子女家庭占据了相当大的比例。快速而紧张的现代化生活，让很多家庭无暇照顾孩子。与此同时，催生了火爆的保姆行业。想一想，这又与城市发展中致使电梯增多的原因如出一辙。每个行业管理不到位、不完善，必然隐藏着意想不到的风险。这使我们不免想起存在于保姆行业的"狼保姆"现象。就于人，"狼保姆"的存在，势必给孩子幼小的心灵造成一辈子无法磨灭的伤痛；就于电梯维保单位，如果同样是个"狼保姆"，造成更多痛心事件发生的辐射力，超乎我们的想象。

所谓师者，无疑于传道授业解惑。质量技术监督部门是电梯安全监管的部门之一。他们监管的对象涉及生产企业、维保单位。在电梯安全问题上，质监局质量把关和对维保单位的严格管理密不可分。这样的职能，对生产企业也好，对维保单位也罢，仅仅局限于制度、措施、人员等方面。更多的安全隐患的规避，却是需要更多电梯的直接使用或管理者。

2015 年 7 月 28 日，石家庄市新华区质监局接到群众举报。电话那头，一个女子骂骂咧咧："你们是吃干饭的吗？电梯坠梯了，马上要出人命了，你们也不管！"

电话来自新华区的南郡小区。

南郡小区分为 A、B、C 三区，A 区和 C 区 2013 年底交工入住，B 区 2014 年底开始入住。三个区域，四十座高楼，将近一半属于当地居民的回迁楼。

举报内容大致是：这名女子乘电梯回家，她家住南郡小区 B 区六号楼三单元十二楼。可是，电梯刚刚上升到六楼时，突然停电，停电不到两分钟，就恢复了正常。电梯毕竟是机器，它有着固定的程序。停在六楼的电梯因为突然来电，只有降到最低点后才能按照新指令运行。女子不知道这些，误把电梯的"低点复原"当成了坠梯。

电梯恢复最低点，女子从里面出来，就对乘坐电梯有了恐惧。

为了消除顾虑，女子找到物业公司。没想到，物业公司竟然给出了"这事不归我们管"的说法。女子怒火中烧，一气之下，才举报到质监局。

物业不管，自有他的道理。

尽管南郡小区三个区现在都已有业主入住，但使用的却是临时用电。电量供应严重短缺，物业公司没办法，只得对几十栋楼实行间隔式停电——每天，每座楼轮换停电半小时。

"临电"，是建筑施工过程中的工业用电，电压高于居民用电，是短期使用。按国家电力法规定，业主入住后，开发商应立即向电力部门报装，将临时施工用电更改为永久性照明用电。由于"临电"的不稳定性，很容易造成电梯停运、电器损毁等意外。

物业公司无权要求供电部门，更左右不了开发商。更何况，业主入住一年内的电梯的管理权，并没在物业公司。然而，现实情况下，这一年电梯的日常管理，开发商以交房入住为由推脱，维保公司以管理权在开发商为由推脱，无形之中形成一个监管上的"盲区"。一旦出现故障，很难及时处理。

入住"临电"小区，只能起诉开发商来维权。

临电使用有期限一般为六个月。然而，由于购房者在购时房并未建好，只有到真正交房入住后，才能完全确定房屋的水电配备是否合乎标准。而且，许多购房者此前没有仔细查看合同和了解相关法律法规，导致入住之后，才发现与预期不同，只好自认"倒霉"。

对于已入住"临电"小区的业主来说，目前并没有行之有效的方法，唯一的方法，可能只有起诉开发商了。作为老百姓，"打官司"这个词宁躲不沾。作为弱势群体，和开发商打官司，不仅劳民伤财，最终结果也未必如愿。这样的情况，能解决的部门只有一个，那就是政府。

在电梯安全监管的问题上，制度再完善，亦有着不可避免的漏洞。更何况，附着于纸面之上的制度，得不到有效落实，那就是"纸老虎"。

从"临电"的事件，我们想到了新小区的装修问题，想到了破坏性使用电梯的诸多痛心行为。

在这起事件中，我们不排除业主破坏性使用电梯行为的存在。我们跟随质监部门将近一年多的时间里，从各方面获得的信息知道：新小区的新业主入住第一年的时间，是电梯遭受百般痛苦的最难熬时期。

客梯当货梯使用的负重不说，沙子、水泥等原材料以电梯运送，粉尘成了电梯的"化妆品"，沉重的货物堆放在电梯一角，致使电梯轿厢偏沉，整袋的水泥扔进对电梯产生着巨大的外力冲击……殊不知，短短一年的装修期，业主真正在这里开始新生活的时候，新小区已不是新电梯，新电梯已不是好电梯。

在人的视角里，电梯从来就是一件公共设施。认定为公共设施的结果是，坏了公家修，你不这么用，别人也会这么用。习惯于随波逐流是人普遍存在的一种诟病。在电梯安全问题上，随波逐流带来的，是对电梯本身的"群起而攻之"。面对人的无情和粗暴，电梯在哭泣。哭泣之后的无奈，就是愤怒，愤怒之极的代价，我们不言而喻。

除了政府和行业应负起责任外，我们乘梯人也应该自觉学习电梯安全常识。大量的电梯安全事故，无不与使用者未遵循安全原则有关。比如在电梯门将要关闭时强行冲入，或伸出手脚试图阻止电梯关门；比如在电梯遇故障高层停机时，强行扒开电梯门结果造成坠落事故，这些都是血的教训。过分纠结于人为或者外部环境造成电梯安全事故的结果，是无奈而痛心的。但是，作为一种生活必需"交通工具"，我们无法摒弃电梯，唯一能做的，就是献出我们每个人的爱心，一旦遭遇紧急事故，我们应该沉着冷静地应对，而不是破坏。

爱人者，人恒爱之。对待电梯，同样如此。

◦ 六、电梯的"养老"问题 ◦

与人相比，电梯的"寿命"远远不及。人之寿命，七十古稀；电梯之寿，十五年已近花甲。至于其中缘由，人有动息之分，电梯却进行着每日二十四时的劳作。按照工作量来看待电梯，它用十五年的时间，近乎完成了人之一生的工作量。

与人相比起来，十五年之上的电梯，无可避免地面对着病死。人之古稀，享受着颐享天年的乐趣。十五年以上的电梯，不再是一个充满朝气的生命体，或者，它的生命，如果它曾经有过的话，也已经到了老年，正在逐渐失去生命力与活力。现实情况下，老龄化电梯"退役"者甚少，它们用不堪重负的躯体，"带病"劳作，成为安全隐患的重中之重。

据不完全统计，目前，我国使用年限超 15 年的老旧电梯数量约为 8.2 万台。

电梯使用年限与故障率呈现正比关系，使用年限在 15 年以上的电梯故障率比 5 年内的高 6 倍。

2014 年，国家市场监督管理总局对部分省市的 2523 台使用十五年以上老旧电梯进行了抽查，其中有 7% 的电梯存在严重安全隐患。

据了解，河北省在用电梯中使用年限 15 年以上的达到 1083 台；广东东莞 6 万多台运行电梯中，服役 15 年以上的电梯达 1745 台，而申请报废电梯仅 60 台；福州市使用年限达 15 年以上的老旧电梯共 857 台，其中带"病"作业需维修的 414 台，需直接报废的 7 台。

……

然而，关于电梯使用年限问题，相关法律法规并无明确规定。2014 年 1 月 1 日实施的新的《中华人民共和国特种设备安全法》中，只是提出，特种设备存在严重事故隐患，无改造、修理价值，或达到安全技术规范规定的其他报废条件的，特种设备使用单位应当依法履行报废义务，采取措施消除该特种设备的使用功能。

我们生活的小区在变老，随之而来的，将是越来越多电梯的"老龄化"。

随着大批电梯不断投入使用，老旧电梯的数量也持续增长……

"老龄化"电梯故障频发，随时成为威胁人身安全的"炸弹"。

2012 年 9 月 25 日，武汉市的熊女士就经历了一起惊心动魄的"老龄化"电梯事件。当日，熊女士在乘坐某商住大厦一部超过运行十年的电梯时，控制系统突然出现故障，电梯从六楼直降地下一楼，从地下一楼又直升六楼……事发后，熊女士惊魂未定地说道："都快成'跳楼机'了，这种心跳玩不起啊！"

"不是打摆关人，就是闹罢工停运。我最长时间有 24 天没下过楼。"谈起这栋二十一层老旧住宅的电梯状况，一位七十多岁的老人频频摇头。

…… ……

我们不得不承认，面对"不堪重负"的电梯，各地都在动脑筋。

2015 年，河北省质监局下发文件，要求对全省 15 年以上电梯进行安全评估。

2015 年 6 月 11 日，石家庄市人民政府在全市印发了《电梯安全监督管理办法》。要求电梯超出设计年限和使用年限15 年的，电梯使用单位应向检验机构申请安全性能技术鉴定，鉴定结论作为电梯更新、改造、重大修理的依据。使用年限达到 15 年的电梯，不得移装。

然而，面对老电梯的大修和更换，依然存在着很大的瓶颈：那就是老电梯的"养老金"问题。

电梯"养老金"，也就是我们常说的维修基金。这笔钱大都是业主购房时所交，由当地房管部门集中管理。一旦电梯需要大修或更换，就可以启用维修基金。事实并非如此，当下，维修基金的申请不但程序严格而复杂，而且需要有三分之二以上的业主签字同意才可。但是，因为业主所住楼层、人员迁移变更等诸多因素，想要启用维修资金，绝非易事。

整部电梯换新，费用高达 15 至 20 万元。抛却物业维修基金，每户可能要掏几千甚至上万元的费用。业主希望物业来承担，认为这属于物业管理范畴，而物业希望业主买单，理由是没这么多钱。无奈情况下，电梯到了使用年限后报废的很少，有相当一部分仍在带"病"运行。

在快速的城市化进程中，随着房地产业的发展，预计最近几年，超过 15 年使用年限的电梯数量将会快速增长。届时，电梯的维修、更换矛盾将会更加突出。

电梯安全，与我们每个人的生活、生命息息相关。面对越来越多的"老龄化"电梯，我们更不应该让制度的瓶颈成为绊脚石。

中国在发展，世界在进步。"老龄化"电梯问题，存在于中国，同样存在于世界。

在美国，区域范围内设立了由业主、制造商、保险公司、老人代表等共同组成的电梯事务协调委员会，对电梯安全问题进行协调干预。还有的，干脆将电梯的安全管理交给保险公司，让他们的技术团队来完成。电梯安全直接关系到保险公司的盈亏，保险公司的检查自然会一丝不苟。

在日本，针对老旧电梯，政府拨付专项资金，承担改造费用的三分之一，以促使安全改造早日完成。

在英国，电梯的机械和电气设备制造要求、建筑物的构造要求以及电梯的检验要求等，被法规引用，即具有与法规相同的法律地位。

在韩国，出台了专门的法律。国家行政安全部建立了专门的电梯安全管理院，负责监督电梯的制作安装和维修管理以及事故调查。老电梯到了一定年限会被淘汰，一般公寓小区的电梯在使用了 15 年后，整个小区全部换上了性能更加良好的新电梯。

······ ······

老吾老以及人之老，幼吾幼以及人之幼。与此同时，国家看到了这个问题。在我们关于本文即将付梓的时候，也就是2015 年 7 月 20 日，国家标准委正式对外发布我国首份判断电梯主要部件是否应当报废的国家标准——《电梯主要部件报废技术条件》，标准列出了六项电梯主要部件报废技术条件，将从 2016 年 2 月 1 日起正式实施。

《电梯主要部件报废技术条件》中分别列出了电梯安全保护装置、紧急救援装置、驱动主机、层门和轿门、电控装置等十三项对电梯安全运行影响较大的主要部件报废技术条件。并明确将变形等机械损伤、非正常磨损、锈蚀、材料老化、电气故障、电气元件破损这六种影响安全运行的失效或潜在失效模式作为电梯部件的报废技术条件。

我们似乎在这个标准里，看到了电梯的微笑。

当电梯成为我们生活"主角"的时候，安全问题决然不能忽视。在这个问题上，监管部门固然要扛起责任，我们每个使用者更应该提高必要的认识和"爱"的责任。

电梯和我们一样，都在时光的磨砺中变得苍老、变得脆弱。使用年限到期后的强制报废是手段，各监管部门落实责任是手段，增强全民的安全意识更是手段。

电梯安全事故的恐惧和忧虑永远战胜不了人的坚强和智慧。

15 年，面对电梯安全问题，还需要我们更深刻地破题；15 年，面对电梯安全问题，我们可能还要承受更多的考验和煎熬。

万余言附着于纸上，一遍又一遍地品读，我们的思绪在一场场血淋淋的教训中久久不能自已。在本文中，出于采访对象的要求和对当事人的考虑，我们对部分人和区域进行了化名。在我们看来，人与区域的化名已不重要，我们只希望，能够通过这些沉重的文字，寻找到一种真实的电梯安全，一种真正意义上的没有悲伤与惨痛的事实依据。

人总是在惨痛的教训里成熟和智慧起来，关于电梯安全问题，同样如此。我们坚信，随着时间的推移，遏制电梯安全事故发生的方法会越来越多，全民的电梯安全意识会越来越强，关于这个问题，我们祈福现在，更期待明天……

（原载 2015 年第 8 期《山东文学》）

常山有个贾大山

◦ 一 ◦

贾大山万万没想到地委让他出任地区文联主任。此时，他就任正定县文化局局长刚刚半年。

1983 年，中央提出干部队伍"四化"要求，其中一项就是"年轻化"。

时任石家庄地区文联主任的老诗人曼晴已年近八旬，看到文件立即向上级打报告，提出了辞呈。

曼晴既是一位德高望重的老作家，也是一位老革命。他青年时期流落平津，受革命文艺影响，参加中国诗歌会，开始在《新诗歌》等报刊发表新诗。

1938 年到延安，参加西北战地服务团，后随团赴晋察冀根据地，任战地记者、《诗建设》编辑。1947 年石家庄解放，他先后在石家庄日报社、石家庄人民广播电台、石家庄市文化局和石家庄地区文联任职。在他们这一代作家心目中，党的号召就是自己的行为准则。

曼晴的辞呈得到批准。然而，谁来主政石家庄地区文联呢？

地委领导想到了一个人选——贾大山！

当时，贾大山以小说《取经》摘得全国首届优秀短篇小说奖桂冠，成为河北省新时期第一位获得全国奖的作家，作品还被收入中学语文课本，风头日盛；他创作的河北梆子小戏《年头岁尾》，春节期间在中央电视台多次播出，反响强烈。相传，日本还有"二贾"（贾大山和贾平凹）研究会。显然，由他出任文联主任是再合适不过的人选。

正定文化局和教育局在一个大院办公，北面、东面各有一排红砖大瓦房。初夏时分，房前几棵高大的泡桐树开满紫色桐花，伴着院中央花圃里灿然绽放的月季，一时间花香满院。

贾大山的办公室位于北面那排瓦房东数第三间。这天上午听到叩门声，打开门，进来的不是同事，也不是慕名讨教的文学爱好者，而是两位地区文联的领导陪着一位地委宣传部的客人。

倒茶、递烟，一番寒暄之后，客人说明了来意——他们是来宣布任命的。

贾大山心里掠过一阵惊诧。这送上门来的任命和半年前那次何其相似！怎么所有的任命都是突然袭击呢？他顾不上感慨，略作思量，就直言不讳地谢绝了。

他开了个玩笑，说："去市里上班，就吃不上俺媳妇做的手擀面了。"

来人面面相觑，大惑不解，文化局局长是正科级，文联主任可是正处级。这么好个升迁机会，任谁也不会轻易放弃。

但贾大山谢绝的言辞恳切，一脸郑重。

消息在石家庄地市和省会文学界迅速传开。有人说，大山离不开正定，那是他的生活基地；有人说，文人之间是非多，大山是怕纠缠在其中影响了自己的创作；还有人说，大山不想当官，只想当个好作家。

听到这些消息，大山只是淡淡一笑。

夜里，妻子和孩子都睡了，他在自己的书桌前坐下，点起一支烟……几个月前的那个夜晚又重现在眼前（注：参见2014年5月中国言实出版社出版的李春雷《朋友》一书相关细节）。

从文化馆副馆长到文化局局长，那天晚上，大山久久无法入睡，他第一次感觉到在"得"与"失"之间选择的为难。他知道，一旦接过这顶乌纱帽，就必然要牺牲自己的文学创作；而内心深处却隐隐翻腾着一种激动，那是他从未对人言表的心理，他深深爱着生于此长于此的这块土地，这辈子他愿意为家乡的文化建设尽一份心，出一份力！

他感激领导对自己的信任，更感到肩上沉甸甸的责任，心里还伴随着对文学难以割舍的隐痛。

那个晚上，成为贾大山人生的一次"变脸"。作为一个作家，贾大山骨子里不仅有传统文人的淑世思想，还有着不辱使命、甘为知己者死的燕赵风骨。果然，这一上任他便放下自己的创作，一心一意地当起局长来。

文化局下属七个部门，文化馆、梆子剧团、文保所等，三四百号人，有小城知识分子，也有演艺界人士，有干部也有工人，人员结构复杂。他下基层、访群众，定制度，抓落实……短短几个月，各部门工作就进入正常状态。

位于县城中心的"戏园子"，还是新中国成立前的木结构建筑，这时已成危房，县领导提议重新建造。这也正是贾大山所期盼的。戏园子是正定古城人的脸面呀。

影剧院开工时，偏巧大山家也在翻盖新房。他把家里诸事推给妻子和弟弟，拎上铺盖卷就去了工地。工地距离他家不过几百米，他一住就是一个多月。

终于，一座崭新的现代化影剧院保质保量地按时完工，更名为"常山影剧院",成为正定县城的一个亮点。之后,大山陆续邀请京剧裘派传人方荣翔、荀派传人宋长荣以及张慧云、齐花坦等河北梆子名家来古城献艺,让家乡父老坐在崭新的剧院里大饱眼福,活跃了正定的文化生活。

自晋代至清末,正定一直是郡、州、路、府的治所,其文化根脉可追溯到新石器时代,历史上和北京、保定并称为"三关雄镇"。人杰地灵,名贤辈出——赵佗、赵子龙、白朴等都是彪炳史册的人物。而且文物古迹众多,光国家级保护文物就多达九处,其中隆兴寺更是被誉为京外名刹,声名远播。

隆兴寺内有一块一千四百多年历史的龙藏寺碑,是汉隶到唐楷演变的见证,在中国书法史上具有承前启后的重要意义,当然也是镇寺之宝。但因地处低洼,风吹日晒、雨淋水泡,石碑严重风化,为此县领导要求加以妥善保护。

如何保护呢,行内的办法是,加高地基并且加装防护罩。

可具体实施,却远不像说话那么容易。因日久年深,碑体已出现多条明纹暗缝儿,加高地基涉及诸多技术难题不算,还要承担风险。有人劝他:多一事儿不如少一事儿,万一发生意外,如何向后人交代,岂不成了千古罪人?

贾大山岂能想不到这一层?但他没有退却,在他看来,文化局局长面对这样一件国宝,任其风吹日晒、雨淋雪打,自然毁坏,视而不见、无所作为,那才无颜面对后人呢!

为做到万无一失,他和文保所领导、技术人员,多次奔波于省市文物管理部门,终于引起了领导重视。

国家文物局的批文很快下来了,并要求:为防止碑体破碎,达到黏合效果最佳,必须在日平均气温 25 度以上才能动工,而且要有文物专家现场指导。

于是,大山和副县长何玉等人冒着酷暑,又马不停蹄地开始跑北京，面见全国古文物管理方面的权威人士和国家文物研究所工程师。不但要争取人家支持，还要委托人家尽快拿出施工方案，定下具体施工时间。

那些天，偏巧文研所的总工程师祁英涛先生身体不爽，在家休息。按照机关工作人员的指点，他们找到安贞里国家文物研究所宿舍楼，正赶上停电，只好一层一层爬楼梯。爬到十一层已大汗淋漓，谁知，敲开门后却被告知不是祁工家，祁工住在另一栋宿舍楼的这个单元。大山从没爬过这么高的楼，累得满脸通红，白衬衣几乎让汗水塌透。

大家就坐在十层楼梯台阶上歇息。刚喘几口气，大山眼睛一亮，抹把脸上的汗，起身抬手往西一指，一跺脚，拉开京戏的架势，张口叫起板来："祁工啊——"自唱了京剧过门，接着便唱道："拜见祁工赴京城，安贞里楼爬十层；谁知错了一个字，汗湿内衣扑了空。"边唱边表演，最后改成小口，叫了声："苦哇——"

在笑声中，大家的疲劳与沮丧顿时烟消云散。

在国家文物局专家的指导下，那块价值连城的隋碑顺利垫高了地基，装上了防风挡雨的保护罩，贾大山脸上露出满意的笑容。

由于年久失修，包括隆兴寺大悲阁、开元寺钟楼在内的很多文物都存在不同程度的损坏。

贾大山是看着这些文物长大的。从他家那个东西狭长的院里往东眺望，目光所及便是开元寺那座巍峨峭立的须弥塔，而开元寺的钟楼、阳和楼、大佛寺门前，都留下了他童年的身影。

"九楼四塔八大寺，二十四座金牌坊"，还有被称作"河北四大宝"之一的千手千眼大菩萨，让他自幼就感到作为正定人的自豪与荣耀。在他心中，这些文物有温度有感情，不仅是古城沧桑史的见证者，还蕴藉着古城历史的回声和文化基因，承载着世代正定人对美好生活的期望；它们像一条条脐带，连接着古城的历史和现实。瞅着这些老祖宗留下的宝贝遭受风雨剥蚀、日晒风化，他如何能不心痛？如果不妥善保护与修复，何以向后人交代？这也是他甘愿牺牲个人创作，接下文化局局长一职的重要原因。

大悲阁落架重修，门前停车场扩建，需要征地六十亩，拆迁六十户，不仅是一项浩大繁重的工程，更需要大批资金。为获得支持，贾大山有时单独，有时和主管县领导一起，反复向省文化和旅游厅领导汇报。他们的真诚和赤子情怀感动了文化厅厅长，人家说这不光是你们正定的大事，也是咱河北的大事，一定列入工作计划，给国家文物局打报告。

不知从什么时候开始，每次流感都不会放过贾大山，加上他又是超级烟民，晚上时常咳得无法入眠。冬天，捂个大口罩，头戴深蓝色鸭舌帽，身穿黑呢子大衣，围一条浅灰色暗格围脖，双目炯炯有神，是那个时期大山留给人们的印象。

又是恼人的冬天，感冒不断。

这个冬天，他坐着局里那辆四面透风的破吉普车，一趟趟地往返于正定与北京，吃不住劲了就喝点药蜷缩在汽车后座上。白天谈工作，晚上一住下就赶紧熬药。贾大山对家乡文物的挚爱感动了国家文物部门的领导，报告终于批下来——为正定大悲阁拨款三千万元，成为国家当年仅次于布达拉宫的文物修复投资项目。

在正定的"四塔"中，始建于唐代的广惠寺华塔（又称多宝塔）最为别致精美。因其上部装饰巨大的彩色壁塑，造型华丽生动，成为我国绝无仅有的稀世珍宝。童年的大山，不知多少次在塔下玩耍，流连忘返。后因年久失修，上面的雕像毁坏严重，他看在眼里，急在心头。

1991 年，为跑华塔立项，大山又和县领导等人多次去北京，白天到文化部找有关领导，晚上去工程技术人员家中拜访。

当时的文化部部长是老作家贺敬之，听了贾大山的汇报，他当即让秘书给国家文物局打电话了解情况，不久，华塔的修缮工程就得到文化部立项。

回来，又开始往省里跑。一天深夜，司机把酩酊大醉的贾大山搀回家，对他爱人说："贾局长玩命了，晚上宴请专家们，他挨个打圈儿，喝了都快一斤了。"

每逢大年三十、初一，都是贾大山最揪心的时候。那九处"国宝"均为木质结构，害怕烟花爆竹引发火灾，别人阖家团圆，他则和值班人员吃住在隆兴寺，白天晚上各处巡视。他说："祖宗的遗产，国家的宝物，出一点问题，咱就对不住正定父老，更对不住县领导的信任！"

对家乡每一件文物，甚至一砖一瓦一草一木他都稔熟于心，讲起来如数家珍，这让大山成为"高级导游"。历史沿革、科学考据、稗闻野史，他都能融会贯通，再加之对佛学独到深刻的理解，听他讲解成为一种享受。每逢县里来了重要领导或文化界名人，都是他亲自出马。

那年，正定要申报全国历史文化名城，大山为前来正定考察的文化部领导担任讲解。

走进隆兴寺摩尼殿，大山讲了殿中供奉的佛祖释迦牟尼的身世。随后，又让大家观赏四壁及东西墙上遗存的明代成化年间的壁画。谈到壁画的风格时，他又联系到了唐代画家吴道子的"吴带当风"……在广惠寺华塔前，大山俯身拾起半块青砖，用手抚摸着上面一道道细细的小沟说："这细沟是唐砖的主要特征，曾有人说，此塔为金代所建，算不上国保文物，但这砖分明证实了塔的建造年代是唐代，这是毋庸置疑的。"

在大山绘声绘色的讲解中，正定城不啻为一座历史文化的宝库，每一处古迹都价值连城。

临别时，一位领导握着大山的手说："正定的国宝中还应该再加一个，就是您——大山同志！"

他的讲解在文学界传为美谈。林斤澜到正定，没想到大山的讲解和他的小说一样精彩。回北京后，极力向汪曾祺推荐，说不来听听会遗憾终生。不久，汪曾祺真的来了，他听了大山的讲解，当即挥毫题写道："神似东方朔，家傍西柏坡。"大山赶忙说不敢不敢，我得夹着尾巴做人。汪曾祺哈哈一笑，说："看看，又东方朔了不是？"

在群众文化方面，正定连年受到上级的表彰。1990 年，失传多年的常山战鼓，经过大山组织人员进行整理与挖掘，又重振昔日雄风，敲进了北京亚运会……

当然还有为县河北梆子剧团 17 名演员解决农转非问题，为常山影剧院那位吃了好多年黑市高价粮的女临时工解决转正问题，等等。

可是，为自己家的事情，大山可从来不肯向领导张口。

1971 年，他从西慈亭调到县文化馆，几年后妻子也按政策安排了工作，但两个儿子的户口还一直在村里，吃的也是黑市上的高价粮。还是《河北文学》编辑部和作协的领导给省领导写信反映才得以解决……县里通知大山办理孩子户口时，他还以为人家搞错了。

没人知道，贾大山上任之初就向主管副县长何玉提出要求：文化局下属几个单位都是旱涝保收的行政事业单位，肯定有人要找借口、托关系想调进来，请不要随便开口子、递条子。他说："只有寸心不昧，才能万法皆明。不要等别人接我班时，给人家留下难以收拾的乱摊子、烂摊子。"

所以，在大山任职期间，隆兴寺的人员尽管有进有出，但职工人数一直没有突破50人的编制。而且，局里九年没有一笔吃喝账……

◦ 二 ◦

1987年，又一次升迁机会降临到贾大山头上。

停刊几年的《河北文学》决定复刊，文联领导准备让《长城》副主编肖杰出任主编，肖杰却推荐贾大山。

肖杰第一次见大山是1975年夏天，那时他是《河北文学》副主编，去正定找大山约稿。在县文化馆，他见到了大山。大山穿一件短袖白衬衫、一条蓝布旧裤子，整齐的板寸头，黑红的脸上淌满汗水，敦诚谨厚，目光深邃善良。当大山得知他老家是河南洛阳时，张口便说："花花正定府，锦绣洛阳城。"身为洛阳人，肖杰竟然不知这句话。

对贾大山，肖杰是由衷地敬佩。大山写小说从不生编硬造，均来自对生活的切身感受。用贾大山的话说："故事好编，人物难写，提炼一个主题更不易。"因此，为创作一篇作品，他往往要思考一个月、两个月甚至半年，等腹稿成熟的时候他已能一字一句背诵下来。写完，还要压在褥子下面或放到抽屉里，有时间了再拿出来改一改，从不轻易出手。他的稿子，都是用秀丽的蝇头小楷一字一格地誊抄在稿纸上，改动一个字，也要用小刀剜下来，再把写好的端端正正粘上去。

刊发小说《中秋节》时，说好交稿时间却不见大山到来。

这是从来没有过的事情。

上午一上班，肖杰拿起电话，对总机说"要正定"，话音未落，只听门外传来一声："别打了，我来啦！"原来，昨天下午要来送稿时，大山对一个细节感觉不满意，于是又反复琢磨，晚上把稿子改好，又誊抄一遍。稿子原说八千字，现在只有六千字，肖杰不解，说别人改稿往往越改越长，你怎么越改越短呢？大山笑笑说："要是叫我再改一遍，就可能改成四千字了！"

1977 年 1 月，肖杰又去正定向大山约稿。大山刚从东兆通村参加农田基本建设回来，他说，我根据一位村支书的故事构思了一篇小说，你听听吧。肖杰听他讲完，一脸兴奋地说，把你讲得原原本本写下来，就是一篇很不错的小说。果然，时间不长大山交了稿，就是他的成名作《取经》。

1981 年夏天，省作协和《河北文学》编辑部联合在井陉苍岩山为贾大山召开作品研讨会，大山却以重感冒为由没有到场。

研讨会结束后，省作协在《作家通讯》上全文刊发了研讨会发言，大山让肖杰送他一份，他说自己不到场，是担心大家当着他的面光说好话，不说缺点。他想看看人们对他小说的真实评价。

肖杰的提议获得省文联党组的一致赞成。大家觉得，无论年龄、资历还是影响，贾大山的确都是不二人选。

先是肖杰来正定向他"报喜"。

老朋友来了，不用说，大山依然去街上买只马家老鸡，又做几样拿手小菜，和往常一样边喝酒边聊天。当他听到这一消息时，先是惊愕，继而是感动，对这位他文学上的伯乐更加敬重。

他没有答应，一来，不好占好朋友的位置；二来，还是不想离开正定。

为让大山"出山"，时任省委宣传部副部长兼省文联党组书记的周申明、德高望重的老主席徐光耀等领导，先后到正定做大山的工作，并且给出优厚的条件：不但给大山爱人安排工作，还分配一套住房，把两个儿子的户口也办到省城。除了感谢，他只说："我再考虑考虑吧。"

《河北文学》是一份具有全国影响的文学期刊。当年别说当主编，就是能在上面发表作品，也是基层作者们梦寐以求的。况且，自己的处女作与成名作都发表在这份刊物上，这是多大的缘分？省文联领导对自己那么看重，自己怎么能不识趣，一而再再而三地辜负人家的好意？

是去，还是不去？

他征求朋友们的意见，大家都劝他不要再放弃这个机会。人往高处走，水往低处流。自己不争不跑，这么好的事儿找上门，还犹疑什么？

于情于理，他似乎都没不去的理由。当年拒绝出任地区文联主任，是因为县领导的信任与重托，还有自己奉献家乡的心愿。然而几年文化局局长做下来，正定无论群众文化活动，还是文物保护都卓见成效——先后主持修缮了天宁寺凌霄塔、开元寺钟楼、广慧寺华塔、县文庙的大成殿等一大批文物，还完成了大悲阁落架重修的前期工作……

是该回到自己钟爱的文学事业上去的时候了。还有比办一份文学期刊离文学更近的工作吗？可不知为何心里就像有什么放不下，总觉得不那么安妥。

他嘴里叼着烟，走出屋来。夜深人静，妻儿早已进入梦乡。晚睡晚起，已成为他的生活习惯，平时单位同事或朋友来找他，都是在九点之后。别人的上午，就是他的清晨。

他站在狭长的院子里，夜空中星光闪烁，古城的夜宁静安详。黛蓝色的天幕上，开元寺须弥塔的剪影巍峨峻拔。历史的沧桑变迁，大自然的风雪雷电都没能撼动它，因为它立足在坚实厚重的大地上……他脑海里浮现出天宁寺、隆兴寺那几棵古槐，历经千年风霜岁月，依然遒劲茁壮，花开花落，枝繁叶茂，因为它们扎根于大平原上的沃土里……他似乎闻到了槐花的幽香，一幅幅熟悉的画面在他眼前次第展开：村庄，槐林，沙滩地，还有那一张张亲切朴实的笑脸……这一切，犹如一条无形的纽带将他和这块土地紧紧连在一起，就像脐带连接婴儿和母体。

深吸一口从城外吹来的带有田野清新气息的空气，他抬手扔掉烟蒂，终于拿定主意——不走。

◦ 三 ◦

贾大山的创作有两条根脉：一条是古城岁月、世俗文化；另一条，就是让他始终魂牵梦绕的"第二故乡"——正定西慈亭村。

1942年，贾大山出生于正定城内西南街一个小商人家庭。

清晨一睁眼，首先听到的就是从大街上传来的各种小吃的叫卖声。大十字街、学门口、隆兴寺前、阳和楼下摆满各色小吃摊，全是正定府的特色风味，有马家卤鸡，老底家的酱牛肉、午蹄筋，还有那喷香的鸡丁、崩肝……这是古城在他幼小的心灵刻下的最初烙印。

当时，他家在府前街西南口拐角处临街开一个杂货铺，维持一家人的生计。一个长条形红漆木制柜台上，放着盛散白酒的坛子。酒坛的一侧，是酒提和算盘。店铺的东墙和西墙根，分别靠着高大的木制货架，上面摆满蜡烛、火柴、松花蛋等日常生活用品。货架下摆着几口大缸，里面是自家腌制的酱菜和豆瓣酱。

那时候，府前街是一条繁华的商业街，街上开着粮布店、食品店，还有茶馆、饭店、诊所、染房等，每五天开一次集市。大山家杂货铺往北约三丈远处，街两边，面南蹲着一对儿青石狮子，面北也蹲着一对儿，四只狮子背靠背，共驮一座油漆斑驳的高大木牌坊，上书"常山古郡"四个苍劲有力的大字。童年的大山，喜欢和小伙伴在这儿玩耍，骑在狮子身上学武松打虎。北面，紧临牌坊，就是后来曾出现在大山笔下的"义和鞋庄"。

贾大山更感兴趣的是，他家的铺子紧临戏园子，里面传来的锣鼓声，成为他童年的另一底色。

父亲是超级戏迷，每逢来了名角，一次都不肯错过，还一定要带上他的宝贝儿子。正定府名气大，京剧四大须生之一奚啸伯、四小名旦宋德珠及梅兰芳京剧团等都曾来此献艺。耳濡目染，大山对戏曲产生浓厚兴趣，每看过一出戏，都要在院里照葫芦画瓢比画几天，一招一式还真像那么回事。父亲看着心里美滋滋的：多么机灵聪颖的儿子！

再大些，他和高书田等几个小伙伴，抬着戏园子当天演出剧目的大广告牌，敲锣打鼓地串街宣传，回报是晚上免费看场演出。

十岁那年，"正光剧社"演出《秦香莲》，少一个扮演冬哥儿的小演员，父亲推荐了大山。大山第一次正式登台很为父亲争脸，举手投足可圈可点，赢得观众啧啧称赞。大山信心倍增，自此练功越发勤奋，一口气连翻十个八个跟头不在话下；

《借东风》《空城计》和《龙凤呈祥》中的唱段，也唱得有板有眼，让人惊叹。

除了京戏，他还会耍魔术。一个"万花筒"，在大山面前成了"百宝囊"，手绢、彩带、会飞的小鸟、能游的金鱼，还有活蹦乱跳的兔子，似乎有取之不尽的东西。这是他的保留节目，因为活泼风趣，加之他特有的诙谐幽默，总是赢得满堂彩。

也有失手的时候。

一次，当他像往常一样，手指他的"百宝囊"，就在要变没变的空当儿，那只急不可耐的兔子突然从蒙布下钻出，在舞台上跑起场来。台下顿时哄堂大笑，这时，大山急中生智，来了几句打油诗：

咱演魔术谁捧台，

月宫玉兔下凡来。

赶忙去把玉兔找，

找到玉兔再回来。

说完，朝观众一挤眼，就顺坡下驴下了场。人们明知是补台，但这份智慧来得及时，来得漂亮，还是给了他个满堂彩。

看儿子有表演天赋，父亲便把自己的爱好寄托在大山身上。于是，大山时常跟随"正光剧社"到外县演出，成了古城的一颗童星。

他对文学的喜爱，起始于少年时代。

那时的正定十三中是全省重点中学，当时学校的课程有十几门，诸多课程中，大山偏爱文学课。《三打祝家庄》《孟姜女哭长城》《杜十娘怒沉百宝箱》……文学的魔力常使大山沉迷其中。课外时间，阅览室成了他必去的地方，《河北文艺》《新港》《收获》成为一扇扇向他打开、引他走向远方的窗口。他喜欢鲁迅、赵树理、孙犁的小说，也喜欢契诃夫、莫泊桑、梅里美……

学校有两块黑板，被称为"板式"校刊。还是初中一年级的大山，在文学课老师刘清辰的鼓励和指导下开始投稿。他的稿子接连被采用，不久就开始在地区《建设日报》上发表小小说，其中那篇《贴心人》还被《河北日报》转载。

1957年，他的启蒙老师刘清辰被划为右派。

一个飘着小雪的冬夜，他被带到学校大会议室外一棵小树下面，让他隔着窗户听老师们批判刘清辰。

他在寒夜里一站就是几个小时，那些令他恐惧与不解的字眼，从平时温文尔雅的老师们口中说出，寒风般灌满他的耳朵，直戳他的心灵。那是他人生中最冷的一个夜晚。望着在灯光中飘舞的雪花，他体会到了人性的另一面。多年后，他仍不寒而栗地对朋友们说："几个人一嘀咕，你就成了坏人。"这或许就是大山认识社会，开始思考人生的起点。

那些压在褥子下、放在桌斗里的习作，被他悄悄地塞进了小木箱……

由于父母年迈，弟妹尚小，为生活所迫，大山辍学回家，走上了社会。他当过小工，打过零工，在建筑队搬砖、和泥，在正定火车站的石灰窑上抡大锤、拉石灰……那年他才十七岁。

这段经历，使他对底层生活和人物有了彻透的了解与体悟。他不再是那个在家里受宠，又充满浪漫情怀的学生了。

1964年，作为正定县首批下乡知青，贾大山来到西慈亭村落户。

他到来的第一天，就为村里带来了欢乐。

9月17日夜晚，西慈亭大队召开联欢会，欢迎城里来的"新社员"。村俱乐部表演结束后，村干部提议让知青们出个节目。大家力荐贾大山。

只见大山从幕后大大方方走出来，中等匀称的身材，一身学生蓝制服，英俊飒爽，先来一个武生亮相，接下来表演了山东快书《武松打虎》。虽说少了剪板配奏，但那地道的韵味、娴熟的舞台动作以及惟妙惟肖的表演，让乡亲们大开眼界，纷纷竖起大拇指："嘿，这小子真沾（行）！"

大山在西慈亭一夜成名。

当时的西慈亭和中国北方大多数农村一样，贫穷，落后。大山和社员们一起头顶炎炎烈日，脚踩漫漫黄沙，打井修渠，收秋种麦，成为一个普普通通的农民。

那两年，四清运动风风火火，各村配合运动刷标语、写板报也红红火火。可是标语贴出去了，板报写出来了，汇报材料交上去了，歪歪扭扭的字样很是影响效果。知青的到来让村里人有了选择。于是，大山进入了村干部们的视线。

他被抽出来帮忙。大家发现，很多材料经他一调整，还别说，语句顺畅了，意思也清楚了。在各村的汇报中，西慈亭时常受表扬，不能不说是沾了材料的光。

人们还发现他有超乎常人的记忆力。大队民兵连举办卫生员培训班，抄了满满一黑板战地救护常识，大山走到跟前看了两三分钟，就扭转身一字不差地背给大家听。

光阴荏苒，春节来临。他那一手娟秀整齐的楷书，又成了"香饽饽"。

一副副鲜红的对子飞落到家家户户的门框上，似天边的一抹抹晚霞，又似在严寒中绽放的一束束梅花，给这个贫瘠的冀中乡村带来节日的喜气。

在西慈亭，他还收获了美好的爱情。

妻子张淑梅是一块儿下乡的知青，不但美丽端庄、大方聪明，还是俱乐部的骨干。第二年，儿子永辉出生，大山有了个幸福的小家庭。

不久，"文革"的风暴席卷了这个位于正定城北老磁河故道的小村。

起初，他满腔热忱地加入这场狂热的运动中。不久，看到一些好人也被无端批斗，人们整天忙于开会、辩论，无心生产，于是他开始由不解到迷惑，再到忧虑和恐慌。此后，批斗会、辩论会上，就很少再见到他的身影。每到黄昏，人们常见他嘴里叼着烟，紧锁着眉头，心事重重地在村边溜达。

那时，他已是村小学的语文老师了。

他是最受学生爱戴的老师。他说："备课、写教案是文学创作，上课时，老师既要当好演员，又要当好导演，这也是文学艺术的创作和再现。"学生们爱听他的课，而且还纷纷模仿他的字体。班上好多学生都能写一手漂亮的"贾体字"，工整，规范，秀逸中又不乏刚毅，至今，他们还引以为豪。

学校搞勤工俭学，大山带领学生们辛辛苦苦干了好几天，把学校旁边一块荒废多年的沙地整好，垫上了好土。有个生产队长眼红了，说地是他们队的，于是派人上粪、耕地。眼瞅着就要播种，学生们不干了，要去找那个生产队长理论。

大山拦住学生们，在大红纸上写了一封"感谢信"，趁社员上工时，让学生们敲锣打鼓地送去，一路高喊："向贫下中农学习""感谢贫下中农支援教育革命"……生产队长只好耷拉着脸把耕好的土地归还学校。

当然，村里也没有忘记他另一方面的才能。他白天给学生们上课，晚上去村俱乐部。在那里他不但是领导、编导、舞台总监，还亲自上场客串角色。京剧、河北梆子、歌剧、快板还有"三句半"，他都能写能演，吹拉弹唱也样样都不含糊。

他先后创作并主演了评剧《悬崖勒马》《争筐记》《两个甜瓜》《柳庄风云》，快板剧《新风赞》，豫剧《劝队长》等富有时代气息的小戏……

创作京剧《红哨兵》时，妻子带着儿子回娘家，写到深夜大山不知不觉睡着了，衣服被身边的炉火引着，烧了一大半才惊醒。第二天早晨，听到消息的大队干部们去看望他，还没进门，就听他正在唱新设计的二黄导板：风雷吼，雨茫茫，心潮激荡……

那几年，西慈亭村俱乐部在全县出了名，一到正月，各村来邀请的就排起了长队，着实让村里风光了一把。

时光流转，几十年后的今天，西慈亭村上一点年纪的人，都能讲几件当年大山的逸闻趣事。

大山爱喝酒。那年头连散白酒也要凭票出售。他已经买了规定的数量，还想喝，怎么办？便拿个空瓶来到村里小卖部，对售货员说："要不这样吧，你给别人装完酒后把酒漏子架在我的空瓶上，待几天我来喝一气。"售货员被他的诙谐逗乐了，破例卖给他半斤。

一次，他家刚分的一口袋粮食晚上被人偷走。他没张扬，再分粮食，将粮袋不绑口倒戳在地上。人们来串门，觉得稀罕，他说："你想，有人晚上再来偷，只要一提溜儿还得给我倒下。"这个细节，后来被他写进了一篇名叫《醒酒》的小说中。

在西慈亭，大山是不折不扣的"大明星"，人们都以他为荣，可也不无担忧：这样优秀的人才，终究不会长期留下的。

果然，大山先是被公社中学挖走，不久就上调县里，成为文化馆一名创作员。

在县文化馆，大山一手写小戏，一手写小说。写小戏是本职工作，写小说则是副业。那时候，正定是北方"粮食产量过长江"的典型，为配合县里的宣传工作，他每年都要创作几部小戏。当初，文化馆馆长王彬费尽周折，从村里将他"挖"来，就是冲着大山这方面的才华。他没让领导失望。他创作的河北梆子《向阳花开》在地区汇演中一炮打响，各县剧团纷纷来正定索要剧本，学习观摩，还被移植为评剧、京剧等剧种。后来创作的《半筐苹果》不但获得河北戏曲汇演一等奖，还代表河北赴京参加全国戏曲汇演，受到文化部的通报嘉奖。

随着"文革"的结束，中国文坛迎来了明媚的春天，新老作家都激情澎湃，一时间佳作纷呈。凭着丰厚的生活积累和敏锐的艺术感受力，贾大山也进入了他小说创作的第一个喷发期。继成名作《取经》之后，他又创作了《中秋节》《小果》《赵三勤》《村戏》等，发表后相继被《小说选刊》《新华月报》等转载。其中，《赵三勤》收入日本银河书屋出版的《中国农村百景》，获得山西省优秀小说奖；《中秋节》由《中国导报》（世界语）翻译刊载。《花市》被全国十多家小说选本收录，并再次收入全国中学语文课本；《小果》收入《人民文学》创刊三十年优秀小说选……

然而，自打当上文化局局长，他就基本把个人创作放下了。翻开贾大山创作年谱不难发现，1983 年之后，他的创作量锐减，每年只有一两篇，还多是被编辑朋友一趟趟来家里逼出来的。

那几年，他和文学界差不多隔绝了，那几年恰恰又是文学界最活跃的一个时期。国门打开，西方的文学思潮和流派纷至沓来，让人耳目一新，也让人眼花缭乱。传统现实主义创作失去了既往的主导地位。

因此，当大山有意重回文坛，在文学的天空恣意翱翔时，他发现自己落伍了。有人说他手法陈旧，还是河北老一辈作家的套路，缺乏新意。

他紧锁眉头，坐在那张米黄色的书桌前吸烟。他烟瘾大，无论是构思小说，还是思考工作，总是一根接一根地吸，一天三包，雷打不动。起先妻子还限制他，为此两人没少怄气，但又无法改变。她明白，大山的小说还有局里的工作思路，都是伴着袅袅的烟雾琢磨出来的。贤惠的妻子只好劝他能少吸一支就少吸一支，每见他坐在沙发上，开始喝茶吸烟，连走路干活儿都变得轻手轻脚。

透过眼前飘动的淡淡青烟，大山的思绪回到了1980年的北京文学讲习所（后改为鲁迅文学院）。他是获全国奖之后，被省作协推荐去学习的。

那届学员中有冯骥才、蒋子龙、陈世旭、王安忆、叶文玲等人，但他们并不小觑来自河北小县、看上去有些土气的贾大山。因为不同的生活背景，学员们很快分成几个圈子，大山成为其中一个圈子的中心。他的诙谐幽默，他的大智若愚，都让大家佩服不已。

文学讲习所是中国最高的文学殿堂，虽说只有短短几个月，但每一天，他都过得非常充实，不但系统地学习了中外经典名著，也让一直生活在小县城的他开了眼界，长了见识。

他一根接一根地吸烟，屋里烟雾缭绕，宛若他纷乱的思绪。

他的床头放着一本孙犁的《铁木前传》，20世纪50年代的版本，都被翻得磨出毛边。还有鲁迅、赵树理……这些让他敬仰和推崇备至的作家，传承着中华大地滋生的文脉。离开它，也试着去搞那远离人民大众审美和欣赏习惯的现代派……他马上否定了这条路。他眼前浮现出一张张熟悉的脸孔，王志敏、张银耀、葛金平和康志刚……他们是他的好友，更是他的热心读者，每当他有新作发表，他们都会相互传阅，常常找上门来与他畅谈心得。而那些和他交往多年、情谊笃深的花匠、木匠还有订鞋匠们，平时不读书看报，却愿意收听由他的小说改编的广播剧。那时电视还没普及，收音机就是他们的"戏匣子"，听着里面广播他们身边的事儿，心里既亲切又舒坦。"啊，又放大山的《花市》哩，听了没？""听了，每次都听！""嘿，又播《村戏》哩。"

如果去搞现代派，他们能听懂会喜欢吗？他仿佛看到了他们皱着眉头，脸上没有了那种共鸣的会心微笑……

他想到苏东坡那首《题画雁》："野雁见人时，未起意先改。君从何处看，得此无人态？"还有徐悲鸿谈绘画时说的："下笔不灵看飞燕，行文无序看花开。"

这也是他一直崇尚和追求的创作境界。他的文学理想就是在自己熟悉的土地上，寻找那种天籁之音，自然之趣，以写我心，娱悦读者。

1986年秋天，他邀请铁凝来正定为基层作者授课。两人坐下来，他把自己创作上的苦闷和对当下文坛的一些看法与思索讲给铁凝。这是两个小说家之间的真诚切磋和交流。面对比自己小十多岁的铁凝，大山是谦逊的，他钦佩铁凝出众的才华和作品品质，愿意听取她的意见和建议。同时，他还给同样有知青经历的铁凝讲了他刚构思的几篇小说，其中的人物和故事都是自己当年下乡时的亲身经历，引发过他心灵的强烈震颤。

大山的目光，已伸向了他所熟悉的底层民众灵魂，开始从人性的高度来审视和观照那段特殊历史与百姓。她明白，看似依然平静恬淡的大山，其实对自己的创作开始进行总结和反思，文学观念在悄然地改变。

这年夏天，省作协在承德召开中篇小说座谈会。散会后大山回到石家庄，天太晚了他就在肖杰家住下。两人同室而居，闲聊中，他又把这几个故事讲给肖杰。肖杰大喜，说从前秦兆阳写过一本《农村散记》，你也写个农村系列吧，将来出本集子。大山说："这样的人物，我可以写五六十篇。"

得到铁凝和肖杰两位好友的肯定与鼓励，大山创作的激情被点燃。不久，《花生》《老路》《干姐》作为"梦庄记事之一"在《长城》刊发，随即被《小说选刊》《新华文摘》转载，于是一发而不可收，一篇篇短小精悍的小说像一道道闪电般闪烁在文坛。贾大山再次引发广泛关注。

西慈亭因此成为中国当代文学的新地标——"梦庄"。

◦ 四 ◦

1991年底，贾大山就任县政协驻会副主席。政协领导考虑他是作家，除了需要他参加的会议外，没要求他按制度坐班。

说不坐班，但他没少做工作。机关的重要文件、材料，都由他把关定稿，尤其是一年一度的工作报告，他总是认真修改，连标点符号都不放过。

一次，和同事们聊天时谈及政治协商、民主监督的渠道问题，大山提议创办一份内部刊物，就叫《社情民意》。

为办好这个刊物，大山组织大家下基层调研，收集社会反映的热点和难点问题。原本视而不见的一些问题在《社情民意》上被提出来：井盖被盗行路不安全；路灯晚上不亮；下雨天排水不畅，马路变成小河……

在大山的主持下，一篇篇"谏言"陆续出现在县领导办公桌上，切实起到了为领导提供信息，参政议政的作用。

大山分管县政协文史委和学习委，他不止一次地说，正定的发展要重视保持古城风貌，不能搞成四不像。

隆兴寺大悲阁的修缮工程动工了，但资金依然存在缺口，于是他撰写了一篇《募捐启》，刊发在《当代人》杂志上："……吁请全县父老，各界人士，以及国内同乡，海外侨胞，悉发胜心，共襄斯举，舍一砖而兴古刹，添一瓦而救国宝，功在千秋，利在当代矣！"

这时期是大山人生中最舒心的一段时光。他搬离老屋，住上了楼房。冬天依然是一身深蓝色中山装；夏天，一件短袖白色或浅灰色衫衣，一条普通的深色或灰色短裤。他喜欢穿黑色老头布鞋，神态闲适恬淡，儒雅里多了几分学者风度。

除了写"梦庄记事"，他又开始写"古城人物"系列，作品不时被选刊转载或收入年度选本。每构思一篇，还是先背给朋友们听，听取意见后再精心修改，写好后，仍然不急着给约稿的编辑，还要压在褥子底下或放进抽屉进行冷处理。

他依然写得少，但篇篇精湛，字字珠玑。他曾做过一个比喻："作品就像一树的果子，结得多不一定甜，结得少营养才跟得上。"还说，他写小说，"是要给这个浮躁的社会，增添一点清凉，化解一分热恼"。

评论家雷达认为，文学上任何表面的价值和时髦的风尚都掠不去大山小说中那种本真的美，"艺术并不与时间同步"。而贾大山正是以他的创作证明"只要致力于传统的更新，又不失传统的真髓……依然能够在今天焕发出鲜热的活力，夺人光彩"。

只是，即便作品获了奖，他依然不参加颁奖会，也很少出席文学界的各种活动。贵州电视台来信，说要把他的"梦庄记事"系列拍成电视短剧，他谢绝了，说他的作品不适合拍电视。他是怕人家为难。

大山第一次见大海，是在 1993 年参加省作协在北戴河召开的创作会。

唯一的一次出远门，是参加《长城》《黄河》《莽原》三家杂志社联合在山西举办的大型笔会。这回，他第一次去了神往已久的佛教圣地五台山，第一次见到向往已久的黄河。

笔会结束后，《长城》刊发大山的作品时，要配发他的肖像，请韩羽为大山画像。韩羽灵机一动，只画了一幅大山埋头写作的背影，并在旁边题写道："贾大山自甘寂寞，埋头写作，不喜出头露面，只画背影，意在颂彼之长。我本画技不高，难得肖似。只画背影，实为避己之短。"

大山卧室的墙上，悬挂着"静虚"两个隶书大字。静，就是静之我心；虚，就是虚之我欲。他说，一个人只有做到清心寡欲，才能活得随心所欲。

这是一个超然物外、淡泊名利的大山。

这时候的大山已开始潜心研究佛学。他时常去临济寺和主持有明法师谈佛论禅。他喜欢钟磬悠长的鸣响，更喜欢那缭绕的香火与袅袅的梵音。

大山研究佛学，是他天性善良使然，也是忠厚家风的影响。

小时候，在他家杂货铺西边不远有一座小庙，庙里住着一个靠乞讨为生的流浪汉。每年的大年初一清晨，母亲总让大山给流浪汉送一碗刚出锅的饺子。正是这碗热乎乎的饺子，让满城爆竹声带来的喜庆也同样属于这个无家可归的可怜人。每逢天降大雪，老父亲就提上马灯，让大山捧着盛有热乎乎饭食的砂锅跟在后面，洁白的雪地上一大一小两行脚印朝那座让大雪围困的小庙径直而去。父亲手中那盏摇曳生辉的马灯，也照亮了大山几十年的人生。

父亲做人诚实守信，身边围拢着一帮贴心贴肺的朋友。其中那些做小生意或靠手艺吃饭的底层人，被大山写进了"古城系列人物"之中。他借"义和鞋庄"那个生得方脸方口的林掌柜（《林掌柜》）和他那把小铡刀，道出了做人的道理："人也有字号，字号可不能倒！"

研究佛学的大山不但没有"出世"，反而"忧患意识"更强烈。

一次，县里组织四大班子领导帮农民收割小麦。他们一大早坐车赶到地头，然而，农民朋友们并不怎么热情，有人还冲他们喊了一声"三桌"。大山不知何意，中午在县招待所吃饭，正好摆了三桌，才恍然明白。其实，那天吃得非常简单，无非是馒头、油条、稀饭，还有凉拌黄瓜、花生米、乳豆腐……但他心情沉重，很不是滋味，回来后写下了小说《夏收劳动》，文中充满对当时干群关系深深的忧虑。国家为公务员调整了工资，他上街买菜见菜价涨了，便想到了工厂工人。国营企业开始不景气，工人纷纷下岗，他又为他们的生计发愁。再后来工厂改为股份制，厂里让工人掏钱入股，他担心那些钱的去向。

大山常常为身边的朋友化解烦恼。一次朋友向他讲述自己工作上的苦恼，无非是领导之间的一些是非曲直，让大山给评理。大山却给他讲了佛门的一桩公案：一次，一群小僧随赵州僧人同观二龙争珠，其中一僧问其胜负如何。赵州僧人微微一笑说："得者无益，失者无害，老衲只管看。"寥寥数语，道出了他对那种无原则纠纷的看法。之后，劝说那位朋友应当以大局为重，同力提手，做好工作。

文学界朋友们心里结了什么疙瘩，也喜欢来对他说道说道。往往来时愁眉不展，离开时带着一脸释然的笑容。

县里在最繁华的地段建起两个大商场，一个位于路西，一个位于路东。给商场起什么名字呢，两家商场经理都想到了大山。大山推辞不过，给路西起了"华阳"，路东起了"瑞天"，意寓"华阳照瑞天，瑞天映华阳"。

今天，两个商场还伫立于正定古城，"华阳""瑞天"依然相互辉映。

对真善美的追求，使大山的小说充满禅意哲理，《莲池老人》《容膝》等篇什都发人深思，引人警醒。

孙犁先生在给徐光耀的信中写道："小说爱读贾大山，平淡之中见奇观……"还说贾大山的作品是一方净土，也是作家一片慈悲之心向他的善男信女施洒甘霖。

◦ **五** ◦

1995 年临近中秋节，大山被诊断为食道癌。

家人只说是食道息肉，大山信了。尽管手术做得很成功，他的身子还是一天天消瘦下来。

省会文学界的朋友闻讯纷纷前来探视，有的提供偏方，还有人带气功师来为他发功。

春天来临。古城街道两旁的柳树绿了，丁香花、月季花也在春风中悄然怒放，花香袭人。

这年上半年，是大山手术后状态最好的一个时期。他不但每天到街上散步，还骑着自行车到政协上了几天班。

蒋子龙来石家庄出席一个研讨会，铁凝陪同来正定看望他当年文讲所的老同学。兴之所至，大山为两位好友唱了一段他最拿手的马派经典《我本是卧龙岗散淡的人》，依然满宫满调、韵味纯正。唱毕，还下床在屋地上来来回回地走了几步，虽说形容枯槁，身体消瘦赢弱，但明亮如炬的眼睛里，却流露出坚毅顽强。

除了企盼大山能躲过这一劫，人们还想帮他弥补一个遗憾——作为获全国奖的作家，大山没出过自己的作品集。

其实，早在1981年，他就收到上海文艺出版社的约稿函，却被他谢绝了，理由是自己是河北人，第一本小说集要在河北出。不久，河北人民出版社要为他出书了，他自然很高兴，眼看愿望即将变为现实，谁知编好的作品集交给出版社后，久久没有回音。后来听说出版社担心纯文学作品没有市场，怕赔钱，最后不了了之。

从此，大山打消了出书的念头。

为了让大山生前看到自己的作品集，朋友要帮他联系出版社。大山说，算了吧，多一事不如少一事。他不愿麻烦朋友，更不想让人家出版社赔钱。县里企业界的朋友和《当代人》杂志社都愿意资助他，同样被他谢绝。后来，朋友们再劝他，他就说："你们是不是看我快不行了，想为我留纪念呀？"这么一说，再没人敢提这件事了。

大山的不肯出书，也是一种对世人的劝诫和提醒。

他终究放不下视若生命的文学。身体一旦好转，他又开始读书看报，也开始动笔写作了。他让妻子买来一个硬纸夹，靠在床头上继续写《梦庄记事》。还特意把自己已经当了编辑的学生康志刚叫到家里，让他看写好的《杜小香》和《迎春酒会》，说这是自己得病后第一次动笔，有些把握不准，给把把关，提点儿意见。

到下半年，大山的病情开始恶化，由于吞咽困难，每次吃饭都痛苦难耐。他开玩笑说，自己吃饭就像喂小鸡一样。

一天下午下班，儿子永辉来看望父亲，正好母亲来给父亲送饭。大山朝儿子摆摆手："听话，乖乖，天冷，又黑得快，早点走吧。"永辉不明白父亲为什么撵他。他满腹疑惑地往不远处的单位走去，刚进办公室就接到母亲的电话，让他赶紧过去一下。

一进屋，父亲就激动地拉住他的手，用颤抖的声音说："乖乖，你知道我刚才为什么哄你走吗？我不想让你看到我吃饭的样子……没想到今天吃下去没有往上顶，爸爸顺利地吃完了那半碗挂面。我看你是含着泪走的……"

然而，这不过是病魔偶尔露出的一点儿仁慈。几天后，大山又恢复了老样子，吃饭都成了一场和病痛的搏斗。而且，情况越来越严重了。

愉快的时候也有。几位中学生到县医院探望生病的同学，同学一脸兴奋地告诉他们，隔壁病房住着作家贾大山。他们都在课本上学过那篇《花市》。征得医生同意后，悄悄地走进来，要看一眼他们仰慕已久的大作家。大山还是发觉了，扭转头望着那一张张清纯稚气的脸，忍不住欣慰地笑了。这是他病危后露出的难得的笑容。也许，他从孩子们脸上看到了自己青年时代的影子，也许他感到了文学的魅力。他心中牢记着一句话："写小说，就是让人学好的"。他相信《花市》中那朵高雅圣洁的兰花，也会在孩子们心灵中灿然开放。

一天下午，永辉守在父亲床前。昨晚父亲被病痛折磨得一夜没合眼，这时不知不觉睡着了。永辉轻轻地走到父亲书房，搬出相册翻看。看到父亲健康时那神采奕奕的样子，再想想眼下被病魔折磨得失形儿的父亲，心如刀割，眼前的一切，在奔涌而出的泪水中变得模糊起来……

小时候，为了让他和弟弟小勇养成爱学习、爱劳动的好习惯以及做人的良好品德，父亲特意准备了两个本子，把他和弟弟叫到跟前，说在家里做了好事儿用红蓝铅笔画红点，做了坏事儿画黑点。让他俩举起小拳头，像宣誓一样跟着他念：

在学校，多挣分儿，

在家里，多挣点儿，

不挨巴掌不挨板儿，

过年吃碟又吃碗儿，

鞭炮放到下两点儿。

然后是——敬礼，解散。

父亲非常重视过年，他说一个人能轻易地过一百天，谁能轻易地过一百年呢？所以，得认真过年。

于是，每年从腊月初一开始，他就召集永辉和小勇开"迎新春筹备会"，几乎每天晚上都开，一直开到除夕夜。在这个家庭会上，他每天都要给哥俩分配明天的任务。于是，一进入腊月，他家院里都清扫得干干净净的。这样，过年的气氛就出来了。

在干干净净的院子里，父亲乐呵呵地开始扭秧歌了，随着他优美的舞姿，音乐声、鼓声和钹声也从他口中飞奔出来。全家人都被他逗得哈哈大笑。那是他家春节的前奏，父亲更是快乐的使者！

老天怎么如此不公，让可亲可敬的父亲变成这样？父爱如山，何况，他和弟弟正是需要父爱的时候呀。想着那一幕幕温馨的画面，他终于忍不住轻轻地抽泣起来。

父亲不知何时醒来了，听到父亲唤"乖乖"，永辉赶忙擦干泪水走到爸爸床前。目光敏锐的大山，盯着儿子红肿的眼睛，问他："你哭了？告诉爸爸为什么哭呀？"

永辉如实说了。

大山的眼睛也不由湿润了，沉思许久才颤抖着声音说："好乖乖，说心里话，我多想再和你们多做几年伴儿呀——"他哽咽得说不出话了，只用力握着儿子的手，握得很紧。

大山无法忘记他笔下的"梦庄"。他和前来看望他的西慈亭的好友陆书棠约定好，待明年春暖花开，他要和爱人去"梦庄"住上几天，再看看那里的沙滩地、槐树林，还有那大片的喷香的麦田，他要闻一闻泥土的芬芳；看看当年曾和他一起劳动、朝夕相处的"老路""树满""杏花"……那里有他和爱人留下的青春，也是他梦想升起的地方。

平时，每个月的十五，无论多忙，他也要抽出时间去陪老母亲说会儿话。自从他得病后，害怕母亲见到自己的样子心里难过，就让妻子代劳，去陪母亲打几圈纸牌，让老人家开开心。

秋末的深夜，古城已沉沉睡去，白天喧闹鼎沸的大街上阒然无声。冷风吹来，路边槐树上落下几片黄叶。这时，在通往大佛寺的中山路上，一个身影缓缓地走着。尽管形单影只，步履轻飘，然而暗淡的路灯下，那双眼睛依然锐利有神，像夜空最亮的星星。

这是贾大山。

他爱恋这片热土，又不愿让熟人看到自己的病容，所以经常等到夜深人静时悄悄下楼，在这条熟悉的大街上走走看看。

这条街过去直通东西城门，俗称东西大街，两旁坐落着隆兴寺、天宁寺、电影院；还和几条大街相交叉，从西往东，依次是府前街口、大十字街口、小十字街口……它们都被大山写进了小说。大山担任文化局局长那几年，走得最多的，就是这条街。

来到天宁寺门前，他望着凌霄塔高大朦胧的影子，心里有一种说不出的亲切和暖意；再往东走，就是红墙黛瓦的隆兴寺。寺门前那座高大的琉璃照壁，以及三路单孔石桥、天王殿，还有那棵树龄几百年的古槐，在星光下显得愈加神圣庄重。夜色最能屏蔽现实繁杂的信号，带人穿过时光隧道，重温似梦如幻的过往。他用手抚摸古槐皴裂的树干，似儿孙抚摸一位慈祥的长者；又走上石桥，抚摸光滑的石栏，心情又回到快乐的童年……耳边响起一声声的吆喝，有卖热乎山药的小白，还有卖煎糕的王小眼——他吆喝起来，嗓音像汽笛，在东门吆喝，西门都能听到。

咚咚嚓，咚咚嚓……随着大鼓大钹的开道，一道道的腊会从城里各街道拥出来。那是灯的河流，更是欢乐的海洋。每道腊会都有一个吹打班子，紧随吹打班子，是两对大红纱灯，纱灯上都有一行金箔大字，分别写着"东门里腊会""西门里腊会""南关腊会""北关腊会"，还有"白衣庵腊会""广慧寺腊会"……那挑着纱灯的面容清秀的小童中，有一个就是他……

此刻，他深刻感受到自己的灵魂血脉就像老槐古寺一样，已与古城融为一体。他感恩这块古老土地，是它成全了自己的人生，包括他视若生命的文学。他庆幸自己没有离开故乡，尽管有负领导和朋友的美意，但却非常非常"英明"。

这么想着想着，泪水就模糊了双眼。

◦ **后记** ◦

1997年2月20日（农历正月十四）21点10分，和疾病抗争将近两年的贾大山永远闭上了他那双智慧而慈善的眼睛，将生命定格在了五十四岁。

第二天是元宵节，窗外此起彼伏的爆竹声，此刻听来颇具悲壮的意味，似是冥冥之中以这种独特方式，来送别这位为中国文学、为正定古城文化建设作出贡献的人民作家。

（原载 2017 年 12 期《人民文学》）

十六碗

秋阳西垂，将最后一抹昏黄扔到窗户上，泼到他的背上。

处暑刚过，这里寒意早至，他的额上却挂着如豆的汗珠。

他知道披在背上的那一抹淡淡的昏黄，他知道秋风拂过脸颊的丝丝寒凉，但他更知道天马上就要黑下来了。

所以，他顾不得那么多了，他要赶在天黑下来之前，完成这最后一道工序。"好活不隔夜"，隔了夜就没了感觉上的统一，撇下半拉子活儿夜里睡觉都不踏实，这是几十年的习惯。

眼睛显然已经不听使唤了。"花不花，四十八"，都六十好几的人了，老眼哪还如年轻时灵光！作为一名匠人，不仅要心灵手巧，更离不开眼。眼睛一不好使，双手就显得不那么灵便了。

一切全凭经验。两根打了卯的松木条在他手里跳着舞，左扭扭，右摆摆，一会儿就找准了位置。他掏出装在衣兜里的木槌，"当当"两下，木条嵌到窗棂上，又一个"八碗"完成了……

◦ 一 ◦

如果不是古建筑专家刘国宾介绍，很难将眼前的这个人与木艺大师联系起来。一米六几的个头，敦敦实实；黢黑的脸膛，憨憨厚厚；黑白相间的短发，再配上那身沾满了油渍的蓝布劳动装，一副典型的北方农民相。

可是，他的确是一位大师。

他叫付木库。付木库的木工手艺是从父亲那里学来的，父亲是从父亲的父亲那里学来的，到他这一辈儿，整整三代。

1949 年新中国成立的前一夜，张家口蔚县一个普通农户家里，迎来了一个新生命。起名字，没什么文化的父亲就想到了自己的手艺。农家人起名简简单单实实在在，常年和木头打交道，就叫木库吧。木库木库，使不完的好木料，木头的仓库！

常言道，人如其名。付木库是玩着家里的锯斧锤凿长大的，是摆弄着院子里长短不齐、大小不一的木条子长大的。与此同时，从小他也表现出与木头的不解之缘。因为家里穷，付木库没上过几天学，但他心灵手巧，十一岁时就能鼓捣出像模像样的小板凳。

父亲是个有心人。付木库从小的一举一动他都看在眼里，因此平日里不善言谈的父亲在付木库跟前做木活的时候，嘴里也没有闲下来。什么"定榫眼要准"，什么"开卯手要稳"，付木库听不懂，父亲也不解释，春秋流转，一来二去，付木库竟然能把这些不解其意的话背得滚瓜烂熟。

十四岁那年夏天的一个晚上，父亲把他叫到了跟前。

库啊，咱家没本事，你爹也没本事，想要活得有模有样，就得学点儿能吃饭养老的手艺！

付木库定睛望着父亲，满是疑惑。

想学木活不？

付木库使劲儿点了点头。

能吃下这苦不？

付木库又使劲儿点了点头。

不后悔？

又是点头。

点头归点头，真正学起来，远比他随心而来的那些小板凳要复杂得多，所吃的苦更是想都想不到。

比如刨材。所谓刨材，就是利用刨具对木制零部件表面进行平面加工。定刮片是基础，但急不得更不能用蛮力，磨炼的是人的性子。选好刮片，轻轻推进槽口，拿小锤从尾部轻轻地砸进去。力量不能大，槽口露出的刮片长短也有讲究，刮片长短决定了刨出板材的薄和厚。刮片定不准或者经验不足，势必会浪费板材。接下来，要把板材用"妻挡"固定到长条凳上。妻挡，就是用木楔挡住待刨的木料，据传此楔为鲁班妻子所发明，故名妻挡。妻挡一头固定死，一头可灵活定位，为的是适应长短不一的木料。活动的一头固定不牢，板材来回晃动，不但刨面难平，甚至出现波浪纹，废了料……

比如拖线。拖线，在刨削出基准面的材料上，拖画出与基准直边平行的线。长长的细线浸在一个盛着墨汁的盒子里，细线的一头绑着"拇指勾"甩在盒子外。用时，将拇指勾勾住木材的一端，操作者拿着墨盒到木材的另一端，找准需要画线的位置，拇指和食指捏住墨线，往起一提，继而迅疾松开，一条笔直纤细的墨线就爬在了木材上。一连串动作，对于一个老匠人而言，自然不在话下。可是，对于初学者就没那么容易了。需要注意的有两方面：首先，拖线的过程稍不注意有可能将墨汁滴到木料上；其次，提线和放线的力度和速度很重要，力量过大，墨汁飞溅一片且墨线太粗。力量过小，墨线就不均匀了……

中华民族千百种技艺的传承和延续，无外乎一个共通的规则：持之以恒。"台上一分钟，台下十年功"如此；"冬练三九，夏练三伏"如此；"曲儿不离口，拳不离手"如此；付木库所学的木工手艺同样如此。

春秋流转，寒来暑往，付木库跟着父亲，一学就是三年。随着学习的不断深入，锯割、刨削、封边、包镶、打眼、推槽、吊墨、直边、搭尺、校纵……付木库没想到，貌似简单的木活里，竟然深藏着这么多秘密。

◦　二　◦

蔚县，古称蔚州，为"燕云十六州"之一。这里是民间艺术之乡、剪纸艺术之乡，更是古建筑的"宝藏"。580多处亭台楼阁星罗棋布，国家级保护单位21处，省级保护单位20处，县保25处，古堡、古民居、古戏楼等随处可见。

付木库正参与的这项工程，是对董家大院的整体修缮。

四合院式的董家大院，坐落在蔚县暖泉镇的西古堡。据说，百年前的暖泉镇像个"都市"，西古堡则是这都市里的繁华区，有点类似石家庄的"南三条"。堡内明清宅院180余所，董家占了半数之多。

相传，西古堡为明朝掌管蔚县的总兵张邦正所居住，董家大院自然姓张，也在那时兴建。后来，张家败落，宅院变卖给一陈姓大户，明朝灭亡后，陈家亦日渐衰落，最后经商起家的董汝翠成为这里的新主人。董家大院由此得名，沿用至今。

说起这次修缮，付木库舒展的脸立马成了皱皱巴巴的核桃皮。

时间的指针指向2012年。那年冬天的雪花比往年来得早而猛烈，纷纷扬扬，几天几夜，百年难遇。大雪将这里酷寒的温度拉到了极点，零下四十多度，历史性罕见！

大雪给人们的生活带来了极大不便，同时也考验着这里经历了千百年风雨洗礼的古建筑们。

事实证明，一些古建筑没能挨得过这场"天灾"。董家大院就是其中之一。

大雪过后，董家大院的屋顶、房檐等部分受到毁坏，亟待修缮。

半个月之后，古建筑专家刘国宾带队，瓦工、木工、漆工等八个工种参与的修缮小组成立，定方案、造预算、备材料……各项准备工作陆续展开。

作为成员的付木库，深深记得大雪之后第一眼见到满目疮痍的董家大院时的情景：院内青砖或生了裂痕或暴起青皮，屋顶灰瓦或拦腰而断或支离破碎，屋檐木椽或脱了漆色或断了头端……这群常年和古建筑打交道的人们，除了叹息就是咂舌。

太可惜了，真是太可惜了！

他们心里莫名地难受，说不出的疼！

◦　三　◦

练习的废木料堆得像小山，锯末厚了一层又一层，手磨出了血泡，血泡又磨成了老茧，扎扎实实的基本功，他整整练了三年。

成为一名出色的木匠，把一门手艺和生命相融，不知需要多少个三年！

这中间，他也曾无数次萌生放弃的想法。作为过来人的父亲不善言谈却能察言观色，好像住在他心里。每一次，也就是在他想要退却的想法刚刚发芽，父亲就是那句话：不想学就别学了，不过之前吃得那些苦也就全废了……

知子莫如父。激将法在"爱钻牛角尖"的他身上起了反应。

那是一次"送肩"的联系。送肩，在榫眼边上凿出缺口或者刨出斜面，榫肩依样画线锯出，以填入缺口使榫眼相交处的线条变化，利于美观。

已经练了一个星期了，他还是不能完美地过斜面关。小心翼翼刨出的斜面要么大了要么小了，总之是每一次都多多少少差之毫厘。这技术是耐心活、精细活，来不得半点急躁。可是，这么多天做不成，又有几个人耐得住？

整整一个上午，他一次次尝试，一次次失败。中午，母亲喊他吃饭，他的耳朵好像堵住了。母亲知道他的脾气，没有再喊他。

下午，好似上午的重播。汗水爬满了他的脸和脖子，上衣湿得能拧出水。天渐渐黑了下来，他觉得已经比上午进步了一些，就差一丁点儿了。可是，就在这时候，他那一锤子又大了气力，一锤子下去，不偏不倚正好砸到拇指上。血从指甲缝里淌出来，榫头变成了红色……他心里的火再也压不住了，木材飞到了房顶。

整个晚上，拇指跳动式的疼，他彻夜未眠。躺在床上，他思绪万千，他骂自己笨，鲜红的榫头在他眼前飞来飞去，无数嘲笑的嘴脸在他脑海里跳舞……他崩溃了。

天快亮的时候，他昏昏睡去。一觉醒来，太阳已经爬过了房顶。睁开眼睛，父亲正静静地坐在床边看着他……

如果放弃，前面的苦全都白吃了。父亲没有言语，但他却想起了那句话。拇指已经变得黑青，还是疼。但他咬紧牙关依然没有放弃练习，直到成功蹚过这一关。

淌汗，流血，他在一次次煎熬、寂寞、枯燥与疼痛中实现着技艺上的飞跃。关于这一点，他的手就是最好的证明：那是一双怎样的手啊，那双手处处透着风霜，由于常年抓握工具，手掌已经爬满老茧。根根手指，骨节分明，彰显着与年龄不符的力量。

◦　四　◦

对每一件文物的修缮，除了细心，还是细心。

董家大院的窗户全部木制。但所有的窗户又绝非普通民家那样的方格式，菱形、方形相交式随处可见。用付木库的行话，这些相交的形式叫作"三交六碗"，抑或是"四交八碗"。

修缮先从编号开始。

这不仅是修缮的需要和对文物本身的尊重，更是对历史的尊重和保护。

三进院的格局，几十个窗户，上千个"碗"，付木库需要一个窗户一个窗户的查看，一个"碗"一个"碗"的登记，哪个院第几个窗上横向与纵向相交的第几个"碗"破损到什么程度，必须准确，务必翔实，来不得一丝马虎。

接下来是卸。卸的过程更为讲究。先是离缝。所有的窗户，都在千百年完工时做了黑缝。所谓黑缝，就是在部件相连或相交之后，用漆料将缝隙涂饰，为的是牢固和防止水分的侵蚀。十几厘米的斜面尖刀，沿着"碗"口一点点把漆料剥离，露出交口。而后，根据组合的程序一点点卸下来。这时候，步骤不能乱，程序不能少，乱了步骤和程序，要么卸不下来，要么破坏文物，要么卸下来装不上去。不要小看这个过程。通常情况下，部件之间的交叉和相连，想要卸下一个"碗"，需要把与之相邻的几个"碗"同时卸下来才能完成。所以，这工作只有具有高超专业技能的人才能胜任。

再接着是归库。卸下来编了号的部件，需要放到事先准备好的箱子里——这些部件将来都要送达文物部门保存。

……………

付木库的眼睛不好使了。但他有几十年的经验，有着深厚的基本功。所以，经验和技术让他轻车熟路。即便这样，他依然小心翼翼。这期间，他还给我讲了一个真实的故事。

那是一次对辽代佛塔的修缮。那是一座六层塔，整个塔全部木质结构，没有用一个钉子和铁质材料。就是这样的一座塔，在风雨中矗立了千年之久。可以说，这座塔的建筑方式，对于研究古人的建筑智慧和一段历史的社会文明有着十分重要的价值。因为工程量巨大，付木库领着几个助手同时参与了拆卸。

过程中，还是出现了问题。

一个助手在拆卸一个斗拱的时候，把斗拱安装程序漏记了一项。也就是因为漏记，让负责安装的人整整两天都没能弄明白斗拱的安装顺序……

对于所有文物的修缮，文物保护工作者们始终坚守着一个原则：必须保持文物的原貌，不能有一丝更变。

这是对文物本身的负责，更是对历史的负责。

用付木库的话讲，如果不这么做，这次修缮改一点，那次修缮变一些，若干年之后，人们看到的还是那个真实的文物吗？所以，他们必须这么做，这是想干这一行不二的底线。

◦ 五 ◦

起先学习木工，只是为了学到一门能够糊口的手艺。直到 20 世纪 80 年代，他才真正参与到文物修缮工作中来。

接触之后，他又深深地着了迷。

他发现，在林林总总、千样百态的木制文物里，不仅仅存放着一段历史，更存放着古人建筑上卓越的智慧；精美的一扇窗，却需要上千个榫卯进行不露痕迹的联结；简单的一扇门，却运用了雕、钻、刨、镶、刻数十种技巧；一把圈椅，却可以融汇镂雕、浮雕等上百种绝伦的技艺……

参与进来，他才感觉到自己的技术远远不够；参与进来，他才知道自己只不过木艺中的"小学生"。

父亲的传授，多为土法土招，打立柜、做板凳、制木门……现在看来，这些木活只不过这门技术中的"小儿科"。最具含量的，也只不过"三交六碗"或者"四交八碗"等屈指可数的几样。

他决定再深造。

至于深造的原因，时隔多年之后他总结了两点：其一，自己这辈子与木头结下了不解之缘，看见木头就兴奋，更何况是有着千百年历史的木头；其二，他热爱木工手艺，看到古人如此高超的木工技艺，他渴望解开其中的秘密。

想起来简单，如何深造却成了难题。

同行是冤家。那时候，很多木匠都已经看到文物修缮的"高回报"。所以，他诚心诚意向人家求教，人家要么直接回绝，要么只是传授一些连他自己都烂熟于心的技术。

一来二去地碰钉子，他决定自己琢磨。

拿文物练手显然不现实。于是，每参与一项文物的修缮，他都记得真真切切。因为大字识不了几个，他就用自己的方法记，一个圈圈，两个点点，一个三角，两个对勾，厚厚的本子上，画满了天马行空的符号，天书般的本子，只有他自己看得懂。

回到家里，他按照事先记好的符号选备材料，而后，一遍遍地拆卸，一遍遍地安装，直到熟记于心。

一次，两次，一年，两年……他凭借着这种执着，水平与日俱增，技艺愈发精道。刹榫、锯肩、扇槽、放斜、扣栓子、倒角，等等等等，从他手里出来的木活，干净、漂亮、完美，活脱脱古色古香的艺术品。

但他从来没觉得自己的技艺已经登峰造极。

"三交六碗"，即在三根等长的木料中间打上榫卯，三根木料相互等分交叉固定，形成六个空格，这六个空格即为"碗"。如果说"三交六碗"是基础，"四交八碗"是升华，那么以此类推即可延伸出"五交十碗""六交十二碗"，等等。在他修缮文物几十年的记忆中，只做过一次"六交十二碗"，那一次，他整整研究了半年之久。增加一个木料，可以增加两个"碗"，数量不大，难度可要超出数倍……

但是，这他仍不满足。闲着没事的时候他又开始了琢磨，"十六碗"成为他的最高纪录。尽管已古稀之龄，但他仍然在木工技艺上不断地探索，他希望自己能造出下一个"十八碗"，抑或"二十碗"。

作为一名匠人，学习永远没有止境，所有的技艺只有在不断地探索试验和生命的淬炼中获得成功和超越。

◦ 六 ◦

没有一部历史是完整的，就像世界上没有一个完美的人。

每一部历史又都是完整的，就像每个人的骨子里始终镌刻着善与美的基因。

从盘古开天造物到中国梦的伟大复兴，更迭的岁月用一节节沉甸甸的车厢，将文化从远古载到现在，成为一个民族，一个国家生生不息的根脉。

是什么让这些经历了千百年岁月洗礼的文化流传下来？

答案林林总总，毋庸置疑的莫过于一个：文字和文物。

文字是平面、抽象的，立体、具象的文化从哪里来？

古建筑就是其一。

经过岁月雕琢，在历史长河中遗留下来的古建筑，从不同侧面反映了各个历史时期人类的社会活动、社会关系、意识形态以及利用自然、改造自然和当时生态环境的状况。透过它们，人们才能真切地触摸和感受一个地域的文化延续乃至社会发展的沧桑与厚重。

古建筑和其他文物一样，不可再生、再建，一经破坏无法挽回。

然而，古建筑在历经岁月沧桑的保存过程中，却屡屡遭到人为或者自然的损害、破坏，甚至毁灭。

再长的生命也抵不过时间，世间万物皆如是。

历史上，除清朝等个别封建统治者在改朝换代之时，把前朝皇宫作为物质实体利用外，多都把前朝宫殿付之一炬。至于现存较多的寺观、坛庙等宗教建筑，根本原因在于人们传统意识上的保神、保佛、保教。或许正是这种机缘巧合，才让人们在古寺庙之中，看到了更多先人的智慧性创造。

付木库参与董家大院修缮同时承接的另一项任务，就是关于一座寺庙的修缮和保护。

这些年，愿意干这活的人越来越少，一是吃苦费力收入少，二是缺少经验做不来。一个人承揽几个项目已是常事。

始建于金代的灵岩寺，为蔚县古建筑之一。

灵岩寺坐南朝北，寺院分布在一条南北中轴线上，依次为：牌楼、山门、天王殿、大雄宝殿、东西钟鼓楼、配楼殿、禅房等。风雨飘摇，如今的灵岩寺，仅存天王殿、大雄宝殿、东西配殿四座建筑。

这一次，付木库负责大雄宝殿部分木质结构的修缮。

据相关资料记载：大雄宝殿，又称佛殿。这殿，单檐庑殿布瓦顶，面五进四，五架梁前后均出双步廊，檐下四周置五踩斗拱。大殿内置精美的天花和斗八、斗四藻井。天花板上彩绘为"佛教八宝""飞鹤""花卉"图案。前檐下置五抹落地隔扇，为三交六碗鞭花心。檐下斗拱为五踩重昂斗拱，为柱头、补间、转角三种。大雄宝殿与天王殿之间东西各为三间悬山顶配殿，五架梁，四周皆为土坯墙……

关于灵岩寺的历史，古建筑专家刘国宾进行了更深一步的介绍。《大同府志》载："蔚州灵岩寺元末毁，国朝正统六年敕赐重建"。灵岩寺现存的天王殿为元末、明初建筑。大雄宝殿具有明代典型的官式风格，为明正统蔚州相司礼监王振奏请英宗皇帝敕建。

王振是何人？据查继佐《罪惟录》记载：王振早年读过书，下过考场，始由儒士为教官，九年无功当谪戍。

王振无才无德，品行奸诈，他最终选择自阉入了宫。但洪武年间，朱元璋不允许宦官读书识字，王振只能当一名小小的洒扫杂役。时至永乐，宦官地位发生变化，宫内设内书堂，但只允宦官识字而不教其意。这时，读过几年书的王振显露出类拔萃的才能。宣德时，刘宁掌管司礼监，而刘宁不知书，命王振代笔，王振从此迈进了宦官二十四衙的首席机构——司礼监。司礼监有代皇帝御批奏章的特权，掌管玉玺，权力相当之大。

后来，王振得明英宗宠幸，从此他擅权从恶，结党营私，干涉朝政、诛杀良臣，揭开了"太监帝国"的序幕。英宗十四年，北方边关战乱，王振鼓动英宗亲征瓦剌，由他擅断军务。对兵法一窍不通的王振未战而退，退至怀来，被瓦剌军围歼，可叹为五十万大明将士战死沙场。英宗当了俘虏，百余名文臣武将血染塞北。最终，王振被英宗的护卫将军樊忠抡起铁锤砸烂了脑袋。这就是大明耻史"土木之变"。

封建社会，王振权位如此之高，作为他想要修建的灵岩寺，规模和豪华度自然也就不言而喻。然物是人非，曾经该有多么辉煌壮观的灵岩寺，如今也只能通过斑斑印痕窥出一二。

◦ 七 ◦

很长一段时间，他常常失眠。

不是岁数大了觉少。黄土埋了半截身，他为年纪大了不能参与更多古建筑的修缮失眠，他更为自己几十年的精湛技艺后继无人失眠。

闲下来的时候，很多往事就像放电影一样在他的脑子里重复出现。那里面有他这辈子参与过的每一个关乎古建筑的修缮项目：寺庙、道观、民居、塔、楼、亭、阁；那里面有他亲手制作出的一件件堪称完美的木具：鸳鸯交首拱、齐心斗、卷云头、重檐歇山殿顶……

可是，现在他只能一个人默默地回忆。

他的独子已经三十好几，儿子却连自己一样手艺都没有学到手。

三十年前，当这个虎头虎脑的小生命呱呱坠地的时候，他也失眠过，几天几夜里兴奋。这不仅仅是一个家族在他这一辈又得到了延续，他更看到了祖传手艺的传承。可是，几年之后他就失望了。儿子对摆在院子里的斧、凿、锯、刨一点儿也不感兴趣，儿子天生胆小，对于那些利齿的东西，常常避而远之。他曾像父亲样做着各种各样的引导，大声地念着口诀、把精美的小玩意递到儿子手里……这些全然勾不起儿子的一丝欲望。

儿子十六岁那年，他非常郑重地和儿子谈过一次。

他讲学一门手艺终身受益是祖辈最实惠的想法，他讲木工手艺里神奇的奥秘，他讲掌握了这门手艺多么受人尊敬……总之是，但凡他能想到的能够刺激儿子神经的话，他都说了个底儿朝天。他希望儿子能理解自己的苦口婆心，能够重新认识一个家族的根脉所在。

那一次，儿子也非常诚恳地表达了自己的态度。儿子的答案很清楚，他天生对木头不感兴趣，一点儿也没有。儿子也表明了自己的想法：想靠上学谋出路已经没有希望，他又不想守着几亩薄地过一辈子，现如今社会发展这么好，他想离开农村到外面的世界闯一闯……

他没有再强迫儿子。他知道，学一门手艺，不但要喜欢，更要发自内心地热爱，一个人只有做自己喜欢的事情，才能干出点儿名堂。

◦ 八 ◦

灵岩寺大雄宝殿重昂五踩斗拱的修缮，是这个项目的重头戏。

斗拱，中国建筑特有的一种结构。在立柱和横梁交接处，从柱顶上一层层探出成弓形的承重结构叫拱，拱与拱之间垫的方形木块叫斗。拱与斗相依而存，惯称为斗拱。至于五踩斗拱，为清式建筑中按照斗拱挑数而来。里外出一跳称三踩斗拱，出二跳称五踩斗拱，以此类推，牌坊斗拱可多至十一踩……

与董家大院的"四交八碗"比较起来，五踩斗拱的修缮就显得不那么轻松了。

拆卸就是个问题。操作者需要借助梯子，爬到五米多高的殿顶。对于年近七旬的老者，这道工序显然就没那么简单。

这一次，付木库决定起用新人。

这两年，因为工作原因，他手下多了三个助手。三个小伙子跟随付木库五年有余，一些基础性的技术，付木库也在闲暇之余传授给了他们。近朱者赤，常年和付木库参与各种各样古建筑的修缮，三个小伙子也耳濡目染掌握了不少。

虽然不爬梯子了，但拆卸过程付木库还要亲自监督。从拆第一个斗拱开始，他都仔细地盯着，嘴里不住地嘱咐着该如何操作，应注意什么。

所有的部件拆卸下来，修补与制作的工作还得付木库亲自完成。其实，早在多年前，就有人提出过以高科技代替传统手工的想法。对于这一点，古建筑专家刘国宾和老木匠付木库都提出了反对意见。至于其中的原因，付木库举了一个简单的例子：

千百年前，劳动人民凭借智慧与经验发明了黏土砖。在没有现代化机械设备的年代，黏土砖的制作过程十分繁杂，从和泥、制坯到成砖，完全凭借人的一双手。一块砖，要在人们的手中揉了再揉，摔了再摔，黏土的韧性被不断开发出来，所谓"九揉十八摔"正是如此。因为这样，古代制造出来的青砖才经起了历史车轮的碾压，才经起了风霜雪雨的洗礼和历练，时至今日，仍然坚韧无比。

木制品与青砖有着异曲同工的地方。尽管高科技设备制作出来的木制品也很精准和美观，也能达到修缮所需的要求，但正是因为缺少了传统工艺上的瑕疵和痕迹，才缺少了历史的味道。这样制作出来的木制品，没有传统手工所渗透之中的生命的存在，也就没有了品位和欣赏的意味。

正因为如此，多年来，刘国宾每次承接古建筑的修缮工作，他都要起用这些散落在民间的老艺人。用他的话讲，很多历史文物的修缮，并不是用现代化科技手段能够实现的。对于一些已经破损或者完全毁坏的部分文物建筑，不仅仅是要修补还原，更需要真实，做到吻合历史、贴近历史。而这些工作，离不开那些老艺人。

◎ **九** ◎

人与人之间的了解与信任，总是在时间的发酵和酝酿中形成。

一门技艺的传承，同样需要时间。

与三个助手五年的共事与交流，付木库渐渐地发现，他们三个人，出身贫寒，憨厚实诚，做起事情来认真负责，不讲苦累，更重要的一点，他们骨子里流淌着对木头的热爱，对木工技艺的崇拜，这一点非常重要。

付木库看到了新的希望。

这两年，付木库给他们讲得越来越多，示范的难度越来越大。三个小伙子也很上心，他们在一次次成功的尝试与练习中，满足着一位古稀老人心灵上的空虚和忧虑。

曾经有两次，三个小伙子想拜付木库为师，但他还是拒绝了。他觉得，这样的传授方式更好，一旦接受了"师傅"这个词，他觉得自己身上的担子就重了，误人子弟的事情，他不想做。因为他觉得，自己在传统木工这门技艺上，需要学习的还很多很多。

平日里在一起，助手们也喊他师傅，但这样的称呼也只是对一位老匠人纯纯粹粹的尊敬，助手们知道，"师傅"这个词，在这里并非传统意义上的解释。

是的，作为一种需要时间才能完成的技艺，付木库没有把它据为己有，任何一门传统技艺不应属于某一个人，它属于每一个热爱的人，它更属于这个国家和民族。

付木库仍旧忙碌在古建筑修缮的路上，以后的日子里，他的工作不再孤单和寂寞，他与他的助手们用最质朴、最传统的方式，进行着一种文化的接力，传承着比古建筑还要久远的神秘技艺。

他们忙碌的身影，凝重的面色，深邃的目光，与这些矗立的古建筑逐渐交融在一起，成为岁月长河里的另一种历史。

不知道，这些承载着千百年历史、文化与文明的古建筑还能在历史的长河中矗立多久？随着时间的推移，若干年之后，当人们每一次与这些古建筑亲密接触的时候，当人们侃侃而谈赞美古人技艺精湛的时候，当人们由此而惊叹民族伟大与智慧的时候，或许并不知道，那些历经千百年风雨洗礼的古建筑之所以能够始终保持着本真的模样，是因为在它们背后，永远忙碌着像付木库一样的一群人……

（原载 2017 年第 5 期《山东文学》下半月刊）

厕所"美丽"说

◎ 一 ◎

《世说新语》记载了这样一件趣事：王敦初尚主如厕，见漆箱盛乾枣，本以塞鼻，王谓厕上亦下果，食遂至尽。既还，婢擎金澡盘盛水，琉璃碗盛澡豆，因倒著水中而饮之，谓是干饭。群婢莫不掩口而笑之。

故事大致是：西晋大将军王敦被晋武帝招为武阳公主的驸马，新婚之夕，头一回使用公主的厕所，见厕所里有漆箱盛着干枣，只当是"登坑食品"，便全部将枣吃光。完事以后，侍婢端来一盘水，还有一个盛着"澡豆"的琉璃碗，王敦又把这些澡豆倒在水里，一饮而尽，惹得侍女们都捂着嘴笑话他。

一则短小的故事，令人捧腹之外，不得不惊叹国人智慧的伟大，乃至文明的绵长。

厕所，早在我国的汉代就已经存在。

越是熟悉的事物，最容易被人忽略。正因为如此，似乎千百年来人们对厕所，从不关心。这种"不用心"几近成为一种"传统"，影响至今。

社会进步与发展到了当下，健康、文明、环境等话题频频出现时，我们不得不重新审视一下这个被忽略了的事物——厕所。

不清楚南方农村的厕所是什么样的格局。但提及北方农村的厕所，相信很多人都记忆深刻。北方农村的厕所以"旱厕"居多，这样的厕所全部露天，男女不分，除却简陋的外墙遮挡之外，印象最深刻的，莫过于"两块砖，一个坑"了。

印象深刻来自两方面，首先是视觉上，因为是旱厕，所有的排泄物都存放在深浅不一的坑里，夏天，成千上万白色的苍蝇幼虫争先恐后地在里面蠕动，甚至四处乱爬，那场面，浩浩荡荡，惊心动魄。其次是嗅觉上，这样的旱厕，没有抽水设施，臭味靠蒸发，秽物积如山，气味不言而喻。有句话说得十分形象：想去厕所，闻着味儿都能找到。

这样的"传统"，在农村存在了多少年，恐怕很难用一个具体的年份来界定。毋庸置疑的是，由此带来的除却视觉上的不雅和味觉上的不悦之外，殊不知还存在着关乎健康的潜在危险。

世界卫生组织相关数据显示，一克粪便中含有 1000 万个病毒、100 万个细菌、1000 个寄生虫包囊和 100 个虫卵，未经无害化处理的粪便是肠道传染病、囊虫病等寄生虫病感染的发源地，可传染 30 多种疾病。尽管有的细菌和病毒对人体有利，但大多数细菌和病毒是有害的。尤其是当粪便污染水源、食物、餐具和衣物之后，大多数有害微生物便会侵入人体，在世界上的一些贫困国家，因为粪便卫生引发的疾病，每年会造成 70 万儿童死亡。在达喀尔，因为缺少粪便污水的处理措施，人们只能手动处理粪便，致使疾病感染率持高不下……

缩短城乡差距，让农村卫生条件和文明程度尽快持平于城市，应该有这样一场革命。

◦ 二 ◦

公元 2013 年，中国共产党向人民、向历史作出了一项庄严承诺：到 2020 年全面建成小康社会！

小康社会什么样？

作为处于转型期的农业大国，农村的小康社会又该是什么样？

没有农村的小康，特别是没有贫困地区的小康，就没有全面建成小康社会。

这样深刻的话，习近平总书记不止一次讲过。在迈向现代化的进程中，农村不能掉队；在同心共筑中国梦的进程中，不能没有数亿农民的梦想构筑。

2013 年，中央 1 号文件首次把"美丽乡村"提上议程。

"美丽乡村"就是中国农村小康社会的形象。

那么，"美丽乡村"怎么建，应该从何处入手，哪些问题必须解决？

在诸多问题面前，我首先想到了厕所。"美丽乡村"的厕所怎么建，建成什么样？好奇像无数只虫子在我的身子里来回游动。为了尽快摆脱这些"虫子"，我利用将近一年时间，辗转河北省的十一个地市，从山区到丘陵，从平原到沿海，我深入到上百个已经建成的美丽乡村之中，寻找厕所改造的答案。

邢台市内丘县金店镇小辛旺村是我到访的第一站。

这个村子是个整体搬迁村。村子于 1963 年整体搬迁至现址。

但新址并未改变农民的旧有生活习惯，日子如复，习惯如复。

村支书王彦昌告诉我："村子搬迁几十年来，道路坑洼、污水横流、垃圾成堆、群蝇乱舞的景象始终没有改变。更重要的是，每家都把厕所建在大街上，一到夏天，苍蝇满街飞，臭味熏十里。我离开家乡十几年，回来还是老样子……"

小辛旺村决定改造，王彦昌下定决心要把村子变个样：硬化街道，改造旱厕，绿化庭院，美化环境……

蓝图是美好的，实施是艰难的。

最难的是改厕入户。"清垃圾、修道路，这是方便出行，老百姓欢迎支持。但厕所建在街上，是历史传统和风俗，干吗非要把厕所弄进家里？农村又不是城市，有这个必要吗？"老百姓对改厕议论纷纷。

为了寻求突破口，王彦昌先从自家厕所改起，并让村两委成员带头，让大家看看改后的效果。为了提高村民改厕的积极性，王彦昌还争取到了有关部门的支持，每改一个厕所补助 200 元，便池、瓷缸、水泥等材料全部配发，每家只需出工……

现在回想起那些事情来，村干部王彦昌依然历历在目：为了让人们接受改厕，我们没少跑腿。村里有一家硬是不愿改厕，说是院内没地方。我们就跟这家人反复商量，最终确定在正房和配房间建厕所。光是他家，我们就跑了六七趟。

四面白瓷砖到顶，干净的陶瓷蹲便池，还接有水管，随时冲刷。在董白妮家院子里，改造后的厕所干净清爽，一扫往日蝇虫乱飞、污浊不堪的景象。"改完之后是真方便，夏天不滋生蚊虫，冬天也不受冷了。"用了大半辈子旱厕的七十多岁的董白妮对新厕所满是赞许。

中国厕所的起源，最早是在 5000 年前西安半坡村的氏族部落遗址里发现的。

当时的厕所只是一个土坑。

史载，殷商时期汉民族就有"尚洁"之风。在战争频繁的春秋战国年代，身处围成铁桶一般的孤城的守城军民也不忘记厕所卫生。据《墨子》载，在城头上要"五十步一厕"，周遭以垣墙围之，"垣高八尺"，守城军民不分男女都必须到公厕便溺。城下则"三十步为之圜，高丈，为民溷，垣高十二尺以上"。

汉代的公共厕所叫作"都厕"，到了唐代，就更为常见。当年的马可·波罗曾对中国的卫生设施叹为观止。

在宋代，杭州城出现了专业的清除粪便人员，他们沿街过市，专门上门收粪。在官制上，唐代有了专司厕所的宫廷官员"右校署令和丞"等。这些都表明中国曾有过辉煌的"厕所文明"，然而到了近代，中国的厕所卫生渐渐落在了欧洲的后面。

其实，早在20世纪90年代，我国就将农村改厕工作纳入《中国儿童发展规划纲要》和中央《关于卫生改革与发展的决定》，农村"厕所革命"也由此揭开。

但是，由于基础设施不配套以及陈旧观念影响，"两块砖，一个坑，蛆蝇滋生臭烘烘"的农村土厕并未完全消失，"如厕难、排污难，垃圾粪便处理难"的问题也并未得到彻底解决。这些严重影响着农村的生态环境和群众的身体健康。

物质文明看厨房，精神文明看茅房。

小厕所的改善与否，关系到农民生活质量的提高。同时，也告诉我们，在国家全面建设生态文明的进程中，不能让农村的生态文明建设滞后；在全面建设小康社会的进程中，不能让农村的小康建设掉队。

小康不小康，厕所算一桩。

实践证明，"厕所革命"是对传统观念、传统生活方式、环境建设的深刻革命，是推进农村生态文明建设的必然选择。

南唐文人徐锴曰：厕，古谓之清者，言污秽常当清除也。

美丽不止于表层的容貌与风貌，健康与卫生，甚至涉及举止与礼仪层面。

"美丽中国"，容得下一个农村的"厕所革命"。

仓廪实而知礼节。时代在变化，人的思想意识、举止容貌、日常行为，会随着物质生活的提升而变得整洁有序，相对更为自由。"厕所"的变化，带动的将是人精神的变化。如果中国老百姓富裕起来，解决了基本生存问题，消除了后顾之忧，整个群体的道德水准，自会提升。

马斯洛的"需求层次"说，其实就是一种进化论。

◦　三　◦

北方农村的厕所还有一个特点——与猪圈关系紧密。

这似乎有些"焦不离孟，孟不离焦"的意思。

其实，在中国古代，厕所有多种称谓，其中一个是"圂。"而厕所的"厕"字，既有厕所之意，也有猪圈的意思。单从"圂"的字形看，无不涵盖了"厕所""猪圈"二义。

"圂"这个字造于何时，无从考证，但至少要在汉朝之前。由此不难推断，这种安排厕所与猪圈的方式古已有之，这种特殊的、别致的、废物利用式的，以"人中黄"喂猪的方式也是古已有之。在北方农村，厕所和猪圈唇齿相依，人们把这种独有的建造方式称之为"连茅圈"。厕所在前，猪圈在后，各自独立又相连相通，厕所在上，猪圈在下，人在上排泄，猪在下进食，无遮无拦，场面蔚为壮观。

大约，这就是我们不愿提及农村的话题之一吧。

然而，当人们一次又一次地回家，一次又一次的失落之后，农村永远停留在往昔，时间似乎也永远停留在了往昔。

往昔已经在人们的心中根深蒂固。

当这样的想法始终在我脑海里盘旋的时候，当我怀揣着种种疑问再一次深入农村这片古老土地上的时候，很多农民用微笑回答了他们摆脱根深蒂固的勇气和决心。

由此，我也看到了"美丽乡村"建设中，关于厕所这个话题更深刻的内容。

河北省是全国唯一兼有高原、山地、丘陵、平原、湖泊和海滨的省份。全省5万多个村庄，像珍珠样散落在这片丰腴的土地上。当然，因为地理位置的不同，生活在这片土地上的农民的生活方式也不尽相同，建造在不同位置上的厕所的方式也不尽相同。

这就是农民的智慧。

无论是贫困山区秸秆围出的茅房，还是平原上坯砖垒起的旱厕，抑或是坝上地区石头堆砌的简易厕所，每一种都因地制宜，彰显着一个地区的文化和农民的生活特征。

因此，"厕所革命"在这样一个多样化地理区域的地方开展，就不能一以贯之。

寒冷、缺水地区选择双坑交替式；

干燥、缺水、沙土地并烧草木灰的地区，选用粪尿分集式；

地下水位较高地区，选用三格式；

山区、半山区可利用地形，选择双坑交替、粪尿分集和涵管化粪池式；

建有小型污水处理设施或人工湿地等生态处理系统的村庄，推荐建造二格化粪池式；

具备给排水条件、具有完整上下水道系统和污水处理厂的地区，选择上下水道水冲式；

饲养畜禽及具有一定储量秸秆的农户提倡建造三联通沼气池式。

…… ……

北岩村是典型的中国北方农村，这个千年古村落经历了中国历史上无数次的改革与变迁。北岩村以智姓居多，据《元氏县地名资料》记载，宋代智浃曾上书为岳飞平反而遭追究。

谈及厕所，六十岁的智会明告诉我，小时候，农村很穷，没有卫生纸，普通百姓家只能从地里捡回"土坷垃"擦拭，下雨还得用砖头盖住；70年代末期，开始用旧书报纸，有钱的人家用一些草纸；80年代末期，卫生纸逐步走入平常百姓家。村里的厕所原来是"连茅圈"，茅厕和猪圈连在一起，人的粪便直接成为猪饲料，苍蝇满天飞，蹲在厕所里还得驱赶苍蝇，既不卫生，又传播疾病。

村民智瑞海用了大半辈子连茅圈，虽然刚改成马桶座便时有些不适应，但智瑞海认为，上岁数的人还是更喜欢坐便，不仅干净而且方便。智瑞海的儿子在外做洁具行业，儿子每次回家都表示如厕不便，常劝智瑞海把厕所换成城里那种"坐便"。虽然向往，但农村条件有限，所以智瑞海对儿子口中说的城里的"厕所"只能停留在愿望中。孙子每次从城里回老家都不肯去连茅圈里如厕，十岁大了宁愿在院子里解决，然后再把粪便铲到厕所里。改造厕所后，智瑞海觉得太方便了：厕所改造看似是小事但却很重要。

◦ 四 ◦

倘若按照进化论的逻辑来看，人类社会的发展史和文明史，就是一部活生生的驯化史。自然先是驯化了我们，而后驯化了我们周围的事物。

其实，厕所的改造何尝不是一种文明的演进，进而凝固成一种文化。

它用一种全新的方式，改变着农村千百年来的生活方式和习惯，这又何尝不是另一种驯化？驯化的过程是文化延伸的过程，是文明成长的过程。

中国文化的历史典籍中，有关厕所的"笔墨"亦不在少数。宋人欧阳修称自己读书构思，是在"三上"："枕上、马上、厕上"才有所悟。想来醉翁先生不少锦词丽句，名文佳篇都是诞生于"厕上"。《晋书·左思传》称："左思构思十年，门庭藩溷，皆著笔纸，遇得一句，即便疏之。"这里提到的"藩溷"就是厕所，左思在写《三都赋》时，门、庭及厕所等地方都放上纸笔，一有所得便写下来。可见厕所和文化人是挺有缘分的。

古代大思想家老子曾言：道乃"玄之又玄，众妙之门"，弟子问：在哪呢？老子答："道在便溺之处"。这"便溺之处"，其实就是厕所！

列举上述典籍之例，我要说的是，一场看似简单的"厕所革命"，最终引发的，不仅仅是农民对传统生活习惯和方式的改变，更甚者，应该是对人的文化素养精神层面的改变和提升。

在邯郸市采访的时候，有位二十多岁的女孩子，是镇上的一名干部。她和同事们接到检查农村厕所改造的任务，第一次下去，她支支吾吾不愿问及厕所。后来，当看到洁净、卫生的新厕所之后，再检查时，只要一下车，他们就直奔厕所而去……

这样一段话，无形之中传达了三方面内容：其一，农村旧有的景象在人们心中存留已久，很多人对农村厕所的认识仍然停留在历史之中；其二，新厕所的出现，增加了他们的好奇，他们愿意看到更多意想不到的关于厕所的惊喜；其三，充分表明了人们期待环境改变和文明提升的无限期许。

日本有句俗话："看一家的厕所就知道这家人怎么样。"日本普通民众家的厕所里，坐便器上铺着垫子，脚下是松软的地毯，还有一双拖鞋；水箱上堆满了鲜花，小窗也装饰过，让人心情放松。整个空间一尘不染，便池更是擦得干净明亮。

除此之外，日本人从小就教孩子注意如厕礼仪，比如尽量不让液体溅到外面，弄脏了要打扫干净，用后把坐便器的盖子盖上，发现厕纸没有了赶紧补充……

厕所文明与社会发展水平、公民素质息息相关。在世界厕所卫生组织看来，厕所文明意味着什么？在人们印象中，厕所经常使人联想到肮脏等词汇，不仅难登大雅之堂，甚至羞于启齿。但调查显示，每人每天大约上厕所 6 至 8 次，1 年就是 2500 次，算下来，人生中有两三年耗费在厕所里，因此，厕所实在是无法回避的话题。

世界厕所卫生组织号召人们"开怀谈论厕所，如同谈论食品、健康等话题一样"。厕所的名称经历了由茅厕到卫生间、洗手间的变化，这标志着人们生活观念和环境意识的进步。

厕所环境，是文明的窗口。

◦ 五 ◦

哲学家尼古拉·哈特曼将存在的样态分为可能性和现实性、必然性和偶然性、不可能性和非现实性。

对于农村和生活在这里的农民而言，千百年来亘古不变的厕所形态似乎已然成为一种不可能改变的现实，至于能否实现与现代化文明匹配的可能性和非现实性，这个问题，恐怕很少有人去深度思考。

这也不足为奇。在近几十年里，农民从最初对农村和土地的依赖，已经转化为躲避和远离。土地渐渐无人耕种，家园渐渐无人居住，人们哪还有更多的目光来关注本来就不曾受到他们关注的厕所？

行走在燕赵大地上的每一个村庄，看到新农村里不断出现的新厕所的时候，我突然产生了一个兴奋的想法：在厕所改造的过程中，存在着人们对家园重新回归的幸福，更有他们心中期盼已久的无限可能性。

张家口市万全区安家堡乡李青庄村的李国强，离开家乡已经很多年。离开家乡的一个最主要原因就是：经济压力致使面对心爱的家园而束手无策。

农民的要求就是这么简单，仅仅一个厕所的改造，就让他重拾了回归的信心。

李青庄村属典型的城郊村，如同垃圾污水一样，农村的厕所状况最让人尴尬、怵头。村民聂同枢摇着头说："像咱们这儿的农村，家家户户院里都有厕所，大多是开放式的，不刮风，满院子臭味，一刮风，满大街都是臭味。"李青庄村及时把改厕提上议程，他们在学习参观中获得灵感，别出心裁，专门设计了茅坑盖板和蹲坑盖板，统一配发。同时，还统一配发了扫帚、簸箕、84消毒液、高压喷壶、刷墙粉……

盛夏时节，一场不大不小的细雨把坝上草原洗刷得一尘不染。天蓝蓝，草青青，万物满是活力。闲不住的李国强擦起了自家新建好的卫生间里的瓷砖。见到我来采访关于厕所改造的事情，他一边停下手里的活计一边说："现在家里有跟城里楼房一样的卫生间，村里卫生有保洁公司，做梦也没想到，咱庄户人的家里也安装上了坐便器，足不出户就能上厕了，过上了和城里人一样的日子。"

四十二岁的赵秀敏同样是厕所改造的受益者。"村里提供模板，我们进行改造，改后的厕所有两方面的'好'，一是隔蚊蝇，二是变肥料养地。这样的好事咋能不支持？"告别了散发着污秽味儿的旱厕，全家人都感觉轻松了很多，"再也没有成群的蚊蝇了，这样就是干净，你家改了没？抓紧啊。"她还走街串邻自愿当起了"说客"……

中国的农民是简单的，朴实的，勤劳的，智慧的，伟大的。这又是一种文化，关于人的文化。

至于这句话如何更深层次地理解，单就厕所改造就能窥出一斑：农民的一个简单的梦想实现了，譬如谁谁家今年种大蒜卖了好价钱。好吧，再看看明年，种大蒜的人会越来越多，当年受益者甚至会翻倍地种植。当然，仅仅从种植来看，其中不无风险存在。但是，倘若把这一理论放到家园改变上来分析，这又不失为一种积极向上的进步。

厕所改造了，他们期盼着更多的美好变成现实。

对于约960万平方公里版图上的所有农民而言，他们热爱自己的家园，他们希望家园的丰腴、热闹和美丽，他们愿意让这种存在更为长久，更具活力，而并非束手无策地消失。

然而，在中国很多地方，消失的疼痛远远超过了存在的现实性。

柳树坪，位于革命老区平山县深山区，距离县城约60公里。这里群山环绕，植被繁茂，交通条件极其落后。一路上，丘垄、沟沿、树枝、草垛……所映眼中，皆冷冷清清。

十几个古稀老人，几条狗，几只羊，十几只鸡，构成了柳树坪村的全部。柳秀英老人的家位于狭长的山坳间，显得孤独、安静。

"近20年来，村民陆续搬到山外去住了，我儿子也搬到了县城。"柳秀英说，"我在这里已经生活快60年了，现在老了，舍不得离开村子，就留下来种地。这里是我们的根，相比城里，我更喜欢这里的安静。"熟悉村情的柳建柱老人说，柳树坪自然村分两个小组。20世纪90年代，一组大概有40多户200多口人，如今只剩6户14个老人；二组大概有不到20户，现在已经没人了。

在柳树坪村走上一圈，你会看到多数房子大门紧锁，墙头、院外的杂草长得一人高……

究其原因，还是因为贫穷和落后。

先是年轻人出去，后来四五十岁的人也跟着出去了，再后来，一些老人和孩子被接走。柳春成说，尤其这几年，搬迁的村民越来越多。

一些外出青壮年大部分远走上海、广东、深圳、北京、石家庄等地，男人绝大部分主要从事建筑、搬运、保安等工作，女人则进了工厂。挣到钱后在县城或者附近自然和交通条件好的乡镇买了房子，将父母和子女接去居住……

如今，城镇化俨然是经济发展的必由之路。

2012年初，我国城镇化水平已达51%，进城务工农民达2.53亿人；与之相对应的，则是农村人口的逐步减少，1995年我国有农村人口8.6亿人，2010年已降至6.7亿人。这意味着我国城镇人口首次超过农村人口，对具有数千年农耕传统的中国来说，这是一个历史分水岭和大变局。在这场史上最大规模的人口迁徙和布局重组中，柳树坪村仅仅是城镇化进程的一个缩影。对这些村庄来说，最直观的感受就是：村里人越来少了，尤其是青壮年劳力。

人去村空，一个个的村庄在消失。

据相关报道，过去10年，中国共消失了90万个自然村……

农民痛苦，无奈，痛苦和无奈的是，他们始终站在社会进步的最前沿，却享受着最落后的生活。

对每一个农民而言，消失的不仅仅是家园，更是自信心的枯萎。

存在是存在者的存在，消失是存在者的消失，换而言之，这更是一种文化的消失，比如农耕文化。

◦ 六 ◦

走过那么多村庄，我发现，所有的农民无不怀揣着梦想与希望。梦想与希望，就像深深隐藏于地壳中的火山，哪一刻爆发，谁也不知道。因为，面对长久以来的现实，贫穷已经远远超越了他们的梦想。

希望在哪里？出路又在哪里？

其实，这个答案已经渐渐清晰了。

灵寿县地处河北省中西部，西依太行山，东临大平原。灵寿县古产奇木——灵寿木，其木质坚，宜以制杖，皇家多以此杖赐赠大臣勋戚，以示尊崇，灵寿因此得名。灵寿也是革命老区，抗战时期，晋察冀边区政府、边区造币厂、抗大二分校曾长驻于此，彭真、贺龙、聂荣臻、罗瑞卿等老一辈无产阶级革命家曾在这里战斗、生活过。

在新时期的今天，提及革命老区，往往总能和贫穷紧密联系在一起。没错，灵寿县也不例外。

作为贫困县的美丽乡村建设，不能不引起关注。

同下村位于灵寿县城南 6.5 公里处，据说在明朝永乐年间，同下村的祖先从山西洪洞县迁居此地。看到这片土地不错，几户人家商定一起定居在此。所谓"同下"就是一同住下的意思，同下村因此得名。

问及村支书翟志勇，美丽乡村建设最难忘的事是什么？

翟志勇只给了我四个字：改厕最难。

厕所改造之初，村民们不理解、不支持，甚至村民们根本不出工。为此，翟志勇和其他村干部亲自把水泥板从厂子里拉回来，亲自抬到各户家里……村子在改造，破败的村容村貌一天天变好。随着犬吠声进入一处干净利索的农家小院，七十六岁的村民程保热情地展示家中的厕所，厕所内安装高压水泵、使用踏踩式的冲厕方式。程保对现在的生活条件很满意，新中国成立前他家住的房子叫"奴才房"，又低又破，现在住上了宽敞明亮的新房，厕所建造的甚至比城市里的还好，日子越过越红火。

…… ……

《管子·治国》语："凡治国之道，必先富民。民富，则易治也，民贫则难治也。"其实，这句话说的就是农民与社会发展和稳定的关系。老百姓生活条件好了，过上了安逸的好日子，人人和善，处处和顺，国家也就容易治理，反之，必然会应验那句"穷山恶水出刁民"的古语。

看似不登大雅之堂的厕所改造，实在是一件关乎民生的大事。这就像房门上的猫眼，透过一个小小的洞孔，展示在面前的，必将是一个更为广阔的世界。就农村而言，尽管需要进步的地方涉及方方面面，从厕所改造这件事情上，无不透露出很多希望的信号。

农村的厕所，这个最初让人提起来嗤之以鼻的事物，在这个时代实现了意想不到的蜕变。

是的，尤其是近几年来，在实现中国梦的伟大征程中，农村正在悄然发生着意想不到的变化。这种变化，除却表面看到的，还有隐藏其中的从思想到观念，从形态到本质的改变，甚至是，农村活力的再次蓬发。

我愿意相信，厕所改造，只是关乎农村发展的一个开始。

（原载 2017 年第 10 期《中国报告文学》）

一对红领章

在黄天银的"密码箱"里，我们见到了那对红领章，一对三十年后依然鲜红如血的红领章。

那是一种我们从未见过的"密码箱"——枣红的颜色、榆木的材质，外加一套锈迹斑斑的铁锁，平常之极。但，黄天银打开它时，却是小心翼翼，眼眶红润。

一位七十四岁的老人，一位有着十年军龄的老兵，一个铁骨铮铮的男人，在这个平常普通的木盒面前满含热泪，让我们迫切想要知道其中的秘密。

◦　一　◦

按照老伴王俊秀的说法，黄天银每天要做的事情纯粹而乏味——吃饭，浇花，散步，看报，擦木盒，一日五事……重复的乐趣让老人顽强地活着。

和黄天银的交谈，从一个村子开始。

卧土岭，是黄天银记忆中甘肃酒泉的一个小村。

村子地处盆地，人口稀疏，三岭环绕却少水，贫穷之极。但，那里民风质朴，人风憨厚，长条形的村子横贯南北，像一条大自然不慎遗失的"玉带"飘落至此，纯净而唯美。

1963 年夏日的一天，烈日当头，风干气闷。黄天银按照连队安排，到卧土岭村边栽线杆。他所在的部队是一支工程兵团，主要负责通信设施建设。

他们所做的事情并没有太高的技术含量，挖坑，运线，上杆，流程明确，反复始终。

燥热，干渴。

"有老乡送水来啦！"连长一句话，仿佛干裂的土地迎来了一场酣畅淋漓的大雨。

黄天银就是在下杆喝水的那一刻，认识了这名"从天而降"的姑娘。

"货（喝）水！"浓重的方言后，纤细的手捧上一只大碗，递到黄天银的面前。

此时，黄天银像一头渴急了的牛犊，捧起大碗，咕咚咚一饮而尽，都能听见嗓子眼儿的声响。

呵呵呵……银铃般的笑声和着饮水声成为此刻最美妙的音符。

姑娘一笑，黄天银才突然想起，自己刚才连句感谢的话都没有说。

可，谢字还没有出口，黄天银的心就又不安起来，不安的原因就是眼前这个姑娘：十八九岁的年纪，一米六几的个头，粗布碎花褂趁着婀娜的身段，齐肩马尾辫映着略黑的瓜子脸，两个小酒窝就像飘在上面的两朵桃花，尤其是那双水汪汪的大眼睛，明亮，单纯，干净。

需要说明的是，当时黄天银正值二十出头的小伙子，青春的躁动与激情大家应该能够体会。

与此同时，姑娘也正在乐呵呵地望着眼前的这个小伙子。时隔多年之后，黄天银才知道，那是姑娘第一次给部队上送水。以前，都是她的父亲负责这件事情，父亲是位老革命，年岁大了，力气活帮不上忙，就靠时常给在这里干活的战士们送些水寮以慰藉自己内心的革命情结。那天，正赶上姑娘的父亲身体欠安，所以才让姑娘替代。

"瞅啥子么，没见过好看的？"姑娘话语爽快，没有一点儿羞涩和腼腆。

姑娘的开朗出乎黄天银的意料，他的脸腾地红了起来，幸好皮肤晒得黝黑，才遮住了一些尴尬。

看到黄天银手足无措的样子，姑娘反倒笑得更欢了。

"谢，谢谢！"黄天银好像结巴了。

"谢么，俺爸说了，没有解放军就没有俺们的好日子。"姑娘说话像蹦豆，干巴利落脆。

姑娘说完，接过碗，和黄天银说了声再见，挑起水桶，又向前面走去，两个水桶颤颤巍巍，再配上跳跃的身段和乡间的景色，俨然一幅美丽的国画。

◦ 二 ◦

那是一对很特别的红领章。特别之处在于，每个红领章的背面，用黄线绣着一个字，分别是阿和兰。

阿兰是一个人的名字，更准确地讲，应该算是黄天银的初恋，甚至未婚妻。

我们不得不承认，任何一个外表硬如钢铁的汉子，他的内心深处总藏着最柔软的一面。

因为，我们看到，在黄天银打开这尘封了五十年的"密码箱"时，已经禁不住热泪盈眶。

黄天银哽咽着说："从合上它的那一天开始，我就从来没想过再去打开过。要不是你们提起，我真的不想触碰这痛彻心骨的伤疤。"

2013 年的霜降刚过，黄天银得了一场大病。其实，早在十年前，他就被查出得了 2 型糖尿病，十年之后的这场大病，是因为糖尿病并发症引发的冠心病。那段时间，黄天银和老伴王俊秀刚刚忙完五亩地的秋收。因为儿女常年在外，家里唯一的劳力就剩下他们两个。本来按照儿女们的生活条件，足可以养活他们安度晚年，但他们住不惯城市里的楼房，更舍不下耕种了一辈子的黄土地，土地是他们赖以生存的精神支柱。

就是因为将近半个月的忙碌，黄天银终因劳累，摊上了这场病。

那天，黄天银去集市上买菊花，返回的半路上突然感觉心脏不舒服，他硬撑着回了家。一只脚刚刚迈进大门，人就一下子瘫倒在地上。幸好老伴王俊秀思维敏捷，第一时间拨打了120，救护车迅速赶到，黄天银才躲过了一次危难。用医生的话讲，幸好及时，如果再晚来十几分钟，后果不堪设想。

住院的那些天，躺在病床上的黄天银整日忧郁重重。

人老了，就总是习惯胡思乱想。黄天银想得最多的是：我还能活几天？尤其是作为一名上了年岁的老人，加之又在医院这样特殊的环境里，有这样的想法也在情理之中。

老伴王俊秀不住地安慰："医生说了，没什么大问题，等把血糖控制好了，就没事了。"

话虽如此，可黄天银心里早就做好了一切准备。

这准备里，就有他不能忘却的那对红领章。

说起这个，老伴王俊秀笑着告诉我们："要不是这场病，我还真不知道他还有这个秘密。结婚四十多年了，他可从来没说过。"

那天，黄天银祈求式地对老伴王俊秀说："等我走了，把我和咱家的那个木盒一块烧了吧！"

老伴王俊秀："老了，倒净说些不中听的话了。"

黄天银："我是在征求你的意见，这件事情我瞒了你一辈子，现在也该告诉你了。"

一说起这个，黄天银的眼眶就有些红润，但他却是极力地克制自己，尤其是在老伴面前，尽量表现出一种坦然与真诚。

其实，黄天银一提到这个木盒，老伴王俊秀的心里就咯噔一下。因为，自打结婚以来，她从没有见老伴打开过。刚结婚那会儿，她问过黄天银几次，可每次提到木盒，黄天银的脸就会晴转阴，有几次两人因这还差点吵起来。后来，王俊秀就再也没提过关于木盒的事情，至于里面到底放的什么"宝贝"，她根本不知道。

现在，黄天银要把同样埋藏在她心里面几十年的秘密破解，老伴王俊秀的心里也不是个滋味，泪水在眼眶里打转。这使我们不免想到电视剧里司空见惯的场景：一个人在临终前，总要说出一些心底最深处的话，而一旦说完，也就意味着……

王俊秀突然不敢再想下去，她怕，她真的害怕……

◎　三　◎

阿兰的父亲身体一天不如一天，从开始的发烧到后来的咳血，这是肺痨的表现。在那个年代，在那样一个几乎被掩埋了的小村子里，得了这样的病，唯一的方式，就是等，直到亲人眼巴巴地看着其痛苦地咽下最后一口气。

阿兰在四岁那年就没了母亲，父亲既当爹又当妈，一把屎一把尿把她拉扯成人。现在，她唯一的亲人，她的父亲病入膏肓，眼看着就要撒手人寰，阿兰心里的苦与痛，不知向谁倾诉。

然而，阿兰每天准时准点地给部队送水，却从没有间断过。

这是父亲的重托，也是老人家躺在床上唯一的挂念。

当然，阿兰的家庭情况，黄天银起初并不知道。因为每次送水，阿兰给战友们一瓢一瓢地盛，总是乐呵呵的，那笑声清脆干净，就像一只无忧无虑的百灵鸟。

黄天银知道阿兰家的情况，是在十几天之后。那天，阿兰没能按时送水来，整整迟到了半天。这不免让黄天银的心里有些失落。

半下午的时候，阿兰才担着担子将水送来。更重要的是，这次她却少了以往那动听的笑声。多了的是，红肿的眼圈和胳膊上的一圈黑布。

黄天银对阿兰的关注始于哪一天，他自己也记不清。不过，每一天阿兰的出现，穿什么衣服，梳什么发型，穿什么鞋，他都记忆犹新，尽管每一天都没有什么变化。

黄天银还是第一时间发现了她胳膊上的那条黑布。

"你家有事了？"黄天银并没有急着去接碗，带着安慰的口吻说道。

阿兰没有搭话，轻轻地点了点头。

"有我们能帮上忙的吗？"

阿兰摇摇头。

是一阵沉默，因为，此时此刻，黄天银不知道该如何去安慰这个一向开朗活泼的女孩子。

阿兰再次把碗递给黄天银，他哪还有心思喝水？

阿兰走了，依然是秀美的身段，依然是左右摇摆的担子，只不过这摇摆中，增加了一丝忧愁与神秘。

一连几天，阿兰的精神状态并没有好转，忧郁使得这个二十来岁的女孩子变得多少有些憔悴。

但是，每次见面，黄天银却不知道怎么去问，又不晓得怎样才能更好地安慰。

知道阿兰父亲去世的消息，是从战友的口中。

原来，阿兰的父亲去世后，部队上并没有及时得到消息。得知消息时，老人已经下葬。为了表达对这位老革命至死关心部队的那份忠诚，当地部队特地派人到阿兰的家里进行了慰问。

那天，阿兰按时送了水来。这一次，黄天银再也按耐不住心里的想法。"你家的事情我知道了，你不用担心，从今往后，部队就是你的家，这些战友，都是你的亲兄弟！"黄天银觉得，这是他唯一能给阿兰的。

没想到，听到这些，阿兰嘤嘤地哭了起来，竟然一下子扑到了他的怀里。

在这里需要说明的是，黄天银那时候也是个二十出头的小伙子，从来没有接触过女孩子。阿兰出人意料的举动，一时间让他手忙脚乱，心脏快要跳了出来。

至于黄天银和阿兰的那段爱情是怎样开始的，黄天银也说不上来。或许，这就是开端吧！

◦ 四 ◦

我在黄天银珍藏的一本相册里，发现了很多照片。居多的，都是他所在部队上的集体照，或者退伍时和战友们的合影。但，我们还是发现了其中的秘密——里面有一张他和一名女性的类似结婚照似的合影。

黑白照片拍得很清晰，镜头抓得也好，两个人的脑袋各向着对方倾斜，黄天银咧着大嘴，笑得眼睛眯成了一条缝，那个女性显得有些羞涩，却满脸流露着幸福，最明显的要数那两个小酒窝，那里面装满了开心和甜蜜。

没错，那个笑得灿烂会心的女性，就是阿兰。

这是她和黄天银唯一的一张合影。

对于这张合影，老伴王俊秀笑着说："要不是你们，他还不会说实话呢。这么多年来，他一直告诉我和孩子们，这个女的是一个远房亲戚，已经失散很多年了。"

这个谎话，伴随一家人和美幸福地走过了几十年。

"为什么不实话实说呢？"我们问黄天银。

"有什么可说的，有些事说出来倒不如埋在心里面。"在家人面前，黄天银这么说。

可是，单独面对我们的时候，他却有了另外一种解释："我和老伴这么多年了，没有过磕磕绊绊，她对我好，我也对她好，何必让她心里有哪种不必要的负担？"

简单的对话，我们陡然觉得，黄天银是一个撑得起家，且心思缜密的一个人。

话锋一转，我们又谈起那对红领章。

"背后的两个字，是阿兰亲手绣上去的吗？"

"对呀，他手巧着呢！"说起这个，黄天银的眼睛里立马放了光。

阿兰不但性格开朗，爱说爱笑，而且还是个心灵手巧的好姑娘。尽管两人相处的时间不过一年零二十五天，黄天银却是感同身受。

在黄天银断断续续地描述中，我们的脑海里涌现出这样的一幅画面：

深冬的大西北，夜深人静，寒风凛冽，直入骨髓。在一个中国版图上找不到的小村子里，一个年轻的姑娘，正在灯光微弱的煤油灯下，心满意足、心甘情愿地做着针线活。每一针都小心翼翼，每一线都牵着两颗心，姑娘时而为字形不美而紧蹙眉头，时而因得意地走针喜笑颜开，那是少女情窦初开的喜悦，那是情爱流淌的自然表达。

现在回忆起来，黄天银依然掩饰不住内心的兴奋和幸福。

在酒泉两年的部队时光，黄天银就是带着这对寄托着心上人的爱与祝福，幸福而快乐地度过的。用黄天银的话讲，或许是那时候年轻吧，自打带上了那对红领章，身上总觉得有使不完的劲儿……我们知道，这就是爱的力量。

◦ 五 ◦

黄天银和阿兰正式确定关系，是在一个星期之后。

当时，阿兰扑在黄天银怀里大哭一场的情景被很多战友看在了眼里。回到连队，战友们开玩笑地说："你小子艳福不浅，没想到当了两年兵，还找了个媳妇。"

一开始，黄天银左右搪塞，就是不承认。但是，这样的事情禁不住人们一天两天的说，有些事情本来没有可能，但说来说去说得多了，也就变成了现实。

阿兰终于从丧父的悲痛中走了出来。百灵鸟般的笑声又成为荒漠大地上一道沁人心脾的风景。

阿兰是什么时候知道黄天银战友们的议论的，现在已经无从考证。但唯一能证明的是，在这件事情上，阿兰的态度出乎黄天银的意料。

又一次送水，阿兰噘着嘴，将碗递给黄天银，而后略显不高兴地说道："你们战友们的议论你知道不？"

黄天银被她这突如其来的提问，问得脸腾一下子红了。

"黑脸再红我也能看见，你表个态吧，行还是不行？"阿兰开门见山。

"我，我，我……"黄天银又结巴起来。

"喔喔喔，你是老母鸡呀。一个大老爷们，行就是行，不行就不行，俺可不是上杆子求你！"阿兰的直爽在此时显露无遗。

"我，我怕你有意见……"黄天银怯怯地说。

"我没意见，那往后咱俩就是对象啦！"阿兰最后下了结论。

黄天银还没有回过神来，阿兰已经扯开嗓门冲着远处的几个战士喊了起来："解放军们，你们听着，往后俺就是黄天银的媳妇了，你们该叫啥叫啥，听见了吗？"

不远处，黄天银的战友们早就在远远地望着，听见阿兰喊了出来，大家伙一起大声回应：听见啦，听见啦，嫂子！

◦ 六 ◦

黄天银当了十年兵，因为属于义务工程兵，所以在十年的时间里，他先后辗转过四次。起先是在甘肃，后来是西安、湖南、北京。

1970年，黄天银光荣退伍。当时，老家已经没有了亲人。父亲在他当兵之前就去世了，母亲也改了嫁，唯一的一个弟弟在他当兵之前送了人。

退伍回到老家，黄天银一个人盖了三间房，后来经人介绍娶了现在的老伴王俊秀，一直至今。

"您是什么时候，从失去阿兰的痛苦中解脱出来的？"我们问。

"其实，在我心里，她永远没有离开过。只不过，人总要面对现实，日子还得过不是？这就是人，命运总是让你一面面对微笑，一面面对悲伤。"黄天银淡淡地说。

我们从黄天银的话语中，能深深地感受到他对那段情感的珍爱和惋惜。

"都七老八十的人了，现在说出来也就没啥了。"黄天银怕老伴不高兴，故意对着老伴，提高了声调说道。

王俊秀并不在意，她半开玩笑地说："老东西，你以为我不知道啊？其实，我早就知道了。"

老伴王俊秀一讲这话，黄天银倒显得有些不好意思，脸上的皱纹疏一阵，皱一阵。

"你，你是怎么知道哩？"黄天银怯怯地问。

"你还不知道吧，其实咱们结婚第二年，我就知道了。"王俊秀自豪地说。

"那天晚上，你喝醉了，说起了醉话，满嘴喊的都是阿兰，阿兰的名字……"说到这，黄天银，这个七十多岁的老头，竟然突然变得羞涩起来。

我们在他皱纹满面的羞涩中，读出了什么叫作真正的愧疚；在王俊秀轻松的话语中，感受到了什么叫作宽容。

◦ **七** ◦

黄天银和阿兰的确有着一段十分甜蜜的生活。

阿兰从小没有过娇生惯养，地里活，家务活，样样拿得起放得下。更重要的一点是，因为黄天银和她的这层关系，她对部队的热爱程度已经远远超过了父亲。

那段时间，阿兰除了给战友们定时送水，还时常给战友们缝缝补补，洗洗涮涮。战友们对这位"从天而降"的嫂子也是尊敬而爱戴。

战友们爱和阿兰开玩笑，嫂子前、嫂子后的，即使偶尔有些不着调的话，阿兰也不生气，她会故意在那个战友喝水时，往里面放上一把盐，看见他被咸得直吐舌头，阿兰笑得前仰后合，而后噘着小嘴说道："看你们以后还敢不敢瞎闹腾！"

战友们对阿兰又是尊敬的，这不单单因为她是一名拥军爱军的好乡亲，更因为大家都知道这个女人一辈子的不容易。地里的庄稼熟了，阿兰从来也坚决不让战友们帮忙，可是，战友们却会在夜深人静、星月漫天的夜里，悄悄地溜进地里……第二天醒来，收获的粮食已经整整齐齐地放在了门前，阿兰的眼眶红红的。

转眼间，黄天银和阿兰已经相识一年多了。那天，连长找到黄天银："鉴于阿兰的特殊情况，经过特批，上级同意让你们结婚！"

这是一个爆炸性的信息。

当时，服役人员结婚有着十分严格的要求，除非有特殊情况，而这种特殊情况，竟然意想不到地来了。

黄天银和阿兰得知这个消息，两个人抱在一起，泪水也随之夺眶而出，这是幸福的泪水。

现在，黄天银回忆起那天的情况，依然掩饰不住内心的激动和兴奋。

然而，上天总是在两个苦难人最幸福的时刻，给予最沉痛的打击！

1964 年 3 月 13 日，注定是一个悲痛的日子。

那天，阴云密布，风沙狂野。部队上为了按时完成任务，即使这样的天气也不会停下来。这就是部队，这就是军人。

黄天银正在电线杆上架电线，阿兰像往常一样，按时来送水。

阿兰站在电线杆下面，一边喊着小心，一边等着黄天银下来。要知道，这里的土质是沙土地，可是大家都忽略了这一点。意外在意料之外发生了，狂风将黄天银的这根电线杆硬生生地刮倒，不偏不倚地向阿兰这一边倾斜过来。

阿兰的脸一下子变了颜色，她大声地冲着线杆上的黄天银呼喊，自己却没有一点躲闪的念头。结果可想而知，黄天银砸伤了左腿，而阿兰却永远躺在了电线杆下。

黄天银顾不得断腿的疼痛，他爬到阿兰跟前，用力往外推着电线杆，嘴里发出歇斯底里的呼喊："兰，兰，来人啊……"

战友们来了，电线杆抬开了，可是，阿兰，这个年仅二十三岁的姑娘，却早已经断了气。

晴天霹雳在黄天银的头顶炸响，他抱着阿兰已经冰凉的身子，无泪，无语……

说到这里，七十多岁的黄天银再一次泪流满面。稍稍镇静一会儿，他抽噎着说："当时，我真的觉得，天塌了，我的心撕裂般地疼啊……"

阿兰的葬礼很隆重，几乎整个连队的战友都参加了。葬礼那天，战友们集体在阿兰的坟前唱起了那首老歌《天亲亲》："黄澄澄的山梁梁，黄澄澄的坡，坡那边开着花一朵，望不断的山梁梁，望不断的坡，一双那个俏眼睛，往呀往哥哥……"歌声在田野的回荡，荡气回肠，肝肠寸断……

此时此刻，黄天银已经泣不成声。我们默默地，默默地任凭这位老人将埋藏在心里几十年的忧郁与苦闷尽情地宣泄。

那天以后，黄天银就从肩膀上摘下了那对红领章，放进了那个木盒。那一年的秋天，黄天银随部队离开酒泉，去了西安。关于阿兰最后的归宿，他退伍以后就再也没有去过，也没有提起过，要不是因为这场病，我想这个秘密将永远成为秘密。

采访结束后，已经身体康复的黄天银打电话告诉我们，那对红领章他已经烧了，是他和老伴一块烧的，烧给远在天堂里的阿兰——我们能从他的话语中感受到一种解脱，那是一种灵魂解放、信马由缰的解脱，我们的思绪却在这解脱中飘向另一个远方……

（原载 2016 年第 4 期《中国报告文学》）

"寻宝"平丘山

不妨，先把"探头"移至高空！

鸟瞰的效果大致如此：肥肥瘦瘦的房舍，碧水如带的河沟，形如游蛇的道路，散落在广袤大地上。除此之外，便是层叠的墨绿，疏疏密密，方方圆圆，浓浓淡淡，深深浅浅。

收缩，拉伸，平视，"探头"转向绿的腹地：粗粗细细的果树，高高矮矮的林木，知名不知名的花草，郁郁葱葱，翁郁葳蕤，除了绿，还是绿。

我，却并非为这满眼绿色而来。

去年盛夏正浓，我来到这里，寻找让一个落后乡村蜕变成绿美小镇的"法宝"。

冀、鲁、豫三省交界，邯黄、京九、邯济铁路三方毗邻，大广、青兰高速交错而过，四千多年历史沉积下的土地，春秋更深，人疏地阔，天宝物华。

初来乍到，开始便被名字迷惑了一下。

邱县，古称平丘山。平丘山却无山，诚如村名带"梅"不见梅，好似名中带"嘎"人却憨。

《山海经》载："平丘在三桑东，爰有遗玉、青马、视肉、杨柳、甘粗、甘华、百果所生。"公元1289年，雍正上谕，为避孔丘之讳，加"阝"为邱。邱县自此得名。

后段寨村同样没有山。抛却密密匝匝的树林和庄稼的遮掩，视野举目十里。一望无垠的平原之地，新时代农村新貌随处皆是，千百年破旧、贫瘠的乡村，在今天，退却为一种记忆，一种无限想象的空间。于是，便又多了一种好奇：依田而生的后段寨村人，靠着怎样的"法宝"走进富足与安逸？

车随路转，几道弯后，驶入村庄。花草树木装点下的街道，冗长瘦小，干干净净，平平坦坦。20 世纪 80 年代的老房子若历经沧桑的老人，安详地守护着生息繁衍的村庄和土地。街道两侧，彩色喷绘频频抓住眼球，到处都是红薯的图像，幅幅相似，却有不同，带着泥土的，烤得熟透的，摆上餐桌的……

红薯，又名山芋、红芋、甘薯、番薯、番芋、地瓜、线苕等，16 世纪末叶从南洋远渡入华，而后向长江及黄河流域分散传播。

和北方其他平原地区一样，后段寨村红薯种植历史久远，但无查证。唯一知道的是，多少年来，这样的种植多是个体的，零散的，不作为经济收入主要来源。长期以来，这里的人们，春耕秋收，小麦玉米一年两季，红薯只不过零星闲散地块的附作物。

人疏地阔的后段寨村，人不足千，地均三亩。可是，一辈又一辈，后段寨村人的勤劳，并没有因为对庄稼的眷顾和敬畏而获得过多回报。

生活依旧清贫，日子照样寡淡。

这样的日子什么时候是个头？

最先对这个问题开始激烈思考的，是村支书任俊涛。

中等身材，不胖不瘦，黑乎乎的脸膛，稀疏的短发，刚过不惑之年，任俊涛却已然有着超乎同龄人的成熟和稳重。凭借前些年在外闯荡的经验，任俊涛深深知道：安分守己种地，靠传统农业翻身，已经不是件容易的事。

他对村子的状况还是了解的。虽说这些年依靠苗木副业带来了一些效益，但这远远不够。

他，想到了不被人们放在眼里的红薯。

想法不无来由。红薯种植，成本少，技术低，家家能种、户户会种，适合村里人操作。更重要的原因，红薯种植见效快，几个月见收成。时间长了不行，自己等不及，乡亲们也等不及。

想归想，路子到底行不行？

一段时间，任俊涛"失踪"了。

他先后辗转河南、山东等地，做考察，搞调研，最终得出一个结论：行。可行的理论有两点，其一，后段寨村土地多，且拥有大面积沙土地和半沙土地，极适合红薯种植；其二，较小麦玉米而言，红薯种植易管理，产量高，且这两年价格比较稳定……

然而，真正把想法落实到行动中，又不是一件容易的事。

听说要大面积种植红薯，乡亲们乐得合不拢嘴。当然，这不是高兴，是嘲讽，是笑话，是挖苦，更是质疑。

第一年，任俊涛苦口婆心做工作，人们嘴上答应，身子不动，要么干脆拒绝。这一年，尽管没能如他想象的那样"铺天盖地"，但颇为可观的"尝试"带来的收益，还是让他看到了希望。

是的，乡亲们不支持的原因很多，但最重要的，还是担心。不怕不着调，就怕瞎胡闹。穷惯了的乡亲们折腾不起，也禁不起折腾。种那么多红薯谁要，是个问题；万一价格不高，卖不了多少钱，耽误工夫没效益，同样是个问题。

任俊涛没有死心。

第二年，劝说工作持续发酵。

动员工作从易入难。先从思想开放的人家着手，再向保守户延伸。为了打消疑虑和担心，任俊涛率先在村里成立了农业科技公司。公司对土地采取流转式承包，并对红薯种植户签订保价保消协议……

　　尽管如此，还是有个别人半信半疑。

　　有一户，任俊涛不知跑了多少趟，人家就是不同意。任俊涛舍下脸来，软磨硬泡，一趟不行两趟，两趟不行三趟。最终，这户人家勉强同意，但提出了一个要求：几亩地不全种，留下一块地继续种庄稼，为的是能换些口粮。要求情理之中，也是怀疑。任俊涛思前想后，觉得这可能也是一次机会——一切用事实说话，事实是最好的说服。

　　2016年夏忙过后，任俊涛带领村委会的人买来薯苗，免费发放给乡亲们。霜降之前，红薯收获了。因为时间紧，经验少，这一年的红薯，后段寨村以每斤四毛钱价格全部售罄，每亩产量四五千斤，算一算收入也得两千块。恰巧，那一年玉米价格持续走低，一块钱三斤，一亩地收入也就四五百块。差距出来了，而且十分明显。这一下，那些不愿意种红薯的户，一下子被事实折服。

　　想起当年艰难起步的情景，任俊涛脸上挂满了笑容："现在好了，家家户户种红薯，人们真正从中看到了甜头。"

　　这两年，后段寨村已经拥有五百多亩红薯种植面积，品种达二十多个，半数村民从中受益，而且还实现了网上购买，销路不愁，价格稳定居高不下……

　　红薯小镇，自此名扬。

　　为了证实自己的说法，任俊涛带我来到村里的农业科技有限公司。总经理马建波是任俊涛的发小，现在已经是地方上的人大代表。

　　四十亩地，二十八个温室大棚，已经建成和正在建设的储藏冷库……这里是红薯的世界。

　　接待室，任俊涛让销售人员烤了几块红薯。"又软又甜，好吃着呢！"任俊涛说话时，信心满满，香甜入心。

　　此时，一位年龄不大的女孩出现在视野：她在门口推着一辆电动车，车上驮着五六个印有"平丘山"字样的箱子，正在焦急向马路上眺望着……

　　她是公司销售人员，在等电商取货。还没到红薯收获季节，红薯都是去年储存下来的，反季销售，收入又多了不少。

　　红薯烤出来，焦皮红瓤，满屋子飘着诱人香气。品烤红薯的空档，短短不到半个小时，断断续续有七八辆前来取货的商车，销售人员那叫一个忙……

　　"我们目前种植的是从国外引进的原种红薯，经育苗、脱毒、种植、窖藏等系列标准化作业，外观、甜度、糯度、香度都比传统红薯高几倍。普通红薯市场批发价不超过一块钱，打造品牌后，网上能卖二十元一公斤，在北京、上海的超市可以卖到五六十元……"马建波的话里，对未来充满信心。

　　……　……

　　红薯产业富农，只是这里农业改革发展的一个缩影。

　　新时代的今天，国家政策不断向乡村倾斜，乡村振兴战略更是让农民看到了脱贫致富的希望。然而，劳动力匮乏，土地分散经营效率低等问题，持续困扰着农村发展。如何改变这种窘状？能不能找出一条新路子？他们在供给侧改革中看到了希望。

　　作为全省唯一农村产权制度改革和城乡建设用地增减挂钩"双试点县"，在农业供给侧结构性改革浪潮中，他们逐项突破难题，探索出一条适合自身发展的新路径。

抓住土地确权，建立全省首家农村产权服务机构，为农村产权提供挂牌出让、合同鉴证、抵押融资等服务；

土地流转，引导村民以土地、资金等形式入股，既得租金又挣薪金，并参与企业发展分红金，年增收万余元；

依托现代农业产业园，先后引进马大姐食品、哆吚食品、集味轩食品等一批行业带动能力强的农产品精深加工企业落地生根；

培育新型经营主体，鼓励种植大户和紧密型农业合作组织发展，依靠和发动市场主体，探索农业立体化、综合化、高效化种养模式，催生农业农村新业态形成……

"现在，我们村是省级美丽乡村，这都得益于政府的好政策……"说起红薯产业给村里带来的变化，任俊涛话发内心，喜悦之情溢于言表。

村委办，我和任俊涛相对而坐。不善言表的他说起红薯，却又十分健谈。

谈聊间，三个七八岁年纪的孩童把着门框向里张望。任俊涛看见，唤他们进来。他们手里各拎一个塑料袋，里面塞满了垃圾袋和饮料瓶。他们调皮地笑笑，羞涩，可爱，却又满满的单纯和稚嫩。任俊涛接过袋子，掂了掂，放到一旁。他转过身，从桌上的蛋托里取出几个鸡蛋，每人两个，递给孩子们。孩子们接过鸡蛋，紧紧攥在手心，笑得灿烂会心，像盛开的向日葵。

废品换鸡蛋，是后段寨村治理垃圾的一个妙招。开始是村里自己掏钱买鸡蛋，后来县上专门设立了垃圾处理专项资金……

个把小时里，陆陆续续有村民送垃圾过来。一位年过七旬的老大娘，拿着一大袋子废弃的塑料袋换了十二个鸡蛋。她咧着少了门牙的嘴，把手在衣服上抹了抹，撩起上衣做成包袱样。

任俊涛一边把鸡蛋放进去，一边道："这些鸡蛋，够您吃两天了……"老人小心翼翼裹住，看着新鲜的鸡蛋，脸上挂满说不出的感觉，幸福，激动，温暖，感谢……

是的，废物利用，让每个人参与进来，提高的不仅仅是爱护家园的意识，更是一种团结人心、凝聚力量的精神。

这，是后段寨村走向美丽乡村的另一个"法宝"。

于是，除了红薯产业之外，我对村子有了另一种兴趣。

我们决定到村里转转。

矗立街央，街道随着目光的方向弯曲而去，遮眼处又是一户户农家。没有水泥铸就的平整和光亮，一块块红砖隐隐露出地面，密密匝匝构建起硬硬实实脚下的路。怎么说呢，一块块裸露于地面的红砖，不正和尚未丰收藏在地下的红薯有着某种相同的模样吗？这或许是一种偶然，偶然中也必定隐藏着某种必然，只不过不为人关注罢了。

宣传栏，村史馆，图书室，娱乐广场，电商门脸……所有的这些都是原来废弃的危房或脏乱臭的坑塘改造得来，既不浪费资源，又整洁了环境，简单而有效。

这些年，我采访过数百个大大小小的各级美丽乡村，丰饶的燕赵大地，造就着不同区域、不同地理优势上的村庄。然而，诸如后段寨村这样凭借朴实、简单地改造列入省级美丽乡村的地方，却不多见。它保留着历史的沧桑，保留着原始的乡村味道，乡村更像乡村却又不是落后的样子，农民更像农民，却又不是传统意义上的形象。

向西，村口，几位年迈的大娘正坐在弓形小桥边拉家常。她们身后是直入云霄的钻天杨林，眼前是一洼荷塘。碧水清清，鱼虾悠闲，荷叶正盛，盛开的、半开的荷花，羞答答躲藏在荷叶下，像一个个害羞的少女。远远地，老人就打招呼。任俊涛摆着手，一一回应。

"俺们书记可不简单哩，几年时间就把村子建成了这样，好啊！"有老人冲着我竖起了大拇指。

"以前这里是个存雨水的臭水坑，一到夏天，臭水坑里流，垃圾坑里扔，又臭又脏，能熏半个村。谁能想到现在这么漂亮呢？这都是俺们书记的功劳，涛子好着呢，光给俺们办好事！"老人们你一言我一语地说着。

此时，我把目光投向一旁的任俊涛。他看了看我，说："人穷志短，连生活都困难，谁还有心思搞什么绿化美化？"说这话时，任俊涛微笑的脸上挂满了严肃、认真和一些深邃。是的，美丽需要付出，这样的付出一定是满满的艰辛和血汗。这些，又有几个人能够深切体会呢？

闲拉家常的老人们齐刷刷把话题全都聚集到了任俊涛身上，一时间弄得他有些不好意思。他赶紧扯开话题："地方好了，心情就好，有树，有花，又有水的地方，养人哩，你们都能活到一百岁！"

"可不敢，可不敢啊，活到九十九就行了，一百岁那可是水里的玩意儿！"说完，在场的人都哈哈大笑起来……

多么可爱的人们！多么美丽的村庄！

拥有一个百姓信赖的带头人，何尝不是村庄蜕变的又一个"法宝"？

临别之时，天上飘下了蒙蒙细雨。雨丝落到脸上，轻轻的，凉凉的，柔柔的，深吸一口这混合着泥土和花草清香的空气，顿觉精神抖擞，满满的能量。雨丝飘落到花花草草的叶子上，飘落到长势正好的红薯地里，花更艳了，叶更绿了……

（原载 2020 年第 6 期《当代人》）

并肩

老乡说，要是能站在天上看啊，俺们村就是个兜兜儿。

沿着弯弯曲曲的水泥路不断深行，穿过高高矮矮的房舍，进了村子，站在村央举目四望，东面是山，西面是山，南面是山，北面也是山。置身其中，恰如老乡所说，整个人俨然待在了兜兜儿里。

有趣俏皮的称谓，却有着苦楚心酸的往事。

时间正好过去六年。2016 年 7 月，发生在这个如兜兜儿般的小山村的故事，注定载入村庄的史册，也注定让这里的人们刻骨铭心。

7 月 19 日，井陉县普降百年不遇特大暴雨，平均雨量 545.4 毫米，局部 688.2 毫米，一天降雨量超出 2015 年全年，21 内，全县大小河道水位暴涨，两分钟上涨两米多，主河流之一的冶河微水水文站监测流量达每秒 8500 立方米……

从南到北，从东到西，井陉县全域处于暴雨区，17 个乡镇全部在暴雨的咆哮中艰难地喘息着。

南石门村，同样如此。

天从昏昏暗暗走到漆黑如墨，雨却没有丝毫停歇的迹象，且越下越大，越下越急，越下越猛。

中午开始，村支部书记王双廷便忙得前脚赶着后脚。县上已经连续多次发布洪灾预警，要求各村支部务必按照要求逐家逐户排查、通知，全面做好安全防范。

这一天里，王双廷蹚着雨路，不断地穿街过巷，一方面通知各家各户随时做好撤离准备，一方面时刻观察着村边的水位情况。

晚7时许，水位突然增高，半米，一米……

直觉告诉王双廷——洪水就要来了。他穿上雨衣，又一次开始挨家挨户通知。呼啸的风，咆哮的雨，掩盖了咣咣咣急促的敲门声，一边用力敲打着乡亲们的家门，王双廷一边歇斯底里地呼喊着：快起来啊，发水了……

同一时间，小作河里的电杆被洪水瞬间冲倒，南石门村里停了电。

大雨倾盆，漆黑一片，村电工王生廷套上雨衣，他想去看看村北的变压器。

刚一出门，他就发现不对劲儿。小作河翻滚的流水声，大得瘆人，脚下的水不断往上涌，"发大水了！"王生廷心里瞬时冒出这个念头，掉头就往村里跑，边跑边喊："街里进水了，赶紧往高处跑！"急促的喊声穿透雨幕，划破山村的夜空……

◇ 一 ◇

山绿得浓烈，花开得娇艳，天蓝得耀眼。

或树荫里，或房檐下，宽宽亮亮的大街上，人们会心地笑着，悠闲地说着。三三两两的孩童，正蹒跚学步，歪歪扭扭，踉踉跄跄，快乐天真。

六年过去了，那些曾经趴在南石门村人心坎上的惊恐和伤痛，掉了痂，抚了伤，掩了痛，一切恢复如初。

小二层的村委会办公楼门口，抬眼，3.75米的字样清晰可见。

那是六年前，洪水到达的制高点。

没有经历过那场灾难的人可能永远不会想到，这样一个数字意味着什么？

这个数字，足以令一个村庄销声匿迹；这个数字，足以让二百来户家庭支离破碎……

他摇摆着魁伟的身段走过来，像座移动的大山。

远远地，他露出两排壮实而整齐的牙齿，笑着向我挥手。"你还这么年轻。"快走几步，他紧紧握着我的手，打量一番后说道。

他，就是南石门村支部书记王双廷。

我暗自佩服他牢固且长久的记忆力。六年前的七月底，洪水退去一周之后，我受命到井陉灾区进行采访。我们就是那时候认识的。

办公室里，彼此落座，趁着王双廷点燃一根烟的空当，我再次注意起他来。高大的身材，稀疏的短发，泛着亮光略显淡黑的脸庞上鲜有皱纹，一点也看不出他已经到了退休的年龄。

能明显感觉出，他的精气神格外饱满，浑身上下淌着一股劲儿，一股说不出来的劲头。

他深吸一口烟，露出习惯性憨厚的笑，"咱们村的这点儿事你都知道的，有嘛好说哩……"

话虽如此，他却慷慨地打开了话匣子。

这几年，被洪水摧残过的南石门村，一直没有停止过"疗伤"的脚步。街道，农舍，巷子，绿化，农田……作为村支部书记，操心的事情太多，需要干的事情也太多了。

时间是疗伤的良药。于一个人而言如此，于一个村庄而言，同样如此。

为了证明村庄又好了起来，乡亲们的日子又好了起来，王双廷示意带我们到村里转转。

沿着略带坡度的街巷向上而行，朴素而坚韧的农舍相偎相依。家家户户大门上，春节的对联依然鲜红如新。

就这么游山观景似的走着，随便进了一户人家。院子小巧玲珑，干干净净，充满山村的质朴和温馨。屋内不甚宽绰，横七竖八摆了三四张床，不仅如此，沙发也摊开成了床。真正的床与临时的床挤在屋子里，满满当当却不显凌乱。

主人有些不好意思，"地方小，太乱了。"

王双廷告诉我，这户人家的老人以前在城里住着楼房，两年前回到了村里。周末，儿女们、孙子孙女们都愿意回来小住两日，于是屋里便有了现在的样子。

"俺们山村的空气好，既安静又凉快，夏天连空调都不用开。现在村子越建越好，比在城里住着舒服多了……"主人接过王双廷的话茬，得意地说着。

接着主人的话头，王双廷一定要我看看新改的厕所。院子东南角，不大的一间房，贴了墙砖和地砖，装了淋浴和坐便，安了洗漱池。"怎么样，这厕所，一点儿不比城里差……"

村支书与老乡一唱一和，向我展示着实实在在的生活变化。没有太多溢美之词，我却能深切地感受到，他们的日子越来越好。

◦ 二 ◦

我执意要在王生廷家里进行采访，是想看看那棵石榴树。

那棵石榴树令我久久难忘。怎么说呢，六年前八月的南石门村，灾难刚刚过去，伤口还未结痂，人们的心凌凌乱乱，冰冰寒寒，整个村子如同伤痕堆累的战场，到处都是不忍久视的惨痛。

穿过坑坑洼洼的街巷，踏过深一脚浅一脚的泥泞，甫一走进王生廷家，我便被那棵石榴树吸引了。

彼时的石榴树，花开零散几朵，果挂稀疏几颗。稚嫩瘦弱的石榴树同南石门村人共同经历了一场巨大灾难。灾难过后，它依然坚挺地长在院子里，蓬蓬勃勃，昂首挺立。

与石榴树相比，灾难后的人们啊，显得那么疲惫，那么憔悴。王生廷更是如此。

交谈颇为艰难。屋里，王生廷和两个孩子与我相对而坐。他沉默着，两个孩子沉默着。屋内的空气沉闷而压抑，每个人的心情沉闷而压抑。暴洪残留的伤口仍在滴血，悲伤还在发酵，埋怨还在滋长，痛苦还在持续……

六年之后，再次踏进这个院子，我又看到了那棵石榴树。胳膊粗的树干超过一楼，肆意旺盛的枝枝杈杈上或花开正盛，或挂了核桃大小的果子。

"这树长这么大了……"我禁不住说了一句。

"可不是嘛，也没人管，长得还挺好。"王生廷笑着道。

屋内，彼此在同样的位置坐下来。环顾四周，沙发，茶几，桌椅，等等，摆设如初。时光荏苒，物是人非，唯有眼前的王生廷，鬓角多了几丝银发，但其微微发福，红光满面，精神俱佳，满脸堆笑。

我尚未提问，王生廷便开了口。"看村里现在发展得多好啊，路铺了，房修了，街道绿化了……"

没说上几句，他的手机铃声响起，有人向他询问用电方面的问题。

挂掉电话，他接着刚才的话，"这几年，村里的电工太少了，年轻人跟不上……"

手机再次响起，有人又向他询问电器安装的事情。

耐心解释一番，王生廷面带歉意地笑了笑，"不好意思啊，村里的事就是这样，琐琐碎碎，鸡毛蒜皮……"

断断续续，他几乎不容我发问，话题全在工作上。他侃侃而谈，我边听边打量着他，从最初的少言寡语到今天的语若连珠，我在思考着一个问题——他从伤痛中解脱出来了吗？

是，或者不是。因为我在他眼里，看到了亮光，亮光里带着星星点点的潮润。

◦ 三 ◦

重新回到办公室，我与王双廷"旧事"重提。

"好吧，说说就再说说。其实，放到谁身上，也会那么做的。更何况，咱还是村支书，是共产党员……"王双廷烟瘾不小，边抽边说。

晌午后，天黑压压的，好似盖了个大锅盖。雨越下越大，滂滂沱沱，肆无忌惮。整个下午，王双廷披着雨衣村里村外地转悠，时刻关注着雨情。

雨下得大，天黑得也早。下午 5 时多，黑幕从天上铺下来，能见度已经很低。王双廷站在村南头的高地上查看，墨色的群山云雾缭绕，深深浅浅的沟沟壑壑里，水位已经饱和，不远处的街巷里已经有了积水。

但，雨仍在下着。

他想起村西一户养殖场里数百只已经产卵的鸡。这么大的雨，万一发了水，损失可不小。他立马赶过去提醒。返回路上，依村而过的京昆高速公路引起他的注意。公路对面即是山，山上隐隐约约有一团白色的液体摇摇晃晃，起起伏伏。

警觉再次提高。他蹚着没过脚面的水，来到村口。这一看，着实吓了他一跳——那团白光光涌动着的，正是洪流。它若一条白色巨蟒，起起伏伏，张牙舞爪，随时准备着突袭南石门村。

觉察到情况不妙，王双廷急忙掉头回村，开始挨家挨户地提醒——晚上可能要发大水，随时做好准备。

人们呢，对于王双廷善意的提醒却有些不以为然。怎么说呢，村里一位上了年岁的老人辩驳：还记得九六年发水吗，下了五六天雨呢，这才下了一天，怎么可能发水？靠经验做事，是山村人几辈子留下来的习惯。

然，他们并不知道，7月19日一天的降雨量，远远超过往年五六天的降雨量。

晚7时许，村里突然停了电。漆黑的夜包裹着静默的小山村，风声和着雨声，雷声携着闪电，从窗户向外望，雨幕成为唯一的亮光。

王双廷的心弦绷得更紧了。他再次蹚着越来越高的水位，披着雨衣，来到村口。这一看，可不得了——不远处，那团白光光的东西开始缓缓移动，正朝着南石门村而来。

洪水来了！王双廷脑海里瞬时蹦出一个可怕的念头。顾不得多想，他扭头就往村里跑，短短十几分钟时间，街巷里的水位已经没过他的膝盖。

他开始挨家挨户地敲门——发水啦，发水啦，快起来往高处走！一户，两户，三户……同样的话，王双廷重复着，重复着，重复着。

雨夜的南石门村沸腾起来。开始是一家，接着是两家，三家，十家，人们相互提醒，互相转告，纷纷向着房顶攀爬。

9时许，当人们挤在瓢泼大雨的房顶上心神未定的时候，数米高的洪流裹着碎石枯树，裹着青沙淤泥席卷了南石门村。

瞬时，水位增高到三米，转眼间，整个村子变成一片汪洋。惊慌和恐惧中，人们生出一种莫名的幸运，于是，再大的雨浇在身上，也丝毫感觉不到寒与冷。

是的，灾难面前，活着比什么都重要。

时隔六年之后，再次回忆起当时的情形，王双廷向我道出了另外一种珍贵的发现——遭遇灾难的南石门村是不幸的，但也是幸运的。

这话如何解释？

灾难面前，隔阂，仇怨，计较，贪婪……都化为泡影。那一刻，人们表现出从来没有过的团结和友善，多少年不说话的人家，在危难面前，也会慷慨地伸出援手——

我把思绪捋了捋，想一想再次走进南石门村的时候，感觉到一种说不出的和谐与幸福。或许，王双廷所说的，便是这种幸福与和谐的根本所在。

◦ 四 ◦

打断王生廷的话，我不得不"旧事"重提。

"不得不"实属无奈。王生廷显然明白我的意思。

"我叫她了，第一个叫的就是她。哎……"再次提及往事，王生廷瞪大了眼睛，时才笑容铺展的脸上瞬时严肃起来。刚刚说了这么一句，我便在他的目光中看到了薄薄厚厚的红润——

7月19日晚7时许，小作河里的电线杆被洪水瞬间冲倒，南石门村里停了电。大雨倾盆，漆黑一片，王生廷套上雨衣就往雨里大步走去，他想去看看村北的变压器。

刚一出门，他就发现不对劲儿，小作河翻滚的流水声，大得吓人，脚下的水不断往上涌，"发大水了！"王生廷心里冒出这个念头，掉头就往村里跑，边跑边喊："街里进水了，赶紧往高处跑！"急促的喊声穿透雨幕，划破山村的夜空。

王生廷的妻子还在临街经营的商店里，他高声喊着让妻子赶紧回家，紧跟着就跑去挨家挨户拍门呼喊。

"水来了，快上房！"急切的拍打声似乎要把铁门拍透，这突如其来的声响把这家人吓了一跳，两人连忙叫醒家里人，上房就往高处跑。

"俺们一家四口正上梯子，一个浪头就把大铁门撞开了，水一下灌满院子！"回想起那天晚上，既后怕又感激的远不止这一家。

"俺家俩孩子，大的十四岁，小的六岁，那天都在本村姥姥家住，水来的时候，两个孩子困在屋顶，周围的人们也都撤离走了，眼睁睁看着水就漫上来了……"说到这，一位村民仍然心有余悸。

"听见呼救声，王生廷赶忙喊了哥哥王双廷，他们俩蹚着漫到肩膀的水，赶过来接过两个已经吓得不敢动弹的孩子。"村民一边擦着眼泪，一边说，"要是真没了孩子，俺可怎么过啊！"

院子里的洪流已经和房顶持平，十四岁的孩子小王顺着梯子向房顶上爬，无奈洪流太急，瘦弱的身体随时可能被冲到水里。小王用手紧紧把住房沿儿，大声喊着救命。王生廷听到求救声，丝毫不懂水性的他，凭着对街巷的熟悉，蹚着齐脖的洪流赶了过去……

短短十五分钟，肆虐的洪水几乎淹没了这个小小的村庄，村里转移出来的村民挤在房顶，挤在安全的高处，一直穿梭在低洼处和高地之间的王生廷终于松了口气，抓紧赶回家中，老母亲和两个孩子都还安然地在屋顶躲避洪水，可是仍不见妻子。

他马上返回商店寻找妻子，靠近店面时，他心里最后一丝希望破灭了——洪水已经淹没了屋顶。他不甘心，大声喊着妻子的名字，却只能听见水拍打着房顶啪啪作响。他不顾一切要下水救人，邻居们拼命拉住他，"水都到房顶了，你去哪里救！"憨厚内敛的他，瘫坐在房顶上失声大哭。

并非要做英雄，并非不顾自己家人，他恪尽职守尽自己的岗位职责，查看电力线路设备；他朴实本分对得起自己的良心，竭力呼喊救助乡里乡亲；他没有忘记一家之主的责任，喊了妻子，叫起了孩子和母亲。"只是万万没想到，水会那么大，来得那么快……"灾难发生后，王生廷呆呆地，一直喃喃自语。

这场洪水啊，来得凶猛，去得匆匆：9点多，全村水位三米多高；凌晨1点多，水位2米多高；次日凌晨3时许，洪水渐渐退去……残留下到处都是一米多高的淤泥。

乡亲们帮着王生廷进入到满是淤泥的小卖部，妻子没被洪水冲走，却已经变成了一个"泥人"。

把妻子抬回家，王生廷给心爱的妻子认认真真地清洗。那个晚上，王生廷陪伴妻子度过了最后一个夜晚。

那一夜，注定是对一个人心灵上最大的折磨。

家里，妻子的所用一切还在，那么多的衣服，她再也穿不了了；那么多的用具，她再也用不了了。王生廷后悔过吗？没有，是假的。他恨不得，躺在棺材之中的是自己。他失去了陪伴自己几十年的相濡以沫的妻子，两个孩子从此失去了最疼爱他们的妈妈。几十年来生活的点点滴滴，有争吵，有幸福，有烦恼，有快乐，都一帧帧浮现出来。但这一切，王生廷都还没有来得及给妻子诉说……

我知道，每次说到这里，对于王生廷而言，都是一次精神上的折磨。面对他声音哽咽、眼圈潮红的样子，我宁愿放弃更深入的挖掘。在我看来，所有出自内心的好奇都是一种卑鄙，尤其是面对失去妻子的王生廷和失去母亲的孩子。

我决定和王生廷到村里转转，以期从另一个角度还原痛彻心扉的一幕。

临街的小卖部还在，叫作生廷商店，现在仍旧被自家人经营着。站在商店门口，我望着屋内，望着房顶，沉默无语。猛然扭过头来才发现，王生廷远远地站在街上，背对着商店……

大街上，三五老人正在树荫下闲聊，我走了过去。一位七十多岁的老人回忆起找到王生廷妻子的那一幕，回忆起王生廷妻子下葬的那一幕，经历过无数岁月沧桑和淬炼的老人，陷入深度哽咽。他摆摆手，"别说了，心，疼啊……"

7月21日晨7点，是王生廷妻子入土为安的时间。妻子的两个姐姐无法赶过来，一个哥哥无法赶过来，送别她的有自己的丈夫和孩子，更有南石门村全村的父老乡亲。葬礼一切从简，简单但轰轰烈烈，撕心裂肺。朴实的王生廷，朴实的妻子，他们内心的淳朴达到极致，简单地生活，简单地工作，这一刻，她又简单地离开，离开的时候，她将简单推向了极致。

我就是在那一次见到了王生廷家里的那棵石榴树。

冷冷清清的院子里，石榴弯了树枝，那是一个人在迎接客人吗？

冷冷清清的院子里，石榴花开得正艳，那是一个人在微笑吗？

◦ 五 ◦

　　30 多户人家，198 个村民的生命。这个数字，为王双廷、王生廷兄弟在那场洪灾中的言行，写下了最伟大的句号——2017 年 10 月，王双廷、王生廷兄弟当选"见义勇为类"第六届全国道德模范。

　　毋庸置疑，见义勇为往往带着某些特殊的偶然性，这种偶然性未必一定存在着必然性。当我们煞费苦心去探寻与必然性相关的英雄成长的时候，有时候总是徒劳无功。

　　这使我想起王双廷的那句话：当时谁还有工夫想那么多，危险来了，每个人都不是自私的，都会这么做。

　　我觉得，用这句话来归结见义勇为的一类，不失为一种解释。

　　其实，我们之所以宣扬见义勇为，并非鼓励每个人在危险面前的舍生忘死。那不是我们想要的初衷，每一个生命都值得珍惜和尊重。我们更愿意看到的是，对于王双廷、王生廷兄弟而言，"道德模范"至高无上的光环带给他们的是什么？若不是那场灾难，他们也只不过最简单的普通人。普通人拥有了这样一份沉甸甸的荣誉，又将改变着什么？

　　谈到改变，王双廷坦言，"最大的改变是，为村里办事底气更足了。"说话间，他又慷慨地笑起来，"为村里争取点儿项目什么的，比以前更方便了。"

　　这绝对是一句实在话。

　　这几年，王双廷和南石门村的乡亲们一直忙碌着，他们为灾难过后的乡村重建勠力同心。

　　南石门村村东有一片地，山地和水田加起来近百亩。多年来，因了土地贫瘠、收入微薄，这些地一直处于荒废状态。乡村重建过程中，王双廷想到了那片荒地。想法汇报给县领导，得到大力支持。如今的百亩荒地，早已变成了一片果园。苹果、葡萄、大枣，单桃树就有五种……

"到县上求帮助，很多部门听说我去了，都会给面子。这都得益于那份光荣……"王双廷还是笑着。

仅仅是"方便"吗？

我曾不止一次思考过这件事。

正能量的价值指引，如同一盏明灯，照亮着我们每个人前行。维护正义不袖手旁观，危难之际不冷漠逃避，扶危济困，无私无畏，雪中送炭，疾恶如仇，为了公共利益和他人生命安全挺身而出，这是见义勇为的核心。王双廷兄弟不会说出这么精准的含义，却用实际行动做了出来。

是的，一名普普通通的村支书。荣耀加冕，他并没有因此而洋洋自得，并让这份荣耀成为高高在上炫耀的资本。反而言之，他能够守住本真，能够不忘自己的责任，能够更加投入地为乡亲们谋幸福，这是十分难得的。

想来，这也是他们获得荣誉之后，更深刻的价值所在。

◦ 六 ◦

王生廷真的很忙。

南石门村一带，村电工青黄不接、严重缺员。这几年，王生廷担负着周边北石门村、小寨村等五六个村的电力安全和日常保障。

被授予道德模范后，作为村电工的王生廷调到了镇上的供电所。按理说，村里的事情他可以少管，甚至可以不管。王生廷不但没有放弃村里的事情，反而让自己的担子更重。

何以如此？王生廷笑了笑，"以前没怎么想过这些事，现在不一样了……"

"有什么不一样？"

"自己的工作要干好，其他的事情能搭把手就搭把手，别人不愿意干的事情也得想着干、争着干、抢着干……"王生廷进一步补充。

"放到以前，你不会那么做吗？"

王生廷想了想，"可能不会。"

"现在为什么这么做？"

"咱要对得起国家的信任，对得起这份荣誉。"

……

以上的话，实实在在，无汤无水，言轻意重。

怎么说呢，一个普普通通的村电工，一个少有文化的山村农民，在灾难中失去了至亲，又在灾难中收获了荣誉，舍与得，哪个更值得？

或许，他没有深刻地思考过这个问题。但有一点不容忽视，荣耀的光环刻在心里，他懂得如何去呵护，如何去珍惜，更懂得如何去践行。灾难与荣耀改变一个人的，不仅仅是敬业、奉献、无私那么简单，更是来自思想上的转变，精神上的提升，信仰上的坚定。

收获与失去，到底值不值？

一直困扰着我的问题，在王生廷女儿那里得到了答案。

灾难发生，王生廷失去了爱人，两个孩子失去了母亲。一段时间，两个孩子对王生廷不理不睬，怨恨满满。曾经的四口之家，王生廷终日在外忙碌，家里的柴米油盐、缝缝补补，孩子的衣食住行，等等，全靠勤劳、贤惠的王生廷爱人独自打理。孩子对于母亲的依赖，远远超过父亲。

突然间的变故，给予孩子的心灵打击撕心裂肺。我问了王生廷一个问题：现在孩子们理解你了吗？王生廷淡淡的目光中闪过一丝暖意，"现在都长大了……"

话没说完，我却深解其意。

那天，我和他的女儿谈到同样的问题。王生廷的女儿给我说了下面的话：

灾难面前，任何事情不是一个人能够左右的，谁也不希望悲剧发生。灾难造成的悲剧，并没有谁对谁错的问题，之于收获与失去，更没有值不值的问题。如果事情发生之前用对与错、值不值去判断言行，悲剧可能更大，那样对于一个人来说，将是一辈子良心上的谴责……

这，是最伟大的和解。

什么是见义勇为，王生廷女儿给了我最满意的答案。

◦ 七 ◦

临别时，王双廷、王生廷兄弟执意要把我送到村口。穿街过巷，王双廷边走边向我介绍着南石门村的未来规划，尽管到了退休年纪，他说愿意再给年轻人助助力、当好后盾，争取把村子建设得越来越好。

王生廷的话更直接：踏踏实实把工作干好，把几个村的电力安全保障好，直到干不动为止。

时光荏苒，物是人非。过去的终将过去，我在他们的话语中感受到一种欣慰和感动，那是来自普通人的感动，也是抛却荣耀光环照耀下最真实的感动。

坐在车上，扭头望去，王双廷和王生廷兄弟并肩向村里走去，他们背影如山，脚步铿锵。透过车窗，起起伏伏的山峦绿

得那么浓，红红黄黄的野花开得那么艳，白云斑斑的天空蓝得

那么透……

（原载 2023 年 1 月 6 日《人物周报》）

冰雪中国年

百节年为首。在中国人的生活及精神世界里，春节最受重视。

之于原因，或许与两个层面不无关系：宏观而言，作为农业大国，受到农耕文明影响，春耕秋收，人们把诸多新的希望和开始寄托在了春天里；微观来讲，春节寓意着的团圆、幸福和平安，说到底是对于家的尊重，家的背后，是孝、仁、礼、信、福、安、康、宁，是延绵久远的中华文化。

无疑，2022 年的春节最为特别。

是的，冰雪运动与新春的不期而遇，为五湖四海的朋友们认知中华文化敞开了大门，中华文明与世界文明的热情拥抱，也让我们对文化共融、文明共享和命运共通充满了无限期许……

◦ 一 ◦

新春近在眼前，冬奥会开幕的日子屈指可数，一场瑞雪应景而来。雪花漫舞，思绪也随着雪花飘到一个我曾数次走进的地方。

崇礼，地处燕赵西北，西望大同，东近承德，南瞭平原，北牵内蒙古，这里，曾为少数民族游牧区，也是兵家必争之地和边关要塞。自然，这里还是燕赵大地上为数不多的"冰雪"之地，崇礼人一年的生活中，半数时间与雪为伴。

一方水土养一方人，一方文化润一方人。丰厚的历史文化和特殊的自然环境，孕育了崇礼独具特色的风土人情。

置年货、杀年猪、蒸年糕、贴对联、拜大年；打柳子、二人台、打树花、扭秧歌……在崇礼，我们既能看到春节里传统习俗的延续，也能感受到地域文化的和谐互通与独特创造。

除周边春节习俗在崇礼扎根繁衍外，不得不提到独属崇礼的民俗艺术——"打柳子"。

这个拥有三百多年历史的民间习俗，起源于当地的陶赖庙村，最初因依靠拍打柳棍为表演伴奏得名。表演过程中，男演员身披羊皮袄，头顶蜻蜓灯，身跨腰鼓，随着节奏，敲打着腰鼓起舞；女演员身着红绣服，手持白菜灯，边跳边唱，高声朗念打油诗。鲜艳的服饰，明快的曲调，高亢的唱腔，诙谐的身姿，通俗的唱词，崇礼人把对幸福生活的赞美和向往融入艺术，用通俗的艺术表现丰富多彩的日常生活，热烈，豪放，真挚，欢畅，严寒与热情的交错，冰与火的碰撞，何尝不是崇礼人豪迈、勇敢、朴实、善良、勤劳和智慧的真实写照？

传统习俗赓续的同时，近几年，"冰雪"已然走进崇礼人的生活，成为他们庆祝节日的"主角"。

天空的湛蓝和冰雪的洁白是崇礼的本色；严寒中的激情和冰雪里的喜悦是崇礼的底色。借着冬奥会的"春风"，崇礼人把"冰雪春节"办得热热闹闹，红红火火。

记得两年前，崇礼的朋友邀我去他们那里看一看热闹的"冰雪春节"，但由于个中原因，未能如愿。深深记得当时他向我描述的盛况：来吧来吧，几乎每个滑雪场都有活动，非遗文化展、民俗美食节、猜灯谜、龙狮舞、灯光秀……

无缘终究是无缘了，单就听听朋友侃侃而谈的介绍，就足以热血沸腾，心潮澎湃。

庆幸的是，我在冬奥会进入倒计时的这个冬天，再次来到崇礼，在一处滑雪场，我感受到了人们对于冰雪的热情。雪道从山顶铺下来，像一块块洁白的毛毯。雪道上，滑雪爱好者身着装备，屈膝，弯腰，煞有介事。山脚下，孩子们打雪仗、堆雪人、滚雪球，乐此不疲，年轻的情侣携手踏雪，甜甜蜜蜜，三三两两的白发老者，或驻足观赏，或拍照留念，幸福而温馨……

想来，曾几何时，或许崇礼人从来没有想到过，习以为常的冰雪居然能够带给他们新的生活。让"冰雪"造福一方百姓，让"冰雪"成为他们摆脱贫困、走向富裕的资本，这是大自然的恩赐，是冬奥会带给他们最珍贵的礼物，更是党和国家给予他们最温暖的"关怀"。

◦ 二 ◦

冰与雪，是北方春节最忠实的"伴侣"。冰雪世界，从来不缺少冷与寒，但在冰与雪的节日里，人们也从来不缺少热情和激情。

走出崇礼，我愿意把目光投向更宽广的天地，去寻觅更多冰雪世界里火热的中国年。

作为河北地域最为辽阔的城市，张家口历来为汉族与少数民族杂居地，草原文化、农耕文化、长城文化、商旅文化、红色文化等在这片广阔的土地上交相辉映，丰富的地域文化也让生活在这里的人们淬炼出丰富的民俗艺术。

蔚县，古称蔚州，为"燕云十六州"之一。作为国家级历史文化名城，蔚县不仅有着琳琅的历史遗迹，打树花、拜灯山等民间节日习俗更是别具特色。

拥有五百多年历史的打树花，用熔化的铁水泼洒到古城墙上，迸溅形成万朵火花，因犹如枝繁叶茂的树冠而得名。

据传，历史上的蔚县暖泉镇，铁匠作坊颇多。每逢年节，富人们燃放烟花庆祝，铁匠们买不起烟花，他们从打铁时四溅的火花中得到灵感，把熔化的铁水泼洒到古堡城门上方的砖墙上，好似朵朵烟花盛开。后来，这种特别的"烟花"吸引了越来越多的普通老百姓，其热闹喜庆的氛围不输于拥有烟花的富人们，因此便有了每逢过年"富人放烟花，穷人打树花"的民俗。

如今，打树花早已摆脱了穷人的专属。这种艺术已然从一种习俗演变为一种地域文化，一种劳动人民歌赞美好生活的载体，一个鲜亮的地标。

之于打树花的壮观，唐代诗人李白有过这样的描述："炉火照天地，红星乱紫烟。赧郎明月夜，歌曲动寒川。"

我曾有幸目睹过打树花的火热情景：夜幕降临，繁星满天。表演者身穿羊皮袄、头戴斗笠，用特制的勺子将高温熔化后的铁水用力泼洒在坚硬的城墙上，1000多摄氏度的铁水打在冰冷的城墙上，迸溅出璀璨的火花。这一波火花尚未消散，另一波紧跟而来，连续不断的火花犹如金色的"花雨"，霎时，你已然分不清冲进目光里的，是火花还是繁星……据当地人介绍，春节期间，蔚县曾出现过"十万人次赏树花"的盛况。

火花飞溅不觉寒，冰雪为伴的节日里，打树花是人们最纯朴的庆祝方式，也是他们追求幸福美好生活源源不断的激情和活力。

当然，在蔚县的年节里，拜灯山的热闹场景丝毫不亚于打树花。

正月十二，人们便开始着手准备工作，正月十四，街口竖起灯杆，堡内堡外挂起排灯和五颜六色的过街纸，上面写尽吉言祥语。排灯为十路，取意十全十美；过街纸平年挂十二路，闰年挂十三路，寓意月月平安，风调雨顺。

正月十五晚，拜灯山正式开始。首先是点灯山，点灯人由三五名村民组成，在灯山楼内的层层木架上由上向下将数百个灯盏摆出花边儿和文字图案，把浸过麻油的灯捻儿插入灯盏，一一注满油。夜幕降临后，用蜡烛将摆成图案的灯盏一一点燃，呈现出灯火字画。

接着是拜灯山，"灯官"坐在由四名青壮年抬着的独杆轿上，村里戏班的演员粉墨浓妆伴其左右，人头涌动的社火队伍，从堡门外进堡，一路敲锣打鼓，直至灯山楼。

最热闹的当数拜灯山之后，返回途中，祭拜队伍伴随着锣鼓点蹦蹦跳跳，载歌载舞。唱大戏是拜灯山的压轴节目，戏楼前张灯结彩，鞭炮鸣，鼓乐起，大戏开，历史故事和民间传说被当地百姓演绎的活灵活现……

蔚县也好，崇礼也罢，在漫长的历史进程中，丰美的地域环境使得张家口形成了多样的春节文化。比如康保县、尚义县的干嗑和二人台，比如怀来的九曲黄河灯，等等，人们在春节里寄予了无限期许和希望，在丰富多彩的民俗文化中，延续着一个地方最珍贵、最丰富的文明血脉。

新春迎冬奥，按照中国民间传统习俗，正月里逢喜事，这叫喜上加喜，这叫双喜临门。

"冬奥会时间"，世界宾朋齐聚中华，礼仪之邦，自然更懂待客之道，热情好客自不多言，"饕餮大餐"更是八珍玉食，丰盛垂涎。

首当其冲，自然是"灯火通明"。以"中华第一灯"西汉长信宫灯为灵感而来的冬奥会火种灯，不仅展现着古人的智慧和审美，更是借"长信"之意，表达着人们对光明和希望的追求和向往。翻阅历史资料发现，长信宫灯距今已有两千多年，为西汉皇室所用，其通体鎏金，整灯由头、身、臂、座、盘、罩六部分分铸而成，巧妙地将神态优雅的宫女的袖管与身体连接形成烟道，整体造型舒展自如、轻巧华丽。一盏灯敲开了中华文明悠远深厚的历史大门，想必定能令四海宾朋惊叹不已。

其次，当属"万事如意"。中国传统吉祥之物"如意"入题的"雪如意"，寓意吉祥如意和心想事成，寄托着对冬奥会健儿们最真挚的祝福。其实，如意远在东汉即已有之，清朝时更是为宫廷珍宝之一，其外形酷似灵芝，由玉或黄金制成，象征着顺心如意。据介绍，"雪如意"顶部由两根巨大支柱支撑，为"柄首"；顺势而下的S形赛道为"柄身"，高低落差达130多米。这是中国文化与现代竞技的完美邂逅，更是喜迎八方客的"中国表达"。

最后，"智慧拼盘"必不可少。

以书法和剪纸艺术入题的"冬梦"，融中华文化与国际风格为一体，尽显新时代中国的新形象、新梦想，传递出新时代中国为推动世界冰雪运动发展做出的不懈努力和美好追求；

以篆刻艺术入题的"小红人"，是千年文化与世界赛事的完美结合，也是古与今、历史和未来的相牵相融；

以国宝大熊猫形象入题的"冰墩墩"，既表达着可爱与友好，更展现着现代与时尚；

以丝绸之路历史入题的"冰丝带"，展现出冬奥体育文化与"谁持彩练当空舞"的中华之美。

以清代长卷《冰嬉图》入题的冬奥村中心花园，将滑雪、滑冰、冰球、冬季两项等竞技项目，穿越时空，变身为"木马""抢等""冰上蹴鞠"和"转龙射球"。

以长城脚下太子城遗址为中心的赛区，即是奥运村国际活动的广场，更是连接了过去、现在和未来。

还有，以五弦玉璧入题的"同心"，寓意着"天地合·人心同"的中华文化内涵，象征全世界人民在奥林匹克精神的感召下团结一心……

茶已煮，酒已烫，盛宴已备，翘首只待宾朋来。无疑，这是一场属于世界冬奥健儿们的盛宴，这更是一场中华文化与世界文化相融相通的盛宴。

围炉而坐，促膝长谈，谈一谈"纯洁的冰雪，激情的约会"，谈一谈"团结、和平、进步、包容"，谈一谈"更快、更高、更强、更团结"。谈笑风生间，让我们共同度过一个充满历史浓香和现代风味的中国年！

冰雪里的中国年，中国年里的冬奥会。想来，奥运会之所以长盛不衰，除了奥林匹克精神的隽永，不正是因为其内在将更多的人类文明继承和发扬吗？

俗话说，过了腊八就是年，不出正月都是年。

如此算来，人们庆祝春节的时间，在所有节日中最为持久。之所以如此，更多体现的，还是人们对于年的重视。

其实，走出塞外山城，走出冬奥会的赛场，你会发现，燕赵大地上的各个地域，都有着属于自己特色的年节习俗。这些，与深厚丰腴的燕赵历史紧密相连，这些与生活在不同地域里的人们的生活习惯紧密相连。年的内容和层次，也因了这些多样的年俗文化，而变得更加厚实和丰富。

与河北北部的年俗文化相比，河北南部的年俗文化又是另一番景象。

在古城邯郸，人们有除夕扔愁帽的习俗。扔愁帽要在除夕夜深人静之时进行。各家各户的大人、孩子，临睡前，把戴过的旧帽子或旧头巾，悄悄扔到大街上。第二天，打扫街道时，再把它们清扫到墙旮旯里，到正月十五夜晚烤"怕灵火"时烧掉。据说，这样做可以扔掉一年的旧愁，迎来一年的新喜。邯郸西部一带，人们则以荡秋千的方式欢庆佳节，元宵佳节前后，家家户户搭起秋千架，男女老少无一不缺，人们在喜闻乐见的形式中增添了节日乐趣。

在邢台，人们把正月初五称为"破五"，也叫"恨穷日"。这天，人们大放鞭炮而不串门，防止给别人家带去穷气。有的地方，这一天要做些轻微的劳动，希望通过象征性的劳动为家庭带来富裕。如今，穷日子的时代早已过去，但习俗依旧被延续着。这不是忆苦思甜，这是一种文化的传承，是一种不能忘却的乡愁。

从腊月开始的年，承德地区表现得最为明显。年何以从腊月开始？古时候的"年"，并非在腊月二十九或者三十，而是在"腊日"，也就是"腊八"。南北朝以后才把腊祭移至岁末。民国改用阳历后，因春节多在"立春"之后，故把年称之为春节。

"二十三糖瓜粘，二十四扫房日，二十五磨豆腐，二十六宰年猪肉，二十七杀年鸡，二十八把面发，二十九满街走，三十晚上，除夕守岁，玩一宿。"这句在承德等地广泛流传的谚语，将年根儿底下人们的生活演绎得忙碌而有序。

在衡水北部的深州、武强、安平等地，元宵节则有"放灯"的习俗。人们习惯把正月十五称作"小年"，这一天，各家各户张灯结彩，人们互相宴饮，夜不为禁。到了晚上，人们用黄米面做成灯盏，用麦秸莛儿作灯捻，蘸食用油点着，散放在屋内，或者把灯在自己或亲属的头顶、四肢放一放，祈福消灾康健。

在石家庄的无极，人们用剪纸、贴窗花的方式，来表达对生活的热爱和感受。在古城正定，每逢年节、庙会，人们习惯以铿锵有力的常山战鼓表演予以庆祝。在井陉，人们则以舞姿优美、古朴典雅的拉花表达对节日的祝福。在藁城，人们以制作、悬挂宫灯的方式，表达情感，赞美生活……

习俗文化是一辈辈劳动人民对生活的提炼，反映着一个地域人们对自然的认知，对生命的敬畏，凝聚着华夏儿女的伦理情感、生命意识、人文情怀和民族情结，是中华文明形成的重要基础根脉。

古老的燕赵文化，朴实豪放的民风，一句"慷慨悲歌"难足道尽。尤其那些散落存留于人民生活中的年节文化，不正是我们认识家乡、怀念家乡、迷恋家乡的路标吗？

时宪书、门神、对联、爆竹、扫舍、年粥、馒头、水饺、辞岁、贺年，清代李光庭在《乡言解颐》"新年十事"中，为我们记录下了关于新春的诸多习俗。常言道，百里不同风，千里不同俗。或许，我们无缘目睹太多地方年节里的风俗和风情，但不难发现，各个地方的春节习俗在同与不同、相似而又迥异之间指向同一个方向——对美好生活的赞美和祝福，对更加美好未来的向往和追求。

◦ 五 ◦

"爆竹声中一岁除，春风送暖入屠苏。千门万户曈曈日，总把新桃换旧符。"

一千多年前，诗人王安石用深情的笔触表达了对新春的希望以及和家人团聚的喜悦。时光更迭，千百年来，新春里饱含着的美好期许，被一代代人们延续、继承和发扬着，春节的内涵，也因此变得越来越丰厚和沉实。

作家李舫曾经说过，春节是地球上的一个奇迹，十几亿人在这个节日里，完成了世界上最大规模的迁徙，共同激活华夏子孙的历史传统、唤起中华民族的文化记忆……

冬奥会的圣火即将在新春里点燃，我们有理由相信，当全世界的目光聚焦中国的时候，中国的春节也必将给予全世界全新的认知和感受。

其实，中国春节的习俗早已在千百年前走出了国门。唐代，我国的阴历和传统节日习俗流传到朝鲜、日本、越南等东亚地区，并为之采用，直到今天，这些国家仍有保留和延续。现在想来，于春节里举办冬奥会，对于中华儿女来说，甚至对于五湖四海而来的朋友们来说，都将是一次值得纪念的美好记忆。

冬奥会，是体育竞技的舞台，更是一个文化碰撞、文明共享的舞台。

春节，是存留在中华民族记忆里的一颗璀璨之星，她蕴藏着一个民族的集体意识，描绘着中华文化的鲜亮底色。习近平总书记曾经说过，"文化自信是更基本、更深沉、更持久的力量。"在人类现代化、全球化、信息化的进程中，文化的共融、共享、共通无疑是推进人类命运共同体发展的一次良机。

时间没有国界，春天没有国界，文化同样也应该没有国界。在又一个新春到来之际，让我们共同在一场冰雪运动的盛宴中，去感受丰富多彩的中国年，让我们在红红火火、热热闹闹的节日里，携起手来，一起向未来……

（原载 2022 年 1 月 28 日《河北日报》）

金莲花开

一场透雨过后，金莲花在田野里醒来。她们带着几分羞涩，几分娇嫩，又带着几分华丽，几分高贵，像一群从天而降的仙子，成为草木新的邻居。

土豆秧第一个兴奋起来，伸腰，挺胸，用一片又一片圣洁的雪白为她们接风。成方连片浓绿的莜麦也活跃起来，她们扭动着柔韧的身躯，起起伏伏，整齐而热烈。漫无边际的草原开始接力，未曾开口，已翠绿含羞，浓浓淡淡，深深浅浅，躲躲藏藏；杨树、樟子松，威武挺拔，迎风高歌；闪电河畔的鸟儿也得到喜讯，大雁、野鸭、白鹤、鸿雁等，撩起层层碧波，振翅欢舞。

金莲花自然不会亏待这些热情的邻友们，她们很快便以一片又一片高贵的金黄盛装回馈。七八月间，燕赵坝上，沽源之地，因为金莲花，成为这个季节里令人向往的地方。

金莲花，别名旱荷，陆地莲，旱莲花，金梅草，金疙瘩，等等，被沽源人尊为县花。据传，公元 1168 年，大定八年五月，金世宗策马至此，耀眼的金莲花正值盛花期，漫无边际，浩浩荡荡，遂心血来潮，赐下御号，"八百里金莲川"因此扬名。

在这里，我没能目睹"八百里金莲川"的壮观，却邂逅了一个名叫大石砬的小山村。

庚子盛夏，上午，九点一刻。大石砬村委会办公室。

她就坐在我对面。她叫孙喜玲，大石砬村支书，四十五岁，短发，瘦小身材，一说话就笑，笑起来像朵盛开的金莲花。就在前不久，她刚刚获得全省乡村振兴"领头羊"的荣誉。

咳咳——掩口轻咳两声，她向后挪了挪，做好了采访准备。

"听说，咱们村是国家级森林乡村？"

嗡嗡嗡，一串振动声……

"不好意思，我先接个电话……"她嗓音嘶哑，带着几分疲惫。电话里，刚才还温文尔雅的孙喜玲转瞬变得焦急，"规定就是规定，谁也不能破坏。后天，就后天，不能因为一个人影响了全村人……"

放下电话，孙喜玲挠挠头，深表歉意，"刚才，我们说到哪里了？"

我还没有开口，电话又是一串振动。孙喜玲看看手机，又看看我，面带羞涩。"没事，您先接电话……"我明白她的意思。

挂掉电话，她再次道歉，"村里就这样，什么事都得问你，现在我就关机！"

自然，我并没有让她关掉手机。采访，在她宝贵的时间里进入话题。

"刚才说到哪了，您问森林乡村是吧，奥，这多亏了省林草局，多亏了田院长他们……"

说话间，她用手指了指窗外，"喏，眼前的一切都明摆着呢……"

坐在新建的村委会办公室，窗外，院子里五星红旗迎风招展。围绕五星红旗的，有种类繁多的树植，绿草，正值茁壮的小菜园，当然，更少不了盛开着的金莲花。远处，蓝天白云映衬着起伏的山林，翠绿浓妆，高高矮矮，肥肥瘦瘦，深深浅浅，似一幅天然的水墨画。

喝上一口淡淡的茶，心随画游，我初次进到大石砬村时的样子便一帧帧浮现眼前了。

以大石砬村委会为基点，前面是山，左面是山，右面是山，后面还是山。这些山，深深浅浅地藏在云雾中，闪亮在阳光下，墨绿、嫩绿、油绿、青绿、静绿、森绿，处处相似却不同。除了丰富的绿还有路，它们附着在山林身上，弯弯曲曲，高高低低，长长短短，如舞动的游龙，似少女的发髻线，令人神往，让人心醉。最独特的当数紧邻村庄的孤山。一方巨石，酣睡于此，孤独了亿万年。白垩纪地壳运动，火山口在这里吞云吐雾，时至今日，岩石、地貌，成为人们认知地球、了解地理、穿越历史的绝佳体验之地……这里的山，这里的林，这里的草原，这里的河流，用蓬勃的活力告诉人们，什么是燕赵大地上的青山绿水，什么是新时代的生态文明。

这些都是现在的事情了。

谁能想到呢，在过往的日子里，隐匿在山林与草原中的村庄，乃至村庄里的人们，却生活在薄薄厚厚的贫穷里。大石砬，由沟口、大干沟、小干沟和大石砬四个自然村组成，整个行政村 585 户 1414 人，2014 年建档立卡贫困户就有 307 户 650 人，属于国家级深度贫困村。

这些，又都是过去的事情了……

◦ 二 ◦

孙喜玲口中的"田院长",名叫田建辉,河北省林草局驻大石砬村扶贫工作队队长,第一书记。

2018年3月,全省脱贫攻坚战役全面打响,数以万计国家干部组成的扶贫工作队浩浩荡荡分赴贫困的乡村。

河北省林业和草原局,2018年11月2日挂牌成立,将省林业厅、农业农村厅、国土资源厅、水利厅等部分管理职责进行整合,是河北省自然资源厅的部门管理机构。尽管是个"年轻"的单位,他们却肩负着全省生态扶贫的重任,而且还是沽源县脱贫攻坚五包一牵头单位。面对这场没有硝烟的战役,河北省林业和草原局选派田建辉、李增良、姚伟强三名业务精英组成工作队,瞄准深度贫困的大石砬村。

说起来,田建辉与孙喜玲的第一次见面,颇有一些传奇和趣味。

是日,田建辉他们初到大石砬村,寻了多个地方也没找到村干部。几经周折,有人把电话打给孙喜玲。当时,她还是村里的妇女主任。正是清晨,电话来得突然,对方也没告诉她什么事,只道快点儿到村委会,越快越好。孙喜玲不知发生了什么事,顾不得洗漱,来不及装扮,顺手扯起母亲的大棉袄,急匆匆赶了过去。

进村委会大院,孙喜玲才发现情况不对,三个陌生人正站在院子里。哪个女人不爱美,孙喜玲自然也不例外。邋遢的样子,瞬时让孙喜玲有些尴尬,脚步下意识地往后挪了挪,已经来不及了。对方向她打招呼,她只得硬着头皮迎上去……

我从扶贫队长田建辉那里获得了那张珍贵的照片。照片上,孙喜玲蓬头垢面,肥大的黑色大棉袄裹着瘦小的身子,有些滑稽，又有些让人心疼，一个典型的山村老太太形象。采访之时，谈及这件事，孙喜玲轻咬嘴唇，脸颊飞红，"哎呀，可别提了，真是丢死人了……"此刻的孙喜玲，羞涩，可爱，腼腆，娇柔，如果不是深入了解，怎么也不会相信，她就是那个说一不二、雷厉风行、风风火火的村支书。

初到大石砬村，因为职业敏感性，这里丰富的生态环境便把田建辉他们震住了。当然，震住他们的还有眼前破烂的村庄以及在脏乱村庄里艰难生活的人们。彼时的大石砬村，如中国大多数贫困乡村一样，路难行，水难吃，垃圾遍地，断壁残垣，破败与贫穷牢固地坚守在大石砬村人的日子里。

燕赵大地，丰沛富饶，地域不同，时节迥异。初春，平原上已是万物复苏，坝上地区却依旧寒冷。自然，除了环境上的寒冷，最让他们记忆深刻的，还是心理上的"寒冷"。

对接完毕，工作队被安排住在村委会。吃水，便成为他们第一个要解决的问题。习惯了城市里拧开龙头就能用水的日子，在这里还要担水喝，这是他们没有想到的。常言道，远来的和尚会念经，田建辉他们开着苦涩的玩笑，"这下可好，三个和尚没水吃……"

仅仅担水也就罢了，关键还得排队，还要定时定点，路还不好走。偌大个大石砬村，能供水的地方也就那么两处，人们把那两口井视作生命之眼。看吧，到了放水点，家家户户拉着小车，扛着扁担，拎着水桶，拿着水壶，不明内情，还以为落难逃荒的队伍。因为定时定点，抢前位、占地方的事情就时有发生，口角之争自然也就难免。装好的水往回送，一定要小心路，颠颠簸簸，洒了可惜啊……

此情此景，被工作队看在眼里，城市与乡村的差距，生活贫困的现实，让每个人心里五味杂陈。

进一步走访了解，工作队掌握了更为准确的信息。几年前，大石砬村也铺设过一些自来水管网，但因为这地方寒冷期较长，加之温度低、管网铺设深度不够，一到冬天就上冻，为了吃上水，村民们只得舍近求远，“吃水难”是村民最关心、最迫切需要解决的事。

工作队在大石砬村扶贫的第一仗，从解决吃水问题“打响”。把情况汇报给单位和上级，联系沟通市里和县里的相关部门，为了尽快解决吃水问题，他们开动脑筋，多方争取跑办，终于提前一年把大石砬村列入中央资金安全饮水巩固提升工程。2018 年 8 月，大石砬村 223 户 672 人，全部实现安全饮水……

不可否认，在摆脱贫困的问题上，中国走出了一条属于自己的特殊之路。贫困乡村的问题，大处着眼是富裕，长久而稳定的富裕，小处来看是现实，与老百姓生活息息相关的贫困现实。这些问题，之于水深火热之中贫困的人们而言，往往是束手无策，是听天由命。扶贫工作队，中国共产党派下来的这支“特种部队”，在这场没有硝烟的战役中，各尽其能，从现实入手，让老百姓真正感受到国家温度，感受到党的关怀和温暖！

路难行，水难吃，学难上，病难医……太多现实之绳捆绑着，束缚着贫困的乡村和人们。与中国其他地区的脱贫攻坚工作相比，大石砬村有共通之处，亦有特别之处，这就是因地制宜，这就是精准施策。

◦ 三 ◦

这段时间，孙喜玲很忙，村民安置，村容整修，道路硬化……忙得焦头烂额，忙得着急上火。

我们坐到办公室里的时候，孙喜玲刚刚打完吊针。我有些不解，孙喜玲说，"我就是操心的命！"

真是如此吗？其实，她是放不下。

脱贫攻坚，大石碰四个自然村，小干沟、大干沟两个村涉及易地搬迁。拆迁动员需要有人干，搬迁安置需要有人盯着，"钉子户"的工作还要有人做……

从什么时候开始，已经无从考证。但大石碰村干部的信任度不高，已经是个不争的事实。基层组织，村干部的信任度一旦打了折扣，很多事情就难办。事情越办不好，信任度就越受到质疑，信任度越受到质疑，村干部的信心和积极性就越不高。这显然不是一个良性循环。另一方面，村干部老龄化问题突出，知识结构、处理方法、思路谋划等，都已经不能适应新时代乡村发展。所以，在脱贫攻坚过程中，国家层面多次作出指示，把加强和改进基层组织建设作为重要工作来抓。

田建辉他们同样看到了大石碰村的这个问题。

一段时间接触，孙喜玲想干事、肯干事、能干事的态度被他们看在眼里。2018年，恰逢村委会换届选举，田建辉找到孙喜玲，问她有没有担起重任的打算。孙喜玲犹豫不决。无论从资历还是经验上，自己都不具备优势。更何况，村子里杂七杂八的陈年旧事太多，又在脱贫攻坚的重要节骨眼儿上，能不能应付得来，都是个未知数。

孙喜玲的想法不无道理，但田建辉也有自己的打算。万事都有个开头，只要你肯干，真心想为乡亲们干点儿事，我们愿意做你的坚强后盾。

事情暂时定下来。田建辉到乡里，把一些想法与乡书记马文军进行了交流。

马文军自然知道这个瘦小的女子。这些年，身为妇女主任的孙喜玲除了本职上的事情，还负责着村乡间的上传下达。此外，她种植着数百亩蔬菜和土豆，也算是地方小有名气的致富带头人。综合各个方面，都没有问题。

有了乡里支持，田建辉和马文军又去坚定孙喜玲的信心。听说推荐孙喜玲当村支书，孙喜玲的爱人惊讶之余，有些不太支持。村里的情况他知根知底，东家长西家短的鸡毛蒜皮不说，面对一清二白的穷村，干好了那是分内，干不好，会让乡亲们戳脊梁骨。大老爷们都玩不转，让一个女人来扛，这怎么能行。

有想法本属正常，大主意还得自己拿。语重心长一番谈话，加上工作队和乡里支持，孙喜玲心里，也渐渐有了底气。

这一年，孙喜玲高票当选村支书。

党的十九大以来，国家层面提出的基层组织书记、主任一人兼政策初见成效，这也成为新时代农村建设的有益探索和尝试。孙喜玲选上了村支书，能不能实现书记、主任一人兼？这关系到优质班子配备，关系到一个新班子的执行力，更关系到大石砬村的发展。

在村民委员会主任选举上，孙喜玲的竞争对手有几个，其中最具竞争力的是个有着多年基层组织工作经验的"老人"。衡量各个方面，无论从经验、资历等方面，孙喜玲并不具备绝对优势。但，孙喜玲年轻，有能力，人也踏实、本分、有大局观，这一点他人比不了。别看村民们平日里不声不哈，对于村干部的言行，他们心里明镜似的，对于选出什么样的村干部来给自己"当家"，他们心里同样明镜似的。

第一次投票，孙喜玲与"老人"票数相等；二次投票，472名代表，孙喜玲以398票的绝对优势成功兼任村民委员会主任。这是她意想不到的。这样的结果让孙喜玲心里倍感压力，乡亲们为什么选自己，还不是希望她能带着乡亲们走出一条阳光大道吗？

谈及孙喜玲成为大石砬村"当家人"的事情，田建辉最初极力推荐她的想法和打算也逐渐浮出水面。

给钱给物，不如给个好支部啊。精准扶贫，扶贫工作队的作用不仅仅是改变村容村貌，让百姓手里有了钱这么简单。稳定与富裕需要持久，持久发展的执行者，归根结底在于基层组织。为了大石砬村摆脱贫困，为了大石砬村长久发展，一开始他们就想得很远……

◦ 四 ◦

在大石砬村的日子里，工作队给我留下最深刻的印象，就是踏实。田建辉，高高的个头，圆圆黑黑的脸膛，尤其那双眼睛，干净，真诚，朴实，厚道；李增良和姚伟强同样如此，话语不多，少有水分，几分腼腆，几分内向，却又带着满满的实诚和干练。

与生俱来的秉性，学不得，改变不了。于是，在这里就有了一种气场，这种气场是温和的，踏实的，醇厚的，强大的，无处不在的。

我对他们这几年扎根大石砬村做过的事情进行了一下梳理，发现一个颇有意思的事情。无论是植树造林还是金莲花项目，都有一个共同的特点，那就是长久。这似乎与他们留给我的印象不谋而合，那就是厚实，踏实。

比如合作社造林和杨树林防护。作为全省第一个合作社造林项目，他们在两千多亩的山林间，为大石砬村的百姓带来了劳动力的解决，带来了收入。

比如樟子松嫁接红松。这个项目不仅增加了村集体的收入，还填补了坝上地区经济树种的空白……

生态扶贫，国家实施精准扶贫的一条重要支脉。早在五年前，习近平同志在中央扶贫工作会议上就曾指出，贫困地区要想富，恰恰要在山水上做文章。

这些年，河北省林草局持续加大对沽源县生态建设扶持力度，工作队紧紧围绕部门职能职责，全力以赴，倾囊而赠，立足生态建设，卡住贫困咽喉，打开致富之门。在大石砬村，2.1万亩的森林面积，森林覆盖率达百分之43.8%。丰沛的自然环境，吸引着狍子、野猪、野鸡、獾、狐狸等野生动物安居生息，这里的人们也通过这山，这林，走上了一条脱贫之路。

2019年，村民刘桂祥和他的老伴，足不出村，仅参与植树造林、林木防护等打工这一项，就年增收三万多元。他们是大石砬村的缩影，也是"战贫"中的真实写照。有人称，大石砬村建起了"绿色银行"，这话并不为过。如今，这里的人们，都成为这家"绿色银行"里的储户，靠山吃山，靠水吃水，诚然如此。

当然，在我看来，田建辉他们所做的事情不仅仅是生态扶贫。今天，他们植下一片树苗，将来一定会给这里留下一片森林。而一片又一片的森林，惠及后人，造福地方。他们在建设和丰富地方自然生态的同时，更是给一方百姓播种下了希望……

到大石砬村，若不转一转实在是一种遗憾。除了那守望村庄孤独的山石，除了满眼浓浓淡淡的绿色，草原天路是一定要走的。沽源境内的草原天路，以绿色长城"塞北林海"为依托，沿途山高坡陡，林草丰茂，地形多样，沿途汇集了湖泊、湿地、河流、森林、草甸、清泉、幽谷、奇峰、烽燧，等等，再加以油菜花、向日葵、胡麻、莜麦、土豆等作为衬托，别有一番舒畅在心头。

沽源境内的草原天路五彩缤纷，长梁乡，大石砬的草原天路，又是另一番景致。怎么说呢，这里的草原天路，给人以舒缓、豁达、爽朗和宁静。平缓的路面，弯弯曲曲，如飘落尘间的玉带，似遨游花海的游龙；开阔的视野，举目无际，好一个心有多大，世界就有多大。

因紧邻丰宁大滩，田建辉他们又依托得天独厚的自然资源，把长远目光瞄向了旅游。这是生态资源的转化，也是自然资源有效利用的最大化。在这里，我亲身体验了新建的民宿，舒适，温馨之余，是安静，是恬静，是怡静。沉浸在周遭绿意盎然的世界里，是心灵的治愈系，是精神的伊甸园。

尽管，当前大石砬的民宿还不具规模，还在探索发展中，但大自然赋予这里的一切，脱贫攻坚留给这里的一切，终将成就一个全新的大石砬。

◦　**五**　◦

如何当一名称职的村支书，孙喜玲有着自己的标准和底线。

2005 年之前，孙喜玲和丈夫都在北京做生意。那一年，因为种种原因，生意遭遇变故，两口子欠下一大笔债。债要还，日子要过，往后的路还得走。几经商量，两口子决定回农村老家种地。凭借着在外闯荡的经验，凭借着勤劳肯干，两口子把千亩地管理得井井有条，不仅还了外债，日子也越来越好。

2015 年，孙喜玲当选大石砬村妇女委员会主任。

在孙喜玲的家族史里，爷爷就是当地的村支书。有一件事令她印象深刻。有年，一名外地逃荒之人来到这里，善良的爷爷心生怜悯，便悄悄收留，供吃供喝，治病疗伤。那时，正是大锅饭时代，衣食短缺。村里人知道后，偷偷向上面揭发了爷爷，一经调查可了不得，被救之人"成分高"，无形之中爷爷被卷入一场风波。上面自然处罚了爷爷，免去一切职务……

孙喜玲的父亲也当过村支书。只不过，向来憨厚本分的父亲不会偷奸耍滑，一心想为村子里办点儿事吧，却时常遭到心怀不轨之人的阻挠。耿直的父亲看不惯却又无可奈何，最终，干满一届后就主动辞了支书之职。

爷爷的遭遇，父亲的无奈，让孙喜玲明白，村支书不好当。正是因为"不好当"，也让这个柔弱的女人身上滋长了一股劲。这是一股怎样的劲头？说不清楚，却能隐隐感受到，归根结底一个词，那就是正能量。

2018 年 5 月份，大石碥村的大干沟、小干沟两个自然村易地搬迁确定下来。紧接其后，时间节点、补偿标准等政策也都陆续跟进。从那时开始，田建辉率领的工作队和孙喜玲便开始了艰难的"搬迁"之路。

对于老百姓而言，拆房子可是大事。工作该如何入手？孙喜玲征求田建辉的意见，田建辉道："你才是大石碥真正的当家人，主意得自己定。"

孙喜玲当即表态，"要拆，就先从我们本家开始……"

说起来容易啊。事情往往就是这样，越是自家的事情越不好办，清官难断家务事嘛。本家的长辈没想到这丫头片子竟然先拿自己人开刀，一时间有些想不通。孙喜玲不给他们讲大道理，就告诉他们："你们要是连自家人当支书都不支持，你们还信得过谁？"道理简单，却准确地抓住了老人们的思想之根，是啊，连自家人都信不过，还能信得过谁？

大石砬村的易地搬迁就这样浩浩荡荡开始了。

始终坚信，无论怎样的环境，怎样的地域，乡村的人员结构都有着某种相似和雷同。如何讲呢，在广袤大地上聚焦任何一个乡村都会发现，村子里总会有那么几个调皮捣蛋的家伙。似乎，一个乡村少了这种人的存在便成不了乡村。恰恰如此，正是因为这类人的存在，才让乡村更有故事。但，追根溯源挖掘这类人的内心就会发现，他们所谓的"调皮捣蛋"并非与生俱来，亦非穷凶极恶，自私自利，多吃多占，曾经让他们尝到过甜头，甜头吃得多了，便滋长了歪门邪道，便惯养了横行霸道和蛮不讲理。他们，绝大多数是可以纠正过来的……

易地搬迁，刘广瑞曾经就是村子里的"钉子户"。

孙喜玲他们去做工作，刘广瑞嘴上倒是答应得痛快。可是，今天往外搬个板凳，明天往外扯把椅子。再去，他嘴上还是答应得痛快，一口锅，一个盆地往外拿，就像挤牙膏……孙喜玲他们看得出来，这是在拖，他拖的目的无非就是希望扛到最后，能多拿到一些补偿。

刘广瑞家的房子不拆，村子里剩余十几户也跟着起哄。眼见着规定的日子越来越近，那段时间，孙喜玲起早贪黑盯在那里，磨破嘴皮挨家挨户讲政策、做工作。难就难在，都是乡里乡亲，人家也不给你来硬的，就是"滚刀肉"，奈何你说破大天，人家笑着吃秤砣，心里铁着呢。

解难得找根儿啊。那天，孙喜玲和刘广瑞进行了一次推心置腹的交谈。谈话的内容过于琐碎，但凡读者能够想到的话题，尽可以自由发挥。最终，刘广瑞拍着胸脯，"大妹子，啥也别说了，拆吧，先拆我家的，其他几户的工作我来做……"

到大石砬村采访，田建辉他们和我一起来到了正在拆迁的地方。下车，一个浑身挂满尘土的男子急忙走过来。他就是刘广瑞。见面，刘广瑞即刻向孙喜玲汇报。他用手指着远处摇摇欲坠的破旧房屋，"就差这么点儿就彻底完工了，进展不慢吧……"

离开后，孙喜玲告诉我，刘广瑞主动承担起监督拆迁的事情后，自己心里也不落忍，就按照出工对待，每天给他补助50块钱……

刘广瑞只是大石砬村易地搬迁的一件小事，一个缩影。诸如这样的事情不胜枚举，说起来，都是哭笑不得的辛酸。

那天，在与田建辉交谈中得知，在拆迁这件事情上，孙喜玲经受住了考验……说话的时候，我从他的言语中，感受到一种自豪，一种欣慰，一种满意，一种释然。

◦ 六 ◦

新时代的今天，中国乡村的变化，远远超出我们的想象，也远远超出了我们的经验。乡村，也从未像今天这样，迸发出如此巨大的能量和创造力。尤其那些贫瘠的乡村，百姓做梦都想不到的事情，竟然成为现实。比如无线网络覆盖全村，这不仅仅是现代化科技介入扶贫，它带给人们的是生活的便捷，是视野的开阔，是与新时代的接轨。

这些，都得益于国家对乡村的关怀和厚爱，得益于精准扶贫。

值得提到的是，在广袤大地上，在脱贫攻坚这场"战役"中，工作队任何一次面向贫穷的"冲锋"，都离不开所在单位这个坚强的后盾，单位不支持、不给力，只能是单兵作战，甚至是以卵击石。毕竟，贫困这个敌人，太顽固了，太狡猾了。

对此，田建辉深有感触，如果没有单位领导的无条件支持，没有单位的尽全力帮衬，我们个人的力量实在太过单薄……

正是因为如此，在大石砬村摆脱贫困的路上，田建辉带领的扶贫工作队信心满满，一直不遗余力。

在进行基础建设和生态保护同时，他们一直在进行着思考，深刻地思考，能多想出一条路子，就能增加一份收入，贫困的乡村和生活在这里的人们就能多一份保障……

金莲花，就是在这个时候进入了他们的视野。

一开始，田建辉他们只知道金莲花是沽源县花，是历史悠久的野花，因为随处可见，并不被当地百姓看重。周边考察时，田建辉偶然获得一条重要信息：有企业专门种植金莲花。

猛然，田建辉心里划过一道星光。

这与他心底最初闪过的一丝设想不谋而合。既然周边可以种植金莲花，大石砬也应该没有问题。那么，如何种植，效益如何，能给村集体和老百姓带来多少好处，一连串的问题开始在他脑海里跳动。

几天之后，通过各种关系，田建辉终于和企业搭上了线。了解后得知，这家企业成立时间不长，无论从规模和实力上都需要借助外力。与此同时，企业也了解到大石砬村的情况，大石砬村脱贫，正需要一个长久稳定又与生态环境相匹配的好项目，他们同样需要外力。

各取所需，互利互补，初步意向很快达成。但，对方提出一个条件，要对大石砬的土质进行检验，如果不符合标准要求，另议。

田建辉他们知道，企业所说的标准，其实就是富硒土地。沽源县有着百余平方公里的富硒土地，大石砬的土地是不是？每个人心里都在打鼓。

几日后，检测结果出来，大石砬村的确是富硒土地，种植金莲花没有问题。每个人悬着的心，如巨石坠地。

田建辉他们带我来到金莲花种植基地。田地里，被聘用过来的大石砬的百姓们正在忙碌着。今年又一批金莲花秧栽下来，过不了多久，便花开遍野，可以见到收益了。田建辉给我算了一笔账：金莲花种植，投资一次，受益至少十年，村集体每年至少增收四十万元。另外，百姓土地流转可以得到一笔收入，金莲花种植用工可以得到一笔收入。十年之后，企业在这里建了基地、晾晒场等，想搬都搬不走……

采访期间，我见到了企业专门负责大石砬村金莲花种植的赵倩。说起沽源的金莲花，说起大石砬的金莲花，她告诉我，我们与其他地方种植的金莲花进行检测对比，这里种植出来的金莲花，硒、黄酮等营养成分的含量远高于别处。

古稀之年的衡长明是金莲花项目的土地流转户，也在种植基地打工。说起这两年村里的变化，说起自己家红红火火的小日子，衡长明咧着大嘴一个劲儿地笑。我问他笑什么呢，他告诉我，老了，老了，没想到日子还能这么过……

我问：怎么过？

他依旧是笑：想怎么过怎么过。

站在他家的院子里，衡长明指着新垒的院墙，指着哗哗流水的水龙头，"这些都是给俺们办的好事。"院子里，青椒，豆角，大葱，韭菜，西红柿，西葫芦，各种蔬菜长势正旺。对于工作队和我们的到来，衡长明和他爱人极其热情，又要摘瓜又要割韭菜。工作队，好似他们远道而来的亲戚；他们，就像工作队的一家人。

起初，孙喜玲的支书当得并不顺利。

怎么说呢，除了经验上不足，村两委大部分干部年龄偏大，已经不能满足现实工作需要，尤其是面对电脑、微信等具有科技含量的业务，他们更是把脑袋摇得像个拨浪鼓。平日里，孙喜玲没少向田建辉倒苦水。

其实，孙喜玲不说，田建辉也已经想到了。

当时，单位新选录了两名名牌大学高材生。得知这一情况，田建辉及时把自己"能不能让她们来帮忙"的想法向领导作了汇报。领导全力支持，关键还要征求俩大学生的意见。彼时，田建辉没有多想，也不知哪来的这股劲头，他找到她们，问愿不愿意一起扶贫下乡，没想到，两人很爽快就答应下来。

事后想起来，田建辉觉得自己有些冲动和冒失，万一她们不愿意，一个五十来岁的大老爷们让俩丫头片子拒绝了，多没面子的一件事。但他又觉得庆幸，任何一个有利于脱贫攻坚机会，都不能放过。

在脱贫攻坚的艰难征途上，有多少干部不是这样？他们放弃舒适的工作环境，他们抛家舍业，他们丢下身份、放弃脸面，为了贫困乡村的改变，为了争取好的项目，他们求东央西，弯腰曲背……这就是我们的扶贫干部。

张艳婷和焦扬，两个正值青春的女孩子，就是这样来到大石碰村的。

在大石碰村委会，一间办公室的门牌上写着"村支书助理"五个字。这里就是她们工作的地方。几日采访，我始终看到她们在忙。孙喜玲坦言，这两年多亏了俩大学生，要不是她们，自己还真不知道该怎么办。

两个女孩子的事情，给了我深深地思考。新时代基层组织建设，只有不断地注入新鲜血液，不断地激发活力，才能发挥出更大的作用。经验固然重要，但适应发展、与发展同步匹配更为重要。这些年，从国家层面也在不断提出，鼓励青年人回乡创业。其实，更深层次的目的，就是希望更多有能力、有知识、有文化、有素养的青年人回到农村，参与新时代的乡村建设，只有这样，我们的乡村振兴才更具潜力，更有活力。

不知道田建辉是不是这么想的。起码，我在大石硑村看到了这样的探索与尝试。

说到张艳婷和焦扬，田建辉心里也有一丝丝愧疚，"说实话，我觉得还是亏了俩孩子了……"我不知道他有没有直接向她们表达过这样的愧疚，但在我看来，她们却得到了别人无法得到的福。若干年后，当她们回忆人生经历的时候，大石硑村的这段故事，一定最值得回味，这就是人生的财富。

值得庆幸的是，这些年，大石硑村亦开始物色和发展年轻党员，并通过各种方式吸引更多年轻人回乡创业发展，孙喜玲不就是最好的例子吗？我们有理由相信，随着大石硑村越建越好，随着旅游资源的不断开发，越来越多的年轻人一定会重新拥抱这片从贫穷走向富裕的土地，回到生养他们的家乡。

◦ 八 ◦

盛夏时节，一场雨后，外面的世界潮热憋闷，这里却清凉如一汪泉水。迎着微风，金莲花簇拥着我，大大小小的花瓣，层层叠叠，守护着金黄色的花蕊，如卫士的盾牌，似将士的金甲。舍不得摘下一朵，我只得屈身，鼻尖还没有触到花瓣，淡淡的清香便钻进鼻孔。紧接着，花粉像群顽皮的孩子，在鼻孔里玩耍嬉戏，有些痒，又有几分惬意。

喜爱金莲花的并非只有我，在蜜蜂眼里，盛开的花瓣是它们停息的驿站，无以计数的花蕊，是它们的饕餮盛宴。两只蜜蜂，振动着翅膀，似一对蜜月而来的情侣。它们在我身旁盘旋几圈之后，停在一朵盛开正艳的金莲花上。或许因为我的存在，蜜蜂显得有些不好意思，停在花瓣上，它们说了几句悄悄话，确定安全之后，便一头扎进金丝如缕的花蕊中，享用起金莲花赐予它们的甘甜。是的，金莲花的甘甜太过诱人，它们已然忘却了我的存在。它们把黑黄相间的身子弯成弓形，丝毫不在意吃相，好一个大快朵颐。美餐时刻，我不忍搅扰它们，轻轻挪动脚步，转向更深处的花海。

花海基地，田建辉解释，现在有了金莲花种植，还与深加工企业有了合作，再加上其他项目，扶贫工作结束了，我们即使离开了这里，心里也踏实……话语间，我分明感受到一种不舍，一种释怀，一种惦念，一种责任。

希望，在一朵朵盛开的金莲花上酝酿着。

金莲花海壮观热烈，与起起伏伏的山林，与弯弯曲曲的草原天路，与层层叠叠的庄稼地，交相辉映。矗立在花海里，蝴蝶曼舞，蜜蜂忙碌，举目四野，我脑海里闪过一幅画面，盛开的金莲花，犹如沾了金粉的画笔，正在大石砬人们的心坎上画出一个又一个金色的太阳，太阳的光辉暖暖铺散开来，涌动着幸福的浪涛，起起伏伏，绵绵延延。

与金莲花一起让我兴奋起来的，还有金莲花茶。金莲花太过娇嫩，采摘需在太阳升起、露水退却之后，不然，一经晾晒便会变黑。晾晒也有讲究，不能直接暴于阳光下，要在合适的温度自然风干才好。置于通风之处，把采摘来的金莲花平铺摆开，花蒂向下，花瓣朝上，两天之后，失去水分的金莲花便可储藏起来。金莲花茶的喝法也很丰富，没有过多奢华讲究，可单纯饮之，可加入冰糖或蜂蜜，亦可放入几粒枸杞红枣，茶随客便，任君自定。金莲花即是杀菌消炎的绝佳中药材，亦是便捷可口的茶品，形式不同，改变的是她们的身份，不变的是神奇的功效，这是大自然给予人类的恩赐。

在村委会办公室，烧上一壶清水，孙喜玲一边向我讲述着村庄因为精准扶贫带来的巨大变化，讲述着乡亲们脱贫致富的门路和愿景，一边把两朵风干的金莲花放到杯子里。水烧开，稍稍降温，缓缓倒进去，得到清水滋润的金莲花，重新在透亮的玻璃水杯里盛开，绽放，俨然一件赏心悦目的艺术品。轻轻品上一口，微甜中带着几分清香，清香入喉，嗓子和心情都开始清朗起来。慢慢品味中，我深深知道，这盛开的每一朵金莲花，都隐匿着一个贫困乡村人们的汗水、心血、智慧和希望，隐藏着他们对党和国家的深情感谢和祝福。

金莲花开，那盛开着的仅仅是金莲花吗？

今年雨水充沛，离开时，又落了一场雨。我与金莲花，在一场雨中结识，又在一场雨后道别，说起来，倒有一些缘分在里面。车上，我又想起那两只忙碌的蜜蜂，它们不正是大石砬村人的真实写照吗，一群贫穷的人们，在温暖的阳光抚慰下忙碌着，他们正在用勤劳和智慧，建设着美丽的未来……

（原载 2020 年 7 月 31 日《河北日报》）

红色浸润的村庄

很难说得清楚，是荷塘里的一声声蛙鸣，还是山林间的一阵阵鸟唱唤醒了连泉村的秋天。

韩王山比肩金顶山，起起伏伏，连连绵绵，如卧佛，似磨盘，更像慈祥的母亲，轻轻把村庄搂在怀中。山峦最先迎接了秋，浓浓淡淡的淡黄替代深深浅浅的翠绿，这儿一点，那儿一片，这儿一抹，那儿一丛，犹如艺术大师在巨幅山水画上的随心点缀。与群山交相呼应的，是弯弯曲曲、清清凌凌的清漳河，是势如碧海的千亩稻田，一畦畦一垄垄，层层叠叠铺展开来，秋风荡，稻禾舞，一个动起来的秋天。

其实，比连泉村的秋天更热闹的，是随处可见的红色。红色的石刻村标，红色的乡村振兴宣传语，红色的商店名字，红色的灯笼，红色的知名不知名的花丛……更为惊奇地发现，这里曾经还是太行五分区医院所在地。我在史料中找到了这样的记载："1942年10月，日本侵略者围剿涉县，太行第五军分区医院第二所、第三所、造枪厂、被服厂分别进驻连泉村、古台村、甘泉村、大滩村。"经历过如何的战火纷飞，经历过怎样的腥风血雨，现在已然鲜为人知。但历史不会忘记，这里曾经淌过红的血，流过红的泪，这里是一片毋庸置疑的红色土地。

隐匿在大山深处的村庄，层层叠叠、高高矮矮、肥肥瘦瘦。

以连泉村为点，以清漳河为线，沿着历史的印痕一路北上，更大的惊奇在脑海激荡，更多的震撼在心头澎湃。连泉，上庄，南庄，南关，赤岸，弹音，上温，下温，常乐，悬钟，石门，曲里，茅岭底……半个世纪前，伟大的中国共产党人在涉县开辟了红色革命根据地，中共太行分局在这里建立，一二九师司令部在这里运筹帷幄，并构建起包括医院、工厂、银行、法院、学校、文联等数十个组织机构，凝聚起一支保家卫国、抵抗日本侵略者的庞大力量。

在这片红色的土地上，散落的村庄无不被红色沁润着，滋养着。红色，是这片土地的底色；红色，是生活在这片土地上的人们的筋骨和力量源泉。

谁能想到呢，仅仅过去了半个多世纪，时间的激流陡然一转，红色波涛与绿水青山实现完美拥抱，竟然成为这里的人们摆脱贫困、走向富裕的活泉。据了解，就在这个秋天，一场关乎绿水青山，关乎乡村振兴，关乎赓续红色血脉和绿色发展的盛会将在这里举行。

或许，我不能目睹一场盛会的精彩和壮观，但可以想象得出，那四面八方聚集而来的人群，在红色的海洋里徜徉，在红色的土地上涌动，每个人都是红色历史的体验者和见证者，每个人又都是红色血脉的延续者和受益者。

幸好，我在连泉村做了短暂停留。停留，让我有时间去溶解沁入身心的红色气流；停留，让我有空暇去体味红色资源如何改变了一个村庄，改变了一个村庄的人们。这是一个缩影，一个窥一斑而见全豹的缩影。

不必说"小荷才露尖尖角"，也不必说"映日荷花别样红"，单就眼前的景致就足以让我停下迷茫的脚步。往昔的壕坑，今日的荷塘，一个污水散发着恶臭，一个清流滋养着荷虾，天壤之别，不敢想象。驻足弯弯曲曲的甬道，围绕我的，有盛开的花，有挂果的树，有鲜绿的草，也有胖乎乎的多肉植物。眼前，石桥连接村路与荷塘。荷塘尤为引人，莲蓬如一个个握紧的拳头，荷叶如伞，伞上，时不时有青蛙蹲卧，悠闲自在，调皮可爱，伞下，水清虾肥，看得见却又看不清，一种一探究竟的神秘。与荷塘相望的，是千亩稻田，秋日里的稻田，随着阵阵清风起舞，摇摆的稻禾，摇摆的稻穗，没有节奏却是大自然的乐章。

移步稻田，恰逢一位村民正在忙碌。趁着他起身的空当儿，问及现在的日子怎么样，没开口，他就乐开了花："好着哩，好着哩……"老乡的话简单而朴实，不善表达却内容丰富。继续追问："怎么个好着哩？"他想了想，也没能找到最合适的词汇，而后又说道："嗯，就是好着哩！"说完，又是会心地笑。笑，是最恰当的词汇。

好着哩，成为一个谜，我需要寻一个答案。

镇上来了干部，谜团就此解开。

眼下的连泉村，已经不单单是一个村庄，更是乡村旅游的网红地。一个曾经破败的、鲜为人知的地方，如今人声鼎沸、热闹非凡。人多了，人气就上来了，人气上来了，各种副业蓬勃而起，机会也就多了起来。自然，乡亲们更多的收入并不仅仅局限于依靠"外来客"这一项。乡村旅游与产业发展相辅共进的路子并不新奇，连泉村是个好例子。虾稻蟹共生，与200多户村民签署收益协议，每户每年增收3000多元；鲟鱼苗繁育，村集体年收入超20万元，解决劳动力30余人；多肉花卉种植，村集体年收入10万元，带动村民就业20余人；君迁子加工，带动村民就业100余人，每户年收入增加千元以上；连翘加工，带动本村及周边村民就业百余人，每户每年增收

2000 多元……

私下里，我为连泉村的乡亲们算了一笔账。连泉村，807户，2700余人，一连串的产业扑面而来，他们再也不用外出奔波数十里去打工，守着家门口就能挣钱，美美地事情，可不好着哩！

其实，红色沁润着的村庄，何止连泉村一个。为了更好地利用红色资源，县上集思广益、长远谋划。一个点的资源有限，但一个点连接一个点，就成了一大片，可做的文章更多，可干的事情更丰富。

"太行红河谷"的名字由此而来。说是"谷"，更准确和直接的表述，其实就是红色资源整合之后的一个片区。鸟瞰这个片区，清漳河为轴，太行山脉为界，仿佛一条彩带飘落山间。赤岸、王堡、常乐、寨上、沙河等独具特色的村庄星罗棋布，娲皇宫、一二九师纪念馆、太行五指山、红色记忆小镇等，有历史的厚重，有自然的壮美，有英雄的足迹，也有伟大的怀念。太行山水，绿水青山；漳河画廊，缤纷多姿，一条河，两岸峰，五彩谷，百味乡情，万顷美景。

历史总是充满了太多神奇和不可思议。多少年来，世代生活在这里的人们，都在用孤独的方式与寂寞的大山对话，与贫瘠的土地对话，与清冷的河流对话。勤劳、朴实、善良的山里人，寻遍路千条，却仍旧困囿在贫穷里，困囿在山与河的包围中，他们渴望走出去，抛却生养的故土无奈地走出去。而现在，更多的人渴望回归，回到这片红色的故土，回到越来越充满希望的家乡。其中的百般滋味，其中意想不到的思想转变，只有生活在这里的人们，才能读懂最深邃的意义。

穿梭于弯曲蜿蜒的山路，转过一道弯即是一道景，绕过一座峰即是一处乡愁。如今，清澈的漳河水缓缓流淌，哗啦啦，

哗啦啦，那是河流在快乐地歌唱。如今，起伏的太行山青翠碧绿、昂首挺胸，那是骄傲的姿态，那是自豪的模样，那更是满满的自信——国家富强了，日子好起来了，生活在这里的人们的腰杆，也如大山一样挺了起来，硬了起来。

　　一条河的记忆，一座山的记忆，远比呈现在我们面前所知的历史更加深刻和全面，真正想要更多地去认识历史、了解历史的时候，我们不妨去问问一条河，问问一座山，问一问沁润在红色血脉滋养里的山谷，乃至山谷里的村庄。或许不会有什么答案，但只要你有缘走近，只要你有心体味，一定能够得到一份别样的收获。这份收获，来自历史，也来自我们的新时代。

（原载 2021 年 9 月 26 日《河北日报》）

新颜

◦ 一 ◦

一个乡野小村，憨敦敦坐在滹沱河岸扇叶般的沃土上。

仰韶，龙山，二里头文化，似屈伸的胳膊和腿足，支撑着壮硕的身躯。史料载，六千多年前，这里便有人类定居……

时光雨雨雪雪，名不见经传的乡野小村，孤寂在原野，静默在浅滩。

打破经久沉默的是历史。1902 年，京汉铁路修至小村，并以近邻的振头镇命名车站。次年，正太铁路动工，为免耗资，便在滹沱河架桥，起点移至振头。

两条铁路不期而遇，乡野小村摇身一变，成了交通枢纽。

交通利，带来工业兴。正太总机厂拔地而起，炼焦厂应运而生，大兴纱厂铿锵落地，随之，电厂，轧棉厂，制药厂、机械加工厂，等等，似雨后春笋，若夜空繁星，像纷纷落花。至1957 年，遍布于此的工业企业达 277 家之多……

机器日夜轰鸣，敲锣打鼓把乡野小村推出逼仄的小巷，推向广阔的世界。

于是，人们邂逅了一个年轻的城市——石家庄。

企业遍布，人影浓浓，职工宿舍、家属楼、生活区，在丰沛的土地上悄然而起。生活在这座城市的人都知道，以企业命名的小区比比皆是，华药宿舍，水泵厂西院，内燃机配件生活区，拖拉机厂宿舍，等等，遍布主城区的街街巷巷。

城市发展，迎合时代需要。数十年过去了，一家又一家工业企业远离闹市区，一批又一批重工业企业撤出雄踞都市的主战场。

企业另谋"新居"，搬不走的，只剩下坚守在城市角角落落里的家属院、职工宿舍和生活区。

它们，承载着新中国第一代工业人的酸甜苦辣，承载着一座城市的历史印痕。

◦ 二 ◦

时光不过几十年，我们的国家正青春，我们的城市正青春。

时光匆匆几十年，催老一代人，也催老了一代人的"家"。

无疑，小康社会全面建成，现代化都市迅猛发展，老旧生活区、家属院等多层建筑，逐渐开始与鳞次栉比的高楼广厦格格不入。

基础设施落后，整体面貌陈旧，居住环境脏乱，私搭乱建、乱停乱放等问题普遍存在，人们的生活环境与新时代都市着实有些不匹配、不相衬……

2017 年，全国 15 个城市开展城镇老旧小区改造试点。

2019 年，住建部会同 21 个部门单位深入近百个市县调研 200 多个城镇老旧小区，部分省市又开展深化试点探索。

2020 年 4 月，国务院办公厅印发《关于全面推进城镇老旧小区改造工作的指导意见》，城镇老旧小区改造列入各级政府工作日程，老旧小区改造在全国全面推开……

地域不同，环境不同，生活习惯不同，改造亦不可千篇一律。

石家庄亦无例外。

2017 年，先是点，是尝试，是"探路石"。

2018 年，点走向面，一个面到另一个面，面与面携手并肩。

之后到区，一个区跟进一个区，因地制宜，既考虑留住"根"，又创新特色，一场没有硝烟的"改造战"，轰轰烈烈，步步为营。

任何改造都面临或大或小的困难。作为百姓"眼见为实"、亲历亲验的民生工程，改什么、怎么改、改成什么样，成为最基础的问题，也成为百姓关心重中之重的问题。

这件事，来不得虚头巴脑，也来不得投机取巧。

起先，将路灯、墙体、私搭乱建等列入改造范围。一段时间过来，环境有所改善，面貌有了提升，然经过走访，群众并不怎么买账。

问题出在哪里？最好的方法是"问"。

改造前，按照不低于小区居民户 80% 的比例征求意愿，将"最关心、最直接、最现实"诉求收纳进来；改造中，居民代表参与施工监督和安全管理；改造后，组织居民进行测评，满意度达到 80% 以上，方可竣工验收……

优化措施，补齐短板，接下来，在道路、绿化、排水等基本改造前提下，安全、服务、公共设施和外部环境四类功能全部跟进，从面子到里子，不改则已，改就改个彻头彻尾。

群众满意是方向，方向对了，路便不会走偏。

◎ 三 ◎

铁路交会改变了一个村庄。制药厂落户，则为石家庄迎来了腾飞式转折。

华北制药厂，曾是亚洲最大抗生素生产厂，其培育出了新中国第一株青霉素菌种，彻底结束了中国青霉素依赖进口的历史，被称为"共和国的医药长子"……

1956 年建厂，1958 年底，华北制药厂职工达 5800 余人。

曾几何时，几乎每一个石家庄人身边，都有几个"华药人"。

自然，与华药厂房一起兴建的，还有职工宿舍、食堂、医院、俱乐部、幼儿园、托儿所。

生活区更是必不可少。华药建厂后的几十年，华药生活区从一区建到了八区，在石家庄市区的版图上，这片区域不容小觑。

华药第四生活区，坐落于长安区煤机街 55 号。

1987 年建房，风霜雨雪近四十年。楼体陈旧，道路、管网等基础设施破损严重，飞线、乱停乱放、私搭乱建等问题突出，简而言之，老旧小区已然不能满足人们的生活所需。

2022 年，华药第四生活区列入长安区老旧小区改造范围。春改秋收，长达半年之久的旧貌换新颜，开始了……

"那边垃圾赶紧清理，老这么堆着不是事儿！"

"挖沟时一定留出通道，不能因为施工影响居民们出行！"

盛夏，炎热铺满大地。中等个头儿，浅花色的衬衣上爬满灰尘，走起路来风风火火，像一只快乐忙碌的小鸟。

"那就是煤机社区申书记。"长安区委宣传部同志向我介绍了眼前的她。

老旧小区改造以来，申鑫也确实忙得不可开交。挖沟开路要盯着、拆违拆建要盯着、粉刷整修还要盯着……每样事都和居民生活息息相关，作为社区支部书记，她必须想到前面，最低程度减少矛盾，最大程度保障进度。

即便这样，或大或小的矛盾依然难以避免。

有户一楼居民，房屋面积小，很多杂物无处搁放，多年前在南窗根儿建了"小房"。小区改造，私搭乱建需要拆除，这一类"小房"成为整治重点。

提前告知，限定期限，据理说教，能用的办法用上了，这户居民就是不动不拆。"小房"主人振振有词，"我这房子盖多年了也没事儿，怎么你们一折腾就有事？要拆可以，算工算料，你们得给补偿……"

强行拆除并非上策，讲道理又无济于事，工程落实迫在眉睫，考验社区支部书记的时候到了。

先是"软磨硬泡"。可是，道理讲了一箩筐，把政策和好处揉碎了摆在面前，"小房"主人软硬不吃，哼哼唧唧就是仨字：不同意。

正面"攻势"败北，不得不侧翼考量。通过走访，申鑫了解到，小区里，这户人家与另一户关系很"铁"，另一户早在几日前就自行拆除了私搭乱建，何不让他去做这一户的工作？这叫啥，申鑫想到一个词：现身说法。

这一招果然奏效，两日后，"小房"主人主动拆除了自家的违建。

事后，申鑫了解到，为什么突然如此顺利？其实，老百姓不是不明事理，只是一时转不过来那个弯儿。再说白点儿，不能因为一个人影响大家，更不能因为这点儿小事，坏了"哥们儿"情谊！

类似的事情不胜枚举，说起小区改造，与华药四区建房时间同龄的申鑫笑了笑，"社区工作不好做啊！"话虽简短，我却从她简短的话语中感受到许多辛酸和委屈。自然，我感觉到更多的，是年轻社区工作者的奉献、担当和智慧，在他们充满朝气的身上，更有着许多崭新的希望……

◦ 四 ◦

梧桐、白毛杨、香椿、无花果、花椒、核桃……石家庄老旧小区种类丰富的树木，绝对称得上一景。

少则三五年，多则数十年，这些肥肥瘦瘦、高高矮矮的树木，见证着一代人的日子，也见证着时间的变迁。

然，由于种种原因，这些树要么栽到了窗户前，要么栽到了消防通道，要么栽到了道路中央，使得本来区域有限的小区，有效使用面积更为狭小。老旧小区改造，不碍事的树能留则留，"站位"不当的树木就需要伐掉。

树木清理，矛盾点儿又暴露出来。

内燃机配件第二生活区，就有很多这样的树。

石家庄内燃机配件总厂，前身为创立于1958年的石家庄市拖拉机厂，1986年更名，职工最多时超过四千人。内燃机配件第二生活区，隶属河东街道谈二社区，1986年建房，2002年纳入老旧小区改造。

小区有棵树龄超过二十年的花椒树，树主人是八十多岁的刘奶奶。污水管道分离改造，刘奶奶家的花椒树正处于管路铺设处，不得不伐掉。

得知自家的花椒树要被砍了，刘奶奶可着了急。那几日，她拿着个小马扎，没事儿就坐到树跟前，谁靠近就跟谁急。若要跟她谈砍树的事，刘奶奶立马就头晕……

作为社区支部书记，九零后的耿晨昱看在眼里，记在心上。

怎么说呢，大伙都知道刘奶奶是个通情达理的人，社区工作向来也积极支持，这次怎么一反常态？

耿晨昱决定，亲自找刘奶奶谈谈。

初登家门，刘奶奶只把防盗门推开一道缝儿。没等开口，刘奶奶虎着脸扔下一句："要砍树，除非我死了……"话音未落，门咣当一声关上，耿晨昱吃了闭门羹。

接下来的事情更为复杂。

刘奶奶真的住了院，而且一住就是半个月。不得已，工程只得停下来。半个月之后，得知刘奶奶回来了，耿晨昱决定再次拜访。

还没上楼，耿晨昱在单元楼门口碰见了刘奶奶的儿子。看见耿晨昱，刘奶奶儿子瞪着他："看看你们干的好事啊，把老人都气得住了院，这损失你们可得陪……"

耿晨昱又碰了钉子。

这可怎么办？一道难题，摆在了这个九零后社区支部书记面前。

工期耽误不得，问题总要解决。那日，耿晨昱拎着两箱牛奶去看望刘奶奶。这次，他在心里下定决心，无论如何也要做通老人的工作。当耿晨昱把各种可能出现的苦难几乎都想到的时候，出乎意料的是，这一次，刘奶奶竟然爽快答应了。

原来，那棵花椒树是老伴活着的时候栽下的，看到树就想到了老伴，刘奶奶是想给自己留个念想。住院那段时间，刘奶奶心里总是放不下这件事，觉得对不住大家伙，不能因为自己的事情耽搁了大家，那时候她就想通了……

采访时，这个九零后的小伙子乐呵呵地告诉我，社区工作，离不开居民们的支持！至于刘奶奶住院，耿晨昱为我揭开了谜底：那时正赶上老人每年例行输液，和砍树没任何关系……

五

沿着笔直的水泥路径直往里走，九栋楼分立东西两侧。六层高的楼体上，合心、互助、友谊……绯红的隶书大字鲜艳夺目。

这里，便是新华区合心苑小区。

盛夏的下午，天热气潮，树荫下，三三两两的老人们，或玩着纸牌，或下着象棋，或摇着扇子闲聊，他们说说笑笑，其乐融融。

谁能想得到呢，一年前，彼此还都是低头不见抬头见的"陌生人"。

的确，合心苑以前并不合心。

怎么说呢，从20世纪80年代开始，这里陆陆续续建起楼房，到90年代，总共建起九栋。这九栋楼，一栋一个街号，东侧四栋为搬迁居民所住，西侧五栋为五家单位的生活楼。

起初，西侧产权单位为了便于管理，把自身的生活楼圈了围墙，设了门卫。如此一来，一楼一个门卫室，一楼一个院落。东侧居民见了，也开始效仿。独门独院的生活区日久而成。

后来，西侧住在单位生活楼里的人们瞧不起东侧老百姓，嫌弃他们素质低，东侧百姓同样瞧不起西侧的人们，认为他们太高傲，目中无人。

再后来，也不知哪一位"高人"出了个主意，在两侧楼间唯一通道上垒起了一堵墙，东西两侧就这样一分为二了。

老旧小区改造，"各自为政"的这片区域纳入进来。采访时，我看到了当时的老照片，一道墙将本来就不宽绰的道路一分为二，人们只得在逼仄的狭窄过道里通行、停车，脏乱差在这里展现得淋漓尽致。

改造过程，工作人员先是将封闭的围墙、院门进行拆除，打通各楼院间的"障碍"……

后来，重修了道路、重建了车棚，粉刷了楼墙，新建了大门，划了停车位……

再后来，对电线、电缆、燃气管道进行了整修和改线，对外墙裸露所有线路进行了整理，对供暖明管进行了重新包装，漫天"蜘蛛网"似的飞线不见了……

"从这栋楼盖好我就住在这里，经历了从新楼到破院，再到现在一个崭新的小区，我们住在这里也从开心到糟心又到现在的称心、合心，这是实实在在的民心工程。"住在这里半辈子的张大爷感慨道。

"那里过去是产权单位一个带围墙的小院，大门长期紧锁。此次改造，我们与产权单位沟通协商，将围墙拆除，统一地面硬化，作为居民文体活动广场。"西苑街道书记王丽燕把眼前老人休闲的地方指给我说。

道路一侧，我还看到了一面文化墙。历史沿革、既往管理、引进物业、党群支持、综合治理、治后新貌等，展示着小区初建至今的历史历程，也展示着美好的未来……

◦ 六 ◦

个头不高，走起路来像小跑，见人就是满脸笑，再配上一头短发，周身上下透露着利索和干练。

她就是新华区北苑街道中化宿舍物业的贾经理，一个五十多岁的中年妇女。

老旧小区改造接近尾声，回忆改造过程，社区支部书记刘勇和贾经理几乎异口同声："最难的时候，都挺过来了！"

他们话语中的"最难"并非与居民间的矛盾，这倒有些出乎意料。

改造时正值雨季，污水分离刚刚挖了管道沟，暴雨就来凑热闹。为了避免积水和保障居民安全，刘勇和贾经理冒雨排水，几乎每天都是一身泥……

这件事，居民们看在了眼里，嘴上不说，心里却真真地认可了物业公司。

怎么说呢，之前，中化宿舍并没有物业，基础设施不完善，小区配套设施落后，私搭乱建严重，汽车乱停乱放，垃圾到处都是，生活环境着实令人不悦。

曾经，这里也想着通过物业管理改变脏乱差的环境。但，平日里鸡毛蒜皮都会争得脸红脖子粗的居民们，面对物业，却出奇地抱成了团。新来的物业，要么居民们不配合，要么故意闹事，再要么干脆与物业直接冲突。他们的目的是什么，少交物业费，享受最好的服务……

贾经理的物业公司进驻中化宿舍，打响的第一炮是"先干活，后收费。"用贾经理的话讲，这叫"走两步看看"。让谁看？自然是业主，是每一位对物业有着评价权的居民。

没干活先收钱，收了钱不干事，老百姓最反感的就是这些。一开始，贾经理就抓住了物业不受"待见"的根源。接下来，趁热打铁，"干不好，不收费。"还是借用贾经理的话，换位思考，拿着居民们的钱，不好好干活，换成咱们自己心里也不痛快不是？

"其实，没多少门道，就是这么简单……"之于居民们的认可，贾经理就为我举了上面的例子，简简单单。

简单吗？绝对不是。

提升老旧小区居住环境，硬件设施要建好，软件服务同样不容忽视。软件服务是什么？那一定是物业。

怎么说呢，业主与物业，似乎是一个争论许久的课题，也是一个值得长期关注和研究的课题。好的物业，总能摆正自己的位置，管理与服务，那个词更重，显然是后者。然，只追求利益而丢掉服务重心的物业，永远不受"待见"，这或许就是矛盾点所在。

贾经理的见解令我耳目一新。

这使我想起位于长安区煤机街 58 号的水泵厂宿舍。随着老旧小区改造，这个小区也引进了物业。但，由于物业工作不到位，改造过的小区并没能把新貌维持多久。

小区里，我遇到了几位正在闲聊的老人。问及小区物业，他们几乎同时嗤之以鼻："看看这环境，你就知道了。"老人们还告诉我，物业公司进驻小区后，干的第一件事就是收费，物业的理由很简单：没钱，怎么干活？殊不知，业主们的理由也很简单：没享受服务，怎么给钱？

不用想，矛盾点就出来了。

好的物业，是居民们的另一种幸福。贾经理的物业公司受到认可和欢迎，不正是这个道理吗？

老旧小区改造只是一个短暂的过程，保持和维护良好环境，才是需要长久坚持的关键。在中化宿舍，物业费交多少，车辆安排怎么合理，这些问题，他们都要提前和业主沟通，排异存同后再实施。同小区改造一样，干什么与怎么干，干得好与不作为，居民最有发言权。

小区换新颜，需要改造提升，需要优质物业参与，更需要每一名居民的支持。

简单的道理，却是一个复杂的转换，这个过程，需要理解，需要包容，更需要实实在在的奉献和付出。

新时代的今天，我们的城市正青春，我们的生活正青春，那些曾经落后、陈旧的小区也正在焕发新的青春。

这些年，燕赵大地上，每年都有数以千计的老旧小区正在进行着旧貌换新颜的变化，石家庄只是其中一个缩影。滴水观海，在这个缩影里，我们脑海里激荡起一潮又一潮的火热的巨浪澎湃……

（原载 2022 年 12 月 24 日《河北经济日报》）

新颜

荒漠上的"中国红"

○ 一 ○

呵呵——

听了我们的话，司机师傅卡哈尔只是淡淡地笑了笑。

走过两天行程的戈壁滩，我们正式驶入塔克拉玛干沙漠。这片神奇的疆域，拥有着诸多神秘光环。比如中国最大沙漠，比如世界第十大沙漠，比如世界第二大流动沙漠，再比如"死亡之海"……

黄沙层层叠叠，绵绵延延，如波涛，似海浪，浩浩荡荡，漫无边际；沙丘高高矮矮，胖胖瘦瘦，若山峰，像金塔，拥拥挤挤，起起伏伏，无休无止。

此刻，天空湛蓝如洗，视野更为开阔，目光所能到达最遥远的地方，蓝天拥抱了沙浪。太阳格外铄亮，涌动的光芒潮水般淹没黄沙沧渊，泛起层层金光，耀眼而迷人。

拽着春天的尾巴来到这里的时候，据说，我们业已错过最好的时节。当地人认定的"最好时节"，无飓风狂卷，亦无黄沙漫天。怎么说呢，塔克拉玛干沙漠全年风沙日极为频繁，素有"一年只刮一场风，从春刮到冬"之说，狂风卷起尘沙，遮天蔽日，飞沙走石，天地混沌。

恐怖恶劣的沙尘天气，影响生态环境，更威胁到人身健康。

我从一名省级医院呼吸科专家那里了解到，如若一个人长时间置身沙尘环境，极易引发各种刺激症状，比如流鼻涕，流眼泪，咳嗽和咳痰，甚至可以诱发身体内部的哮喘、支气管炎、肺病以及心脏疾病等旧有疾病。

驶入沙漠腹地，我们庆幸没能遇到这样的天气，并给出了一个作为外地人的理想推测：为了欢迎远道而来的客人，恼人的沙尘特意推迟了时日！

"卡哈尔师傅，您说是不是？"寻找理想猜测的结果，最好的路径无疑是得到当地人的肯定。

呵呵——

具有冷幽默特质的司机师傅没有反驳，只是淡淡地笑了笑。简单的情绪表达，却给予了我们丰富的内涵。很显然，这想法过于天真烂漫了，但我们是客，维吾尔族人天生热情好客，却又深谙尊客重客之道。

有效经验必须来自生活实际，妄自推测只能是纸上谈兵。但，我们似乎钻了牛角尖，铁定在神秘的地方一定能得出神奇的结论。再三追问，卡哈尔师傅轻轻地回了我们一句：看看吧，真说不定！

亲爱的朋友们，我之所以大费周折讲述这样一个插曲，一定和后面发生的事情有着密切联系。如果没有上面的铺垫，或者直入主题，你一定对我要讲述的对象所处的恶劣环境没有更为深刻的体会。我需要提醒各位朋友的是：想要听一段好故事，你必须要有足够的耐心！

我们颇具自信的猜测没能维系多长时间。无疑，向往已久的塔克拉玛干沙漠也没有因为我们的到来而改变脾气。汽车穿越在"死亡之海"的公路上，二百公里之后，卡哈尔师傅的"不一定"鬼使神差般出现了。

一个多小时前的湛蓝天空，在这里陡然变得昏黄起来。远远地，层层昏黄如同一只无形大手抄起的幕布，向着天空越升越高。沙丘上起了一层淡黄色的雾，一团接着一团，一撮拧着一撮，飘飘忽忽，摇摇摆摆，张牙舞爪，肆无忌惮。

轻柔的风也变得粗暴起来，公路两侧的红柳、梭梭、胡杨、骆驼刺，等等，不情愿地摇摆着干枯的枝身。风越来越大，越来越猛，越来越狂烈，由此带来的结果是：只不过眨眼工夫，我们已经被浓重的黄沙团团包围，目光能见度不足三十米。沙砾扑到车上，叮当作响，向前的路瞬时被黄沙遮挡，司机师傅不得不几度把车速降至最低……

车速时快时慢，像一艘置身茫茫大海迷失方向的小舟。沙尘翻滚如浪，我们在汹涌的海浪里迷茫颠簸。

时才兴高采烈的情绪在迷茫中跌落下来，紧张，忐忑，厌恶，焦躁，说不出来的五味杂陈。卡哈尔师傅依旧牢牢把着方向盘，稳稳地开着车，我们看不出他有任何表情和感觉。显然，他已经习以为常了。

"他们，常年就在这样的环境里工作吗？"我们弱弱地问了一句。

和着颠簸行驶的汽车，卡哈尔师傅狠狠地点了点头。

此时，几个红色身影在昏黄的沙尘里闪过。看不清他们的面貌和表情，从我们视线中一闪而过的，是他们躬身的脊背，是他们沉重的脚步。

"那是他们吗？"我们赶忙问道。

"是的。"

好奇感顿时升起，扭身向车后望去，他们早已淹没在狂风飞沙中了。

靠在座椅上，风沙依旧猛烈狂野，我们沉默着，几日来谈

◦ **二** ◦

很难想象，常年工作于此的他们，需要承受多少不为人知的苦楚啊！

于我们而言，或者说，于身处繁华之所、安逸之地的人们而言，"他们"太过陌生了。

他们，就是此次新疆之行的寻拜对象——塔里木油田南疆天然气利民工程的拓荒者、建设者、保障者和守护者，可敬可爱的石油人。

不得不承认，行业跨度让我们的认知变得逼仄而陌生。

有关石油人的知识和概念，仅仅局限于书本，比如美国石油工业之父的乔治·毕赛尔，比如中国近代石油工业第一人的曹鸿勋，比如具有"铁人精神"的王进喜，等等。他们距离我们的现实生活太过遥远，遥远的除了记住名字之外，他们的工作环境，他们的生活状态，凡此种种，我们却知之甚少。

现在，所有的遥远近在咫尺。真正面对从神圣变为平凡的他们，我竟然一时间不知从何入手了。所以，寻访他们之前，特意做了一些功课。

作为中国幅员最为辽阔地方之一，新疆具有"三山夹两盆"的地理特征，北部为阿尔泰山，中部为天山，最南部为昆仑山系。阿尔泰山和天山间为准噶尔盆地，天山和昆仑山系间为塔里木盆地。天山以南，昆仑山以北，称之为南疆。

位于塔克拉玛干沙漠的塔里木油田即在南疆。中国陆上第三大油气田，中国西气东输主力气源地，中国西部能源经济动脉，为新疆南部和下游沿线 15 个省区市提供民生用气保障……

我们知道，天然气是自然界中天然存在的一种气体，主要用途是作燃料，可制造炭黑、化学药品和液化石油气，为世界高度关注并激烈争夺的重要自然资源。

"利民"二字，无形中让高大上接了地气。但，所有的事情又都是有形的，看得见摸得着的，这是一项伟大而平凡的事业！

是的，早在新中国成立不久的1952年，中国人便迈出了征服塔克拉玛干的第一串脚步。1958年，石油人依靠骆驼为主要交通运输工具，九进九出塔克拉玛干，实现了人类历史上的首次沙漠穿越。

之后，在三十多个春秋交迭与风雪肆虐里，石油人五下五上，愈战愈勇，始终没有放弃对这片神秘之地的探索。

自1989年4月塔里木石油会战开始，塔里木油田积极践行央企社会责任，加快和田河、柯克亚、阿克莫木等气田的开发建设，以最快时间把天然气送到南疆百姓家里，让资源地群众率先享受到油气勘探开发带来的实惠。

2010年中央新疆工作座谈会召开后的7月，作为中国石油的重大扶贫工程——南疆天然气利民工程启动。

在此之后的十年里，一批批石油人加入工程建设，他们抗干旱，战严寒，斗风沙，硬是从荒无人烟的沙漠之海里蹚出一条绿色之路，织就一张四通八达的油气巨网，网的触角不断延伸，延伸到南疆五地州800多万各族群众的家中。有关资料显示：塔里木油田向南疆日供天然气已占外输总量的五分之一，相当于每向下游输送5立方米天然气，就有1立方米由资源地居民享用……

有些遗憾的是，今天的我们来到这里，没能看到那样的景象：一轮红日即将掉入茫茫沙海，散落于这片土地上的村村落落里，牛羊归圈，家家户户升起袅袅炊烟。炊烟升起，随风飘荡，带着胡杨木的味道，夹杂着红柳和骆驼刺的味道。是的，那时这里的老乡们，以柴草和煤炭为主要燃料，于是，本来就稀疏有限的生态资源得到破坏，浓浓烟火也并非生态资源的所情所愿。

有时候，遗憾也是一种完美，如同和田美玉，有瑕同样受人追捧。

现在，浓烟滚滚的状况荡然无存，但我们却看到了另外一种安逸和幸福。

这个村庄的名字确实有些长——新疆喀什地区塔什库尔干叶城县柯克亚乡塔尔阿格孜村。作为一个从深山沟沟里整体搬迁出来的村庄，眼下的老乡们早已成为社区的一员，成为楼房的主人。

好客的塔尔阿格孜村人热情的接待了我们。随便进到一位大姐家中。很抱歉，我只能称呼她为"大姐"，因为她的名字如同村庄的名字一样悠长，更重要的是他们大多不会汉语，也几乎听不懂汉语，所以，她的名字我无法准确表现出来。

她家住在三楼，面积不算太大，却弥漫着浓浓的温馨。布局简朴又不失维吾尔族的特有风情。厨房的燃气灶亮着火苗，大姐在给孩子热牛奶，浓郁的奶香飘满整个屋子，浓香中带着几丝甘甜。

"这天然气用的习惯吗？"我指着灶台问道。

听不懂我的话，她就笑眯眯看着我。当地人做了翻译，大姐叽里呱啦说了一通，翻译出来的意思大致是：又方便又卫生，比柴火烧饭方便多了……

大姐担心我不能明白她的意思，便非常智慧地向我表达了一个世界通用的手势——竖起大拇指。

我以同样的手势作为回应，彼此间因为语言障碍实现了心灵互通，多么美妙的事情啊！

离开社区的时候，我意外发现一件事情。健身场地、商店门前、道路两侧，到处插摆着鲜艳的五星红旗。国旗在微风中向我们招手，我们在耀眼的"中国红"里迈出悠闲的步伐。

◦ 三 ◦

在南疆，在塔克拉玛干沙漠，在108万平方公里的土地上，我们的一些常识遭遇颠覆。

比如，由乔戈里峰雪融与河床岩层泉水凝聚而成的叶尔羌河，河水的最终归宿并非大海。再比如，于庞大体系的油气田管网而言，窥一斑而知全豹的理论，也不一定成立。怎么说呢，在喀什和泽普石油基地，在和田河作业区，在塔中管理区，亦或在轮南西气东输第一站，某一个站点给予我们的感触，并没有太深刻的印象和震撼。

引发震撼"海啸"的，来自一张图。

漫无边际的现实世界浓缩在油田展览馆的墙壁上，不足两平方米。我们如同一只翱翔在高空的雄鹰，鹰眼所及，交错纵横的"南疆利民"油气管网分布变得渺小，变得清晰，变得一览无余了。

两条主管网，犹如两条盘旋于此的巨龙，蜿蜿蜒蜒，曲曲折折。以主管网为身延伸出来的"血管"，密密麻麻，错综复杂，交织如麻。还有散落在图标上的站场、阀室、供气点等，如遗失沙海的珍珠，似点缀荒漠的星辰，像孤军坚守的士兵。

有一则数据更是让庞大的管网具有了更为准确的体验感：

3040 公里。这个概念相当于，一个人需要步行 600 万步，坐动车至少 10 个小时，汽车以平均时速 80 迈，需要行进 30 个小时……

庞大的数据背后，不容忽视的重要信息是，隐藏在地下深深浅浅的管网，孤零零矗立在沙漠腹地的站场、阀室，建设于地理概念上的"生命禁区"，建设于气候恶劣的环境中，所有工作的完成，离不开活生生的血肉之躯——参与"南疆利民"工程建设的所有石油人。

不难想象，在荒漠里作业，不同于陆地。但到底有什么差异，这种差别又有多大，我们便不得而知了。

不得而知的困惑，将在某一天的下午得到答案。

坐在我对面的，是最早参与"南疆利民"工程建设中的一员。浅黑的皮肤，敦实的身材，率真的性格，给人的感觉就是实在。

果不其然，他的第一句话就没有水分。坐到沙发上，双手往膝盖上一杵，不好意思地笑了笑，"就那么点事儿，絮叨来絮叨去显得多不好啊……"

"絮叨也是一种回忆，回忆才不会忘记，比如——"说话的时候，我的目光盯着他的眼睛。他知道我想说什么，下意识地摸了摸右眼。

"当时，缝了几针？"

"五六针吧。不过，眼睛没事儿，视力也没受到影响，只是皮外伤……"

那道伤疤，好似打开心门的一把钥匙，又好像一条通向一个人青春岁月的时间通道，我们的话题就此开始了。

李立新开始担任管道二公司南疆天然气利民工程项目部副经理，是在 2012 年，那一年他 45 岁，正值壮年，血气方刚。

同很多年轻人一样，浑身憋满干劲儿的李立新不服输，敢拼敢干。2012 年 5 月，在中国石油南疆天然气利民工程建设的动员会上，李立新立下誓言，"我就是要争第一！不拿第一就是失败。"

"大话"说了出去，可是"争第一"，谈何容易！

怎么说呢，前文的铺垫已经有过交代。南疆地区，气候恶劣，施工地形复杂，更重要的是工期紧，时间紧，任务重。

当时，整个管道铺设项目总长度为 333 公里，李立新负责的二标段有 190 公里，因为项目需要，初步设定的两年工期，必须在一年内完成，且保质保量。李立新并非不知道其中的难度，只不过，他那股执拗劲儿一旦占据主导，十八头牛都拉不回来。

一时间，议论声喋喋不休。但，李立新听进耳朵里，也记在了心上。面对质疑的目光，面对紧张的工期，李立新不但没有"低调"行事，生产会上，他又抛了一个"炸雷"——提前一个月完工，一次性焊接合格率达到 98%。

需要知道的是，通常情况下，一次性焊接合格率一般为 92%，塔里木油田的要求为 95%，李立新提出 98% 的标准，在全国长输管道施工中都属罕见。更重要的是，他还主动承诺提前完工，这怎么可能？

都不信是吧？血气方刚的李立新扯着大嗓门，放下一句不太文雅的狠话：完不成任务，我就不是站着撒尿的爷们！

◦　四　◦

五月的南疆，风沙的日子开始活跃，上午还是风平沙静，说不定下午就飞沙走石了。

作为一名"老管道"，李立新 1991 年就来到这里参加了油田大会战。

那时，他是有担当有责任的工长，是技术精湛的焊工，更是个生龙活虎的小伙子，身体如铁打般刚硬，精神头儿如旋转的陀螺不知疲倦。

1996 年，塔里木油田第一条长输管线，世界上第一条位于流动沙漠中的长距离油气管线，让塔里木油田第一次有了现代化的"能源大动脉"，改变了过去"用汽车长途运油"的历史。在这个项目建设中，留下了李立新终身难忘的伤疤。

沙漠管道工程的第一个硬仗是穿越全国最大内陆河——塔里木河。按照要求，河面开挖只能在枯水季，也就是冬季施工。冬季塔里木河，冰冻三尺有余，河面上可以开一场百人舞会。冰面之上严寒彻骨，冰面之下确实水沙翻滚，砸开冰层，刺骨的冰碴夹杂着流沙便会漫出来。白天挖出了管道沟，晚上一停工，流沙就把管道沟淤满了，第二天又得重新挖。

与时间赛跑，与流沙赛跑，成为管道工人唯一的目标。

塔里木河的冬夜，气温降到零下 30 多度，工人们冻得手脚失去知觉。但那时的他们，领导身先士卒，工人们争先恐后，谁都没有退缩，也没有一个人抱怨，大家好似拧成了一股绳……

将近三十年过去了，再次回忆当时的情形，李立新依旧热血澎湃。他的话也很直率，"身处那样的环境和氛围里，每个人都生怕掉了队，受点伤真的不算什么事！"

1996 年 4 月 20 日的下午，负责焊接质量检查的李立新，发现一处焊缝不符合要求。二话没说，他主动拿起砂轮机开割，准备重新焊接。就在这时，一股风沙刮来，突如其来的风沙让正在作业的李立新完全没有防备，一个趔趄之后，飞速旋转的砂轮直接击中他的右眼，幸好有眼镜遮挡，才没有进入眼中。但，破碎的眼镜碎片还是扎入了上眼皮。顿时，鲜血顺着脸颊就流了下来。

同事们赶忙把他送到最近的百公里外的医疗点，营地医生从李立新的右眼皮中取出五块玻璃碎片，缝了五针。这时，夜幕已经降临，隔开的管道如果不及时焊接好，晚上沙漠气温骤降，钢管就会变形……

当时，如果从他处调人过来，至少需要两个小时，而李立新赶往施工地点也就一个小时。夜色在一层层加厚，一个小时太重要了。李立新主动请缨，要求再回工地，"我一只眼睛也行！"

那是多么令人动容的场景啊，鲜血不时从包扎后的伤口里渗出来，和着汗水从他脸上往下流。但李立新忍着伤痛，一边捂着右眼，一边稳稳操着焊枪，硬是把那条缝隙焊上了。第二天一拍片，这道用一只眼睛完成的焊口非常完美，一点气孔夹渣都没有……

这些都是过去的事情了。现在，"南疆利民"新的任务摆在面前，李立新知道工作难度，但同时，他也习以为常了。

为了快速、优质和安全施工，190公里长的二标段，李立新徒步踏勘了两遍，地形状况业已装进他的脑子里。

但勘测与现实施工又截然不同，随时出现的新问题，考验着李立新的耐力。

巴楚县三岔口镇附近，有一条20多公里的施工管线。表面看这里是土质硬实的戈壁滩，可挖掘机一进去，它就变成了稀软的沼泽地，挖掘机深陷其中，阻碍了施工进程。

李立新拎着一把铁锹，直奔工地。他先用大型机械拽出陷在沼泽里的挖掘机，然后沿着施工线路，不时用铁锹挖坑查看土质，思考如何重新调整施工工艺。

根据勘察认识，李立新决定采用"沉管工法"解决沼泽里无法成沟下管的难题。施工人员先将管子按中心线焊接好，再在管子两侧进行挖掘，使管子自然下沉。这样既达到了管子的埋深，又保证了施工质量，也避免了大型施工设备陷入沼泽。

巴楚县的大门山，山体陡峭，结构复杂，却是管线必经的"咽喉要道"。因紧邻铁路和公路不能爆破，若采用传统施工法，最少需半年时间才能完成。

关键时刻，李立新再次"亮剑"。他根据现场实际，创新优化出一系列施工措施，先修出管沟和作业带，使高陡的山体局部变缓，减小管线施工的角度。然后根据地形定制弯管，使管线与地形契合。李立新这一创新措施使原本长达六个月的工期在短短两个月就完美收官。

2012 年 10 月 25 日，李立新负责的二标段，在全线七个标段中首家报捷，比当初"提前一个月"的承诺再次提前。整个项目，一次性焊接合格率高达 98.5%，在塔里木油田的"高要求"之上，再上一个新台阶。

我仔细端详着李立新右眼上的伤疤，它像一只幼小的蜈蚣趴在那里，明显又不太明显。

明显的是，这道伤疤成为一个人身体上永久的一部分；不明显的是，那些时常忘却又时常想起的往事和记忆。再次谈及这道伤疤，李立新用一句颇具玩笑的话给了我回答："'站着撒尿的爷们儿'，说话不能不算话——"

◦ **五** ◦

以时间为线，以历史进程为坐标，我们不难发现，从第一批石油人迈着深深浅浅的脚步进入塔克拉玛干沙漠，到开掘出第一口油井，到在荒漠建立塔中这样一个新的地理坐标，再到今天铺就"油龙气虎"两条庞大而错综复杂的管道网络，实现西气东输，实现南疆数百万群众生活上的巨大改变……

不得不说，历史进程中每一个风沙肆虐的日子，每一个严寒彻骨的冬天，都离不开奋战在荒漠之地的石油人。

这需要多大的勇气，需要多大的耐力，需要忍耐多少寂寞和孤独，人迹罕至的"生命禁区"里又遮埋了多少人的青春啊！

过去的终究已经过去。新时代的今天，在塔里木油田，当越来越多的年轻人加入这个队伍的时候，我产生过一个想法：现在的年轻人，没有上辈人的艰苦生活经验，甚至，他们大都生活在"蜜罐罐"里，他们能不能接过未来油气开发这个艰巨的接力棒？

我期望在这些正值青春的年轻人身上找到答案。

1998 年出生的张畅，来自河北省承德市，毕业于东北石油大学。

起初选择塔里木油田，他只是为了"保底"。"保底"这个词在当今大学生中极为普遍，大学毕业，一方面面临就业，他们希望寻到称心如意的工作，另一方面还要考研，"保底"是对考研失败后留出的退路。张畅就是在这样的情况下进入了塔里木油田。

张畅家在承德一个小县城，父亲是出租车司机，母亲在商场当售货员，还有一个妹妹读初中。作为家里唯一的男孩子，将来也是家里的顶梁柱和希望，父母最大的愿望，是大学毕业后能考上当地的公务员，守着家，守着父母。

听说儿子报考了地处沙漠上的油田，张畅的母亲立马表示反对。怎么说呢，一旦工作单位确定了，那也就意味着儿子将要去数千里之外的地方工作，就像断了线的风筝，摸不着抓不住了。更重要的是，那里的条件多么艰苦，母亲想不出来，但面对多种选择的情况下，为什么非要选择去受苦的地方？

父亲文化不高，却有着教育孩子的独特方法。父亲知道，作为家里的未来的顶梁柱，需要生活的磨砺，需要经历坎坷，去艰苦的地方更能锻炼人。

几个晚上，家里都沉浸在争论中，最终，爷俩的软磨硬泡说服了母亲。那天，父母去送儿子，临别时，母亲擦着红眼圈留给张畅一句话："去了就好好干！"

经历了培训和实习，张畅到了现在的地方——和田河采气作业区。

这里依旧是被外人陌生化的油田，却又是与我们的生活密不可分。怎么说呢，大家或许并不知道，千里之外荒漠里的气田便利我们生活的，是每一秒的天然气量与 5000 个家庭的一日三餐紧密相连。同时，这里还承担着向南疆五地州输送天然气的重任……

坐在我面前的这个年轻人，皮肤白皙，敦敦实实，圆乎乎胖乎乎的脑袋，笑起来带着满满的喜庆，酷似影视剧里"弥勒佛"。除了活泼可爱之外，他身上还未完全摆脱的是，略显青涩的稚嫩和初入社会的清纯。

作为新一代的操作工，张畅在老师傅的带领下，从陌生到熟悉，从简单实践到复杂操作，半年多过去之后，他已然能够独当一面了。

是的，将近一年过去了，这个年轻的小伙子已经从最初走入艰苦环境的惊讶中淡定下来，已经适应了新的环境。这倒是我想不到的。张畅用最朴实的内容给了答案：这里住的地方像宾馆，吃得丰富多彩……

看似极其平常的话，却令我感同身受。一个远离故土的外地人，吃得香甜，睡得安稳，是慰藉思乡之情、安抚孤独与寂寞的最简单方式，却也是最有效方式。心无旁骛了，心无杂念了，才能安下心来踏实工作。

我不知道作为国企的中国石油是不是这么想的，但无形之中那个"让在最艰苦环境里工作的人们吃得好，睡得好，是最起码的照顾。"变成了一种精细化管理的方式方法。

2022年春节，张畅第一次没有回家过年。年三十晚上，张畅打开手机，与母亲联通视频，种类丰富的菜品在视频里变得五彩缤纷，热气腾腾的饺子里装着天南海北无数个家庭的祝福，那一刻，不会太多祝福的母亲还是留下了那句话：去了，就好好干！

谈起工作与未来，张畅信心满满，他也给我提供了两个可以信服的支撑点：第一，每一个石油人的心火热地拥抱在了一起，在这里感受到温暖和力量；第二，能成为油田的一员是一个人一生的财富，他要在荒凉的沙漠里，不负青春！

23岁的谢林峰是新疆人，是新疆人却谈不上"地地道道"。怎么说呢，他的祖籍在湖南，当时，外公外婆那一辈人来到新疆打工，来了就再没回去，安家落户于此，一家人就这么成了新疆人。

从小到大，父母忙于工作，谢林峰在外公外婆的怀抱里长大。俗话说，隔辈亲，应该说，他对外公外婆的爱甚至超过父母。

高考填报志愿，他的梦想是当一名医生。那一年，疼爱他的外公永远离开了谢林峰。回想起外公患病期间的痛苦，他希望成为一名医生，学习高超的医学技术，最单纯的想法，起码让自己的家人平安、健康。

但后来，他的第一志愿却成了中国油田。说起梦想与现实的差距，这个刚过弱冠之年的小伙子脸一红，"那时候，医学院的招录分数普遍很高……"

家在北疆，对于南疆的艰苦环境，谢林峰听说过，却没想到比"听说的"还要艰苦。

尽管工作时间不长，但有一件事对他触动很大。

那是他刚参加工作不久，谢林峰跟随老师傅去参加一项管线补强的工作。当时正值十月份，沙漠之地，白天的温度高达37摄氏度，所以谢林峰穿得很薄。没想到工作一直干到后半夜，到了夜里温度骤降，单薄的衣服冻得谢林峰哪还有时间踏心干活。

就在这个时候，老师傅脱下大衣披在了谢林峰身上，也就是这样一个看似平常的举动，令这个年轻人心里立马充满了温暖，当然，这也成为他下定决心，奉献油田的最大影响。

眼下的谢林峰，工作时间不长，却对未来充满信心。那些有着丰富经验的老师傅们，只要年轻人需要，他们都毫无保留地教授，术业有专攻，谢林峰挺直了青春的腰板告诉我——我一定会干得很好！

◦ 六 ◦

不得不说，如李立新一样的石油人，岁数在时间里叠加，年龄在岁月里沧桑，身体在风雪中弯腰，他们终究会有一天退出"主战场"，一定会有一批又一批新的战士成为漫漫荒漠上的主力军。

张畅也好，谢林峰也罢，他们只不过是我在荒漠之地，在塔里木油田见到的几个年轻石油人。

他们，只不过众多年轻石油人的缩影。

滴水观海的理论，在某种程度上有显得绝对性成立。因为我在他身上，看到了一个充满希望的未来和充满活力的新的群体。

据说，当初塔里木石油人在为工服选颜色时，大千世界的颜色数不胜数，唯有将庄重与热烈融为一体红色，是石油人共同喜爱的颜色。在这里，石油人享有同一个名字——"穿红衣服的人"。

选择红色，其实也是他们选择理想、选择梦想、选择未来的颜色。

无疑，石油人可敬可爱，但他们却又是如此平凡和普通。但就是这些来自天南海北的普通人，因为他们坚定地选择了塔克拉玛干这不普通的地方，因为他们穿上了"中国红"，他们的故事便有了特殊的魅力。正是这无数的普通人，让这个千万年里"天上无飞鸟，地上不长草"的大漠，开始有了一个又一个奇迹。

就在我们采访期间，塔里木油田又传来喜讯，3月9日，果勒3C井顺利完钻，钻至9396米，刷新亚洲最深水平井纪录，标志着塔里木油田迈入9000米级特深油气勘探开发新阶段……

红色，是中国的底色，也是石油人的精神之色。红色在身，信心满格，这红色，像火炬，像明灯，照耀着他们在大漠里找油找气的路。

"只有荒凉的沙漠，没有荒凉的人生。"这是人们在激情燃烧的会战初期，从大漠深处悟出的人生感悟，闪烁着塔里木石油人特有的精神之光。

塔里木石油人把这句话嵌在一座高高的沙山上。山下，就是塔克拉玛干沙漠公路，四周，皆是漫无边际起起伏伏的沙漠之海，是挑战人类胆识、魄力、智慧和勇气的"生命禁区"……

但，漫漫沙漠能怎样，"死亡之海"能怎样，"生命禁区"又能怎样，我坚信，只要他们在这里，只要我们的石油人在这里，征服漫漫荒漠，弄潮"死亡之海"，刺破"生命禁区"，探索更多新的奇迹，都将不是问题。

因为，荒漠之上，有永不褪色的"中国红"！

因为，荒漠之上的"中国红"，正青春！

（原载 2023 年 7 月《南疆油气守护人》）

歌声与微笑

你会笑吗？

无疑，提出来，这即是一个好笑的问题！

微笑，憨笑，欢笑，嬉笑，抿笑，开怀大笑……笑的功能，如同吃饭睡觉，与生俱来，无师自通。

然，多少年来，榆林关的人们却不善笑、不爱笑、不喜笑。

榆林关，河北省张家口市阳原县马圈堡乡一个普通的小山村。

天公造物，大自然赐予这里绵延的山川、蜿蜒的河流和广袤的土地。振动视觉的翅膀，衬着碧蓝的天宇，驻足云端，起起伏伏的山岭，深深浅浅的沟壑，层层叠叠的黄土，弯弯曲曲的河流，苍茫壮观，宽厚辽阔。

该是一片富庶的疆域。孰料，阴山与恒山两条虬龙，爬来爬去，只把尾巴甩在这里，便没了生气。"水不在深，有龙则灵"，好嘛，就连崎岖千里的桑干河途经此处，亦悄然擦肩而过。

靠山吃山，靠水吃水。所有的机缘巧合，都让这山这水，没能给予这片土地上的人们太多滋养和恩惠。

的确，榆林关全村 192 户 470 人，建档立卡 129 户 301 人，耕地 4000 多亩，水浇地面积和村集体收入均为零，年均降水量 360 毫米，庄稼全是望天收。

贫困，是这里最顽固的"老赖"。

榆林关人的日子苦啊，他们想笑，哪里笑得出来？

即便是笑，那也是苦楚地笑、无奈地笑、梦里地笑。

◦ 一 ◦

唱歌？

唱歌给钱吗？

唱歌能脱贫吗？

…………

甫一提出这个想法，刘景业就遭到了质疑。刘景业，河北省公安厅交管局综合处处长，驻榆林关村第一书记。

一天，两天，榆林关村的大喇叭播了一遍又一遍，唱歌的人一个也没来。

是啊，日子都过得艰难，哪还有心思唱歌。再者说，唱歌图个啥，啥也不图，还不如省点力气蹲墙根儿。

与此同时，各种非议纷至沓来。

工作队都是城里人，玩玩闹闹待两年，回去邀个功、请个赏，这才是他们想要的……

他们那是笑话咱们哩，穷乐呵，穷乐呵，不就是这样吗……

给物，发钱，这才是正事。唱歌？一看他们就是一帮不务正业的人……

七嘴八舌，狂轰滥炸，唾沫星子也能淹死人。村干部偷偷乐了，整日猫在墙根儿下的男人女人们偷偷乐了，他们乐的时候，嘴角撇到耳朵根，满脸不屑。

但，刘景业心坚如铁。

唱，一定要唱，必须要唱，活蹦乱跳的孩子们要唱，七老八十的老人们要唱，身强力壮的男人女人们要唱，全村的人都要唱……

他们，哪里懂得刘景业的心思！

榆林关人爱蹲街。村干部跟着群众蹲，群众挤着村干部蹲，仨一群，五一堆，男一拨，女一伙，上午南墙角儿，下午北墙根儿，笑侃邻里长短，闲等日月轮回。

仅仅是蹲着，也便相安无事。可不要忘了，榆林关人还爱较真儿，好争胜，喜欢占个上风头。于是，芝麻粒儿大的事，他们都能聊得火冒三丈、脸红脖子粗，你不让我，我不让你，你不服我，我不服你，到最后，不得不拳脚上分高低……

榆林关人向来如此？

当然不是。

朴实，勤劳，善良，热情，智慧，勇敢，是祖辈传给榆林关人的不二法宝。

莫要小瞧这仅有 12 平方公里的土地，乃至世代繁衍生息在这土地上的人们。此地，为关南、蔚县通往张家口的关隘要冲。在烽火连天的时光里，他们可以刀戈铁马抵御外敌；在干旱贫瘠的土地上，他们可以耕耘出精细的御用之粮……

可现在，为什么他们的屁股沉了，手脚懒了，一点儿干劲儿都没了？

工作队在入户走访过程中寻到了答案：这是闲的，为什么闲，都是一个"穷"字闹的。

种子撒到地里，除了没日没夜盼雨来，毫无办法。更早之前，周边还有小煤矿，人们除了种地，打打零工，因环境保护，煤矿关闭，青壮劳力大多外出，中老年成了村里的主力军。

靠天吃饭的日子，不闲着还能干啥？吃饭睡觉蹲墙根儿，再不济，就赌博、抬杠、打架寻乐子，颓废呀，天长日久，哪有个不懒？游手好闲惹是生非啊！

榆林关人自然懂得其中道理。混天过日子，每个人心里都有自己的"小九九"。退耕还林，是笔收入，耕地补助是笔收入，更重要的，现在国家正扶贫呢，坐在家里就能拿到钱……

榆林关的人们，闲等着，干靠着，伸手要着，救济就来了，哪还有心思谋富路。

这是诸多贫困农村的一种怪相，当人们以为这样就可以常乐久安的时候，实际上是对扶贫政策的曲解，摆脱贫困，需要勤劳的双手，而非不劳而获。

扶贫先扶志。志气是什么，是一种状态，一种精神，一种信念，一种力量。没了志气的人，如脱盘的散沙，似霜打的茄子，像斗败的公鸡……

现实的贫困不可怕，精神的贫困才最害人。

◦　二　◦

赵大叔，你笑一个呗？
孙大哥，你笑一个呗？
李大娘，你笑一个呗？
……　……

笑是笑了，但他们笑得不自然，不走心，不痛快，不好看。

男女老幼各不同，但他们笑起来几乎一个模样：眼睛溜圆，面部僵硬，嘴角两侧咧一下，好嘛，被逼无奈地笑，一种应付差事地笑！

南墙角儿，北墙根儿，刘景业哭笑不得：乡亲们，亲爱的乡亲们，你们连笑都不会吗？

好面子的榆林关人听着这话不太顺耳，于是，就有人起哄架秧子："你不是想看俺们笑吗，去找甘冬莲吧，让她给你笑……"

这话说出来，在场的人们都笑了，笑得前仰后合，泪花子都挤了出来。

这是 2018 年 3 月，刘景业他们初到榆林关时的一幕，时隔三年，依然印象深刻。

的确，甘冬莲是榆林关唯一可以笑起来的人。

但，她的笑让人心酸，让人揪心，又让人心疼。

56 岁的甘冬莲，实在是个苦命的女人。

甘冬莲的老家在山西。那年，她带着少女的爱情和梦想嫁给了当地一个壮壮实实的男子。新婚没两年，喜得千金，一家三口的日子顺风顺水，甜甜蜜蜜。也不知从哪天开始，丈夫变了，变得粗暴，变得狂躁，变得野蛮，变得心狠手辣。他心情一孬就骂街，脾气上来就打人，起先是甘冬莲，到后来连孩子都打……

自己的伤痛还能忍受，可女儿还不到三岁啊！重重的拳脚落在身上，孩子撕心裂肺地哭喊着：爹，爹，爹——，疼啊……

孩子的哭喊，没能融化父亲的怒火。甘冬莲跪着，爬着，哭着，苦苦央求。所有女人该有的办法她都用尽了，一切都是徒劳。她只能紧紧护住孩子，任凭丈夫的拳脚落在自己身上，一次又一次，一天又一天。

即便如此，甘冬莲也没有放弃希望。她选择忍耐和接受，忍耐命运的不公，接受宿命的安排，她用贤惠和善良接纳着丈夫的粗暴和野蛮，希望有一天，丈夫能够变回之前那个体贴、温情的男人……

然而，甘冬莲的顺从、忍受和柔弱，却成了丈夫变本加厉和宣泄的资本——甘冬莲的心彻底死了。

度日如年啊，爱说爱笑的甘冬莲开始变得孤单、沉默、压抑、恍惚，现实的残酷犹如一枚枚钢针刺痛着她的心，刺痛着她无时无刻不在紧张和恐惧中的神经——间歇性精神障碍的种子，开始在这个女人身上生根，发芽。

人是家的魂，人变了，魂就散了。

甘冬莲是如何逃离这个家庭的？坊间有两种说法：一说是她无法忍受丈夫暴力，选择了离婚；一说是她患了精神障碍之后，被丈夫赶出了家门。

到底何因，已无法刨根问底，最终的结果是：她带着女儿远嫁到了榆林关。

本以为逃离魔掌，会有个幸福的开始。孰料，命运并没有垂怜这个苦命的女人。

张运，甘冬莲的第二个丈夫，典型的山村汉子，老老实实，憨憨厚厚。婚后不久，甘凤莲给张运生了个白白胖胖的大小子，儿女双全，一家人操持着几亩薄田，张运在周边煤矿打工补贴家用，日子虽说不上富裕，倒也平安和美。

之于间歇性精神障碍治疗，除药物控制外，需要良好、舒悦的心情。一段时间，家庭环境的改观让甘冬莲病情日渐好转，虽未根除，发病期却在不断减少……

可以猜测，如果这样的日子持久些，甘冬莲一定能够康复如常。

然，灾难还是无情地奇袭而来——丈夫张运得了癌症。

噩耗如同一座大山，再次压倒了这个不幸的女人。

家里的积蓄见了底，债台如村内残留的堡墙，厚厚实实。如果贫苦可以挽回丈夫的命，也就罢了，无奈，最终张运还是撇下孤儿寡母而去。

我的命怎么这么苦！！

开始，甘冬莲不声不响，不言不语，她瞪着土坯的院墙，瞪着破烂的房门，瞪着刺眼的太阳，她恨不得把看到的一切瞪出血来……

后来，她开始睡觉，晚上睡，白天睡，不吃不喝地睡，没日没夜地睡，无休无止地睡。

后来，她开始笑，起来笑，躺着笑，蹲下笑，坐着笑，走路笑，有人笑，没人也笑。

再后来，她开始跑，赤着脚跑，趿拉着鞋跑，衣衫不整地跑，拎着棍子跑……

孩子们吓坏了，榆林关的人们也吓坏了。他们可怜这个女人，但更希望避开这个女人，被一个精神失常的女人棍棒一通，着实不值得。

◦ 三 ◦

他，忽高忽低走过来，像座移动的大山。

稍稍调整身体平衡，站定，立正，僵硬的脸上极力涌动着笑意。

说实话，他的笑并不好看，左脸上一道长长的伤疤，从眼眶直到嘴角，笑起来，疤痕扭来扭去，像条蠕动的蚯蚓。

"您就是那位在地里唱歌的人吗？"

听到问题，他立马羞涩盈面，黑里透红，"是，是的。"

他叫张军海，八零后，正值青春的年纪。小伙年轻，人也长得帅气，一米八的个头，浓眉大眼，鼻挺口方，腰圆体阔，壮壮实实。他是家里的独子，父母身体有恙，他是家里的一座山，也是全家的希望。

谁能想到呢，全家人把希望寄托到他身上的时候，噩运的魔爪伸了过来。

张军海是个兵，炮兵。他 1997 年应征入伍，第二年就赶上东北抗洪。洪水肆虐，坝口决堤，他被洪水吞没，掉进水里，瞬时便没了知觉，救上来，整整昏迷了半个月……复员回家，他帮人开大车、跑运输，2005 年 10 月 18 日，遭遇车祸，在重症病房一待就是十二天。

医生告诉家人，做好准备吧，伤太重，即便治好了，也是植物人！

瞬时，母亲晕厥过去。醒来，她薅着蓬松的头发，声泪俱下，歇斯底里，"军海啊，孩儿啊，你叫娘可咋活……"

父亲张占玉脑子里一片空白，嗡嗡作响。他蹲在医院走廊，眼睛里布满血丝，牙齿咬得咯咯响，粗糙的巴掌一次又一次掴到脸上……

那是一段至今令全家人难以忘怀的痛。

重症病房，每日花费万余元，没两天，家里就一贫如洗。为了保住孩子的命，父母求爷爷告奶奶，欠下深如井的债款。治疗仍在继续，钱已无处可借，父亲张占玉只得求助运输公司老板。怎奈，老板却以各种理由避而不见，一时间，张军海的生死陷入泥沼。

度日如年的苦痛时光，张占玉只能蹲在运输公司门前等，起早等，饭点儿等，白天等，晚上等，这是他们唯一的希望。

那段时间，张占玉吃不下、睡不着，心里刀割似的疼。他蹲在运输公司门前，默默落泪，依赖廉价白酒解痛。廉价白酒冲劲儿大，辣嗓子，常常呛得咳嗽，但他感觉过瘾。晕晕乎乎中，暂时忘记贫困的烦恼，家庭的不幸，肉体的疼痛。

张占玉的软磨硬泡没有白费，他用男人和父亲的尊严融化了运输公司老板的铁石心肠。

十二天之后，张军海睁开了眼睛，这是一个奇迹！惊喜的妻子抹着眼泪问，军海，你看看我是谁？可叹啊，张军海睁着无神的眼睛，没有任何反应。

债台高筑，张军海几乎成了废人，黑暗笼罩着这个家，看不到一丝光明。回家时间不长，妻子就和张军海提出了离婚，撇下咿呀学语的女儿走了……

山倒了，天塌了，好好的一个家说散就散，往后的日子怎么过？

人要活，日子还得过，体弱年迈的父母不得不咬牙撑起这个支离破碎的家。

眼瞅着爹娘无力的艰辛，张军海有劲使不上，瞪眼干着急。那段时间，他陷入深深的愧疚和伤痛中。他把两本珍藏的相册翻了一遍又一遍，身着军装时的威武、快乐、危险和喜悦，婚姻之初的恩爱、幸福、甜蜜与和美，女儿可爱、漂亮、聪颖、伶俐的样子……一切回忆，愈发增加着他内心的疼和痛。

一段时间，他想过死，上吊、喝药或者什么的，是父母苦难中的坚持，是女儿一声声甜甜的爸爸，一次次拉回了一只脚迈进死亡之门的张军海。

活着，活下去，不是为了自己！

活着，就不能当一个废人；活着，就不能成为累赘。

张军海就是凭借这样的信念，一步步熬过来。

他，暗地跟自己较劲。

开始锻炼，拄着双拐，腿脚不听使唤，摔倒了，爬起来，走两步，又一个跟头，脸上蹭出了血，胳膊蹭掉了皮，他是一个兵，一个不服输的兵，一个"流血流汗不流泪"的兵。能不疼吗，但比起心里的疼，这又算得了什么？

一天，两天，三天……

他坚持下来了，尽管走路忽高忽低，但已能自理。再后来，他已经能做些简单的事情。

是的，他是个男人，是家里的一座山。他希望分担父母的艰辛，他希望重新撑起这个家，他是多么渴望……

然而，现实不允许啊。

他试图谋份力所能及的差事，人家看他一瘸一拐，连话都说不太清，便婉言谢绝；他试图重新驾驶家里的农用三轮车，无奈，脚掌踩到离合器上，噔噔噔抖动得厉害……

他们的日子，就这样白白黑黑、苦苦痛痛地爬行着。

◦ 四 ◦

甘冬莲的确爱笑，但，她的笑没有内容，随心所欲。

不仅爱笑，甘冬莲还喜欢说。

初见甘冬莲，刘景业他们就见识了她的口若悬河。

"等着下雨吧，下雨了，雨水能浇地，浇地庄稼就长高了……"

"雨水能洗手，雨水洗手好，能治感冒，祛火，不得病……"

…… ……

刘景业他们知道，这是病情发作的症状。搪塞着她的滔滔不绝，走进连栅栏都没有的院门，甘冬莲的家便一览无余了。

四周，齐人高的土坯墙围着一座宽宽绰绰的院落，院子里空空荡荡，破破烂烂，冷冷清清。最北侧，一间二十平左右的瓦房孤零零守在那里。一个女孩见生人来，脸一红，迅疾躲进屋里，咣当一声，门窗紧闭。

村支书孙建峰解释，这是她的闺女，名叫亚亚。

张亚亚，34岁，一个榆林关人熟悉又陌生的女孩子。

儿子远在北京，一年回不了两趟，张亚亚是甘冬莲的依靠，也是家里的全部。

甘冬莲生活不能自理，吃不知饥饱，睡不知颠倒，一切，全凭张亚亚照料，母亲就是她的全世界。

照顾甘冬莲并非易事，最难的是给母亲喂药。

间歇性精神障碍，只要治疗跟上、药物控制得好，避免心理刺激，便少有发作。为了让母亲顺利吃药，张亚亚想尽了各种办法，捣碎了掺到粥里，夹到馒头里，或者混到水里。她担心药苦、有味，母亲不吃，就亲自拿了药来尝，确定无味后，才"哄骗"母亲服下……

多么善良的女孩！

早就到了出阁的年纪，隔三差五也有人介绍对象，论长相，论体格，论勤劳，张亚亚没得挑。对于男方，张亚亚别无他求，条件只有一个——带母同嫁。

唯一的硬性条件，成为她拥抱爱情和幸福难以逾越的门槛。

多少年已经记不清了，张亚亚除了购买食用，从不出门，从不与人说话，即便走路，也从不抬头——她与这个村庄隔绝着，与这个村庄的人们隔绝着，与外面的世界隔绝着。

一米七几的身段，马尾辫甩在脑后，白皙的脸庞，尤其那双眸子，干净，清澈，纯洁，善良，柔软……眼睛是心灵的窗户，在这扇"窗户"里，流淌着苦涩，滚动着善良和无奈。

无奈啊，一切源于自卑！她有一个精神失常的母亲，怕人笑话，是一种自卑；三十多岁的人了，闺中待嫁，也是一种自卑；作为全村最贫困的家庭之一，更是一种自卑。

一个精神失常，一个几近自闭，还有一贫如洗的家，这，哪像过日子？

眼前的一切，让刘景业心里有点儿疼，疼里面带着阵阵辛酸。

◦ 五 ◦

刘景业的"唱歌"策略，并不顺利。

为了调动大家的积极性，工作队经商议，决定从奖励入手。

怎么个奖励法？他们自掏腰包，买来脸盆、铁锹、笤帚……凡是参加，人人有礼品，唱得好，额外还有奖励。

榆林关本来就不大，消息不胫而走，迅疾传开。

然，参加者并非如想象般蜂拥而至。人们在怀疑，在猜测，在观望，在等待。

第一天，去了四个人，四个七十多岁的老太太，她们颤颤巍巍，理直气壮："听说发救济呢，在哪领？"

工作队赶忙解释："奶奶们，不是发救济，是唱歌，唱歌才能领礼品……"

"唱歌？唱呗，先给俺个脸盆，给俺个铁锹……"她们的心思根本不在唱歌上，眼睛早就瞄着那些东西呢。

这般情况怎么办？

她们显然不是来唱歌，更不知道唱歌背后的意义。

但，有人来捧场，总比冷场强得多。眼前的情况提醒着他们，如果拒绝了，那些猜测着、观望着的人们心里就有了底，所有的计划都会泡汤。最后，刘景业拿定主意，给，要啥给啥……

事情就这样传开了。

第二天，三十多人；第三天，一百多人……

刚开始几日里，人们爱面子，声音小，像蚊子嗡嗡，有的索性滥竽充数，干张嘴不出声。

为了鼓励大家，工作队提出：声音小、唱不好的，可以不唱，但没有礼品；声音大，唱得好的，还有奖励。如此一来，人们的积极性再次被调动起来。

刘景业他们万万没想到，人群中居然有甘冬莲的女儿张亚亚。

张亚亚不仅来了，而且声音清甜洪亮，唱得还特别好。这不免让刘景业心里闪过一丝希望。怎么说呢，他担心啊，这么好一个姑娘，倘若再沉默寡言活下去，早晚也得憋出病来……

散场后，刘景业找到张亚亚："没想到咱们村子里还藏着你这么个小百灵，唱吧，好好唱，将来到县里参加比赛……"

◦ 六 ◦

榆林关人头一次笑得最开心，当属卖粮。

说起来简单，这笑来得颇为艰难和心酸。

榆林关人爱囤粮。清清贫贫的日子，人们辛辛苦苦打下粮食总希望卖个好价钱。俗话说得好，"庄稼人，生得怪，越是贵了越不卖。"粮食打下来，价格低了不想卖，价格高了吧，还希望再涨点儿，折腾来折腾去，粮食就存了下来。

工作队通过走访了解到这一信息，粗略算了一下，整个榆林关的玉米、谷子加起来，超过五十万斤。这些粮食，囤放时间最长达四年之久，有的因为天气原因，犯了潮，发了霉。

取得乡亲们信任，就从卖粮开始。

几番联系，刘景业有些失落。大多数企业，都喜欢收购当年新粮，即便收购陈粮，价格也不高。这样不行，乡亲们本来就不想卖，价格上不去，更不用说。后来，动用各种关系，终于联系到一家企业，但有个前提——不能给现钱。

希望，如一道闪电划过，难题再次出现。

那一夜，刘景业他们坐在院子里，你看看我，我看看你，苦愁无策。夜的榆林关，繁星闪烁，寒气逼人，他们沉默着，思索着，四十多万啊，到哪里筹措？

"实在不行，我们自己凑。"刘景业说了一句。

"行，咱们自己凑。"戎少卿和田召辉回应道。好似心有灵犀，意见即刻达成。

说起来容易啊。他们，一个处级干部，一个科级干部，一个刚参加工作没两年，短时间内拿出几十万，也需要费些周折。更何况，还有风险，企业迟迟不给粮款怎么办，企业有了变故钱就打了水漂……

周折也好，风险也罢，他们心中，就为了乡亲们的那句话——真正为咱们办实事的工作队来了！

这句话师出有名：

2018年4月的一天，刚到榆林关不久的刘景业陪同省里来的专家看项目，因地形不熟，摔伤左腿，检查结果，小腿肌肉撕裂，医生告知，需卧床休养至少一个月。

扶贫工作刚开始，各项工作千头万绪，工作队干不干事、能不能干事，能不能取得村干部和乡亲们的信任，希望都在眼前的节骨眼儿上。

一个月能干多少事？一个月，耽搁不起啊！

事先已经安排，第三天召开村民代表大会。村干部说，不行就推迟吧！队友戎少卿和田召辉也劝，往后推推吧，腿坏了，啥也干不成。

刘景业笑了笑，"只要脑子不坏就行！"

那天，榆林关的人们都看到了，刘景业挂着双拐出现在会场。村民们震撼了，人家这么做为什么，不就是为了咱们村吗？他们心里明白，真正为他们干事的人，来了……

至于卖粮筹款一事，里面也藏着个有趣的小插曲：

凑来凑去，还差几万块钱。得知情况，村支书孙建峰的爱人从亲戚家借来三万块钱送了过来……

采访之际，我问孙建峰爱人：您为什么愿意拿出这钱？拿出来，万一收不回去怎么办？

孙建峰爱人半开玩笑地说："我会相面，一看他们就是干事儿的人。作为干部家属，不支持怎么行……"

朴实的话里，藏着深奥的道理。

提及这件事，刘景业坦言，带领乡亲们脱贫，工作队只是带个头，更多的还需要乡亲们的配合、支持和理解，没有这些，什么也干不成。

◦ 七 ◦

张军海最早萌生唱歌的想法，只是为了迎合村里安排，每家一人，凑数而已。

但，他渐渐发现，自己吼起来就刹不住车，过瘾，解气，那些压抑在心底的苦闷、憋屈、不快，都在一呼一吸中宣泄出来。

唱歌上瘾啊，张军海好似找到了解开心底压抑的办法。那日，他在地里干活，心血来潮，便情不自禁吼起来，这一幕恰巧被人看见，才成为榆林关脱贫之路上的一段美谈。

全村人中，张亚亚的歌唱得最好听，清澈，透亮，有情感，有气势，音准调正。

这是人们始料不及的。

没想到，一个从不与人说话，从来不出门的女孩子，还有这才能？

"你以前学过唱歌吗？"我试图打开全村人的谜团。

"没有，从来没有。"

"那，你怎么唱得那么好？"

"都是从电视上学的。"

"跳舞也是？"

"嗯。"

极少迈出家门的日子里，张亚亚把女孩最珍贵的青春留给了生育她的母亲，留给了寂寞，留给了无奈。原本，她也爱唱爱跳，爱美爱热闹，一直没有机会啊。

发现与认可，对于一个人而言多么重要。

当然，刘景业他们也没有在张亚亚面前食言。

为了让张亚亚走出心灵的困境，先是推荐她参加乡里选拔赛，因成绩优异，张亚亚成为马圈堡乡参加全县歌唱比赛的代表。

那天，驻村第一书记和村支书陪同，对于张亚亚而言，规格够高，重视够高，待遇够高。

如此一来，一下子增强了她的自信心。

一首《再唱山歌给党听》深情悠扬，情真意切，张亚亚，不断被发现，不断被认可，出门多了，敢说话了，性格开朗了，好似变了个人。

…… ……

2018 年 7 月 1 日前夕。榆林关村委会大院。人头攒动，热闹非凡。

全村人几乎都到了。

伴奏乐响起，先是《没有共产党就没有新中国》，再是《团结就是力量》，榆林关的人们，声如洪钟，斗志昂扬，歌声响彻云霄……

这是多么震撼的一幕！

这是多么触动心灵的一幕！

这一天，人们似乎明白了，工作队要大家唱歌，是要让大伙找回精气神，找回自信，找回原本就有的志气……

◦ 八 ◦

此次卖粮，以市场最高价收购。

本是为了乡亲们的好事，一开始却并不顺利。

"卖粮食？你们说的价格有准儿吗？低了俺可不卖。"

"给现钱不？"

…… ……

存粮统计，还没开口，乡亲们先问个底儿朝天。

孙彦，52岁，榆林关村会计，老实憨厚，性格温慢，负责此项工作。

"工作队把现钱都准备好了，价格也不错，这事有必要骗你们吗？"孙彦解释了一遍又一遍，然村民们观望着，半信半疑。

"要不，俺们先报两千斤。"

"我家先报五千斤……"

孙彦知道，乡亲们都不肯说实话呀。

为什么？

他们怕。

他们怕万一把粮食卖了，有了收入，就不符合贫困标准了，不符合贫困标准了，就是脱贫，脱贫了，国家可就不管了。

是呀，榆林关的人们穷怕了，好不容易赶上扶贫的好政策，哪个愿意撒手？

没办法，还得解释。他把国家政策和工作队的意图掰开了说，揉碎了讲，可不是卖了粮食就脱贫了，国家就不管了，国家想着咱们呢，而且想得远着呢……好在孙彦老实巴交，说话从来水分少，同村生活大半辈子了，信任度还是有的。

2018 年 5 月的一天，几辆大卡车停在了榆林关村口。

大车小辆的粮食拉过来，过秤，装车，人们个个脸上喜气洋洋。

有人还是坐不住了。

那些瞒报不报的人家，眼瞅着别人家的粮食变成现钱，急得直跺脚。

一个中年妇女怒气冲冲跑过来，"我家也登记了，为啥不收？"

难道真落下了？

孙彦把登记簿拿出来，"你看，上面有你的手印，你可是说家里只有两千斤，现在怎么冒出个五千斤来？"

事实摆在面前，中年妇女仍旧死不认账。

收？还是不收？

经过商议，大家一致决定：不收。

不收？可没那么简单。

中年妇女拽着孙彦的脖领子："不收，今天你们谁家的也别想收。"

孙彦向来慢性子，他不温不火："那，你说怎么办？"

"怎么办？让我捆你两巴掌，就算拉倒！"

"你捆吧。"孙彦不温不火，义正词严。

本以为是气话，没想到中年妇女毫不留情，硬生生朝着孙彦的脸上来了两巴掌……

我有些不解，"咱们直接收了，不就没事了？"

孙彦依旧不温不火："诚信啊，做人得讲信用不是。报多少，是多少，一斤也不多收。再者说了，倘若收了她家的，再有人提出来怎么办，这可都是事先说好的……"

停顿片刻，孙彦脸上露出欣慰的笑容，"挨两巴掌也值，这一招，直接让村里人明白了，等靠要不行，啥事都得主动才行。"

◦ 九 ◦

到达榆林关采访的第一天，我和工作队正在院子里闲谈，门外传来阵阵声响。

推门而入，一个中年妇女。中等个头，丰腴的身段，圆圆的脸庞泛着红润，浅红色的外衫，不算太旧，倒也干净。

进门便是笑。边笑边道："你们来啦，可想你们哩。"说话间已到近前，她抓住刘景业的胳膊，"走，去俺家看看，鸡下蛋了，好些个呢……"

说着，她又目不转睛地盯着工作队队员戎少卿看了又看，"几天不见，你可瘦了……"

忽而，她又扭头看看田召辉，"小田更瘦了，多吃点儿，吃多了能长胖……"

她就是甘冬莲。

这两年，甘冬莲成了工作队住所的常客，每天两趟，定点定时，雷打不动。

她来了，有说有笑，尽管精神上还有问题，但从来不闹腾。每次来，就是三件事：家里的鸡又下蛋了；院子里的苹果树上挂苹果了；亚亚上班了。三件事，说完就走。

这三件事，她的印象太深刻了。

鸡是扶贫鸡，工作队给的；苹果树也是工作队栽的；亚亚的工作，也是工作队安排的。没有什么感谢的话，但她忘不了，忘不了，看看就够了。

今年春上，新一批扶贫鸡发放到了乡亲们家里，过不了几个月，又能产蛋了。

刘景业他们，深深记得一个场景：

第一批扶贫鸡发下去，乡亲们自发把第一个蛋凑起来，送给工作队。之于这件事，村民杨翠英坦言，这是"初蛋"，营养价值高，好东西就该让他们吃……

笑起来，动起来，富起来。

朴实的词汇，需要承受多少苦涩的过去，又需要挥洒多少辛酸的血汗。

笑起来，动起来，富起来。

简单的词汇，温暖了多少贫寒的心，解开了多少恩恩怨怨。

有两户人家，东西为邻，隔一条巷子。四十多年前，两家为了扩张宅基地，你往外扩半尺，我往外拓半米，你争我抢，互不相让，后来，一条巷子，人力车都难行。为了争夺地盘，两家人吵架成为榆林关的一景，用村支书孙建峰的话讲，那时候我还上小学，上午上学两家在吵，下午放学，两家还在吵……

四十多年的矛盾，就这么沉淀着，积累着，发酵着，滋长着。

扶贫扶什么？是让乡亲们的钱袋子鼓起来，更是让他们的心气顺起来。

为了化解积蓄已久的矛盾，刘景业他们不知往两家跑了多少趟。东家八十多岁的老人放下话："要想让两家和好，除非我死了……"

东家的工作做不通，就去西家。西家两个孩子明事理，几番劝说，答应和解。刘景业带着俩孩子到东家，站在老人面前，这不对，那不对地赔不是，奶奶，奶奶的叫个不停。话是开心锁啊，邻里街坊，本来就没啥大不了的事，人家有诚意，再执拗人情上也过不去，谁让榆林关人爱面子呢……

在工作队陪同下，我看到了那条拓宽的街巷，也看到了仅一巷之隔的两户人家。这时，东院的狗叫起来，东家一叫，西家的也跟着吠起来，一唱一和，它们是在告诉我们什么吗？

◦ 十 ◦

2019 年 8 月，入夏以来，榆林关最热的一天。太阳光好似一把把金针扔下来，扔到身上火辣辣的疼。

火辣辣的远不止这些。次日，榆林关要举行两件火辣辣的大事。

一件，村舞蹈队成立；一件，刘景业联系的一家企业到榆林关投资扶贫。

那日，全村老少齐聚村活动中心。

上午 10 时许，两项活动相继开始。

歌舞队先上。统一的装束，统一的行头，这是她们第一次在这么多人面前表演。

伴奏乐响起来，统一的身段扭起来，火辣辣的太阳下，她们扭得带劲，扭得热烈，扭得肆无忌惮，扭得无拘无束，扭得热火朝天……

乡亲们看得也着迷，火辣辣的太阳下，竟然没有一个人遮挡。是啊，他们从来没想过会有这么一天，没想过自己村的人也能舞蹈。他们的渴望在此刻变成现实，物质上的渴望，乃至精神上的渴望……

此情此景，深深感动了企业负责人。他没有告诉任何人，悄悄到后台，拿起笔，在事先准备好的支票上，画了两笔。

刘景业并不知情，他依旧按照提前备好的内容宣布——感谢企业给我们送来30万。

这时，有人悄悄跑上台，凑到他耳边："刘书记，错了！"

"错了，没错啊，这都是事先说好的……"

"错了，真错了，不是30万，是50万。"

顿时，刘景业的眼圈有些湿润。他赶忙调整状态，"乡亲们，对不起，我刚才说错了，不是30万，是50万……"

全场，掌声如雷，响彻沟壑，响彻山谷，响彻整个榆林山，响彻榆林山下的整个榆林关。

◦ 十一 ◦

张军海家里，鸡声咯咯，羊声咩咩，几只兔子爬在窝里，白得像团雪。

"养牛的事，有着落了吗？"刚刚坐定，张军海就问与我同来的戎少卿。

"快了，基本已经谈好。"

"我也想养两头，又是一笔收入……"张军海盘膝而坐，头正腰直，信心满满。

……………

甘冬莲家的院子里，齐人高的苹果树翠翠绿绿，青绿色的果子挂在上面，如一个个紧握的拳头。果树间，间作着多样菜蔬，白菜，小葱，西红柿，等等，地肥土松，郁郁葱葱。

这些都是张亚亚的"杰作"，之前空荡荡的院子里长满绿色，也长满了希望……

为了帮助他们脱离贫困，工作队为张军海、张亚亚等一批人争取了公益性岗位。有了工作，加上各种政策补贴和扶持，他们心里舒坦了，敞亮了，踏实了，稳定了，也有了干劲儿。

是啊，在这片广袤的土地上，还有许多这样的家庭。他们，有着各种各样的困窘。

他们，百分苦命，却又万分幸运。

2014 年，"精准扶贫"战略全面实施，数以千万计的贫困家庭进入国家关怀。

自此，人类历史上最具规模、最深层次的一场攻坚战，吹响号角……

精准。这两个字太精准了。

任何事物的发展，不都是一个由粗放到精准的过程？比如张军海、甘冬莲这样的家庭，比如榆林关的人们，单纯依靠资金扶持远远不够，他们还需要自信心的树立，只有这样，他们才能活得有精气神，才能有心思依靠勤劳的双手谋求更好的幸福，这才是真正的脱贫。

榆林关的脱贫之路，从扶起他们的志气开始，从重振他们的精气神开始。

这，还不够精准吗？

榆林关的日子里，我每天都被一些细节感动着：

行走在街巷，总有人把工作队员们拽到家里，掩不住的笑容，说不尽的感谢，讲不完的心里话……

每到一户，出门总不让空手，院子里新鲜的蔬菜，山坡上刚摘的山杏，集市上才买的瓜果，不要，能把你追到大街上……

　　闲暇之余，榆林关的人们还是喜欢蹲墙根儿，只不过，墙根儿下的他们没有了争吵，没有了愁苦……

　　是的，三年，一千多个日夜，为了改变榆林关的贫穷，刘景业他们一直在不遗余力。

　　三年来，太多酸楚在心头飘荡，太多苦涩在舌尖游离。

　　从铺通村路开始，从几十年如山的垃圾清理开始，工作队的脚步便没有停止过。网络覆盖全村，医疗健康惠民，文化娱乐开展，文明庭院创建，产业项目发展……太多壮气提神、摆脱贫困的根脉，在榆林关的土地上，在榆林关人的心坎上，越扎越深。

　　村民们掰着手指头给我算过一笔账：退耕还林一笔收入，农业补贴一笔收入，贫困扶持一笔收入，扁杏种植一笔收入，扶贫鸡一笔收入，庄稼收获一笔收入，集体企业分红又是一笔收入，不久的养牛项目上来，还是一笔收入……这就像拾干柴，一根一根又一根，凑到一起，就能燃起熊熊烈火！

　　如今的榆林关，每天都能听到爽朗的笑声，每个夜晚都能看到歌声伴随着的铿锵舞步。看，那面笑脸墙上，一张张朴实的脸庞，笑得多么灿烂，这样的笑，发自内心，不加修饰。

　　村民张元斌挺着腰杆，双手叉腰，精神抖擞，理直气壮："你就写吧，把最好的词儿都拿出来，怎么写都不为过……感谢工作队，感谢国家，感谢我们的共产党。"

　　话语铿锵，发自肺腑；民心向党，战贫必胜！

　　离开时，心底突然闪过一个念头，我多想听听榆林关人的歌声，听听张军海的那首《没有共产党就没有新中国》，听听张亚亚的《再唱山歌给党听》……

（原载 2021 年 5 月《张垣扶贫录》）

图书在版编目（ＣＩＰ）数据

金莲花开 / 黄军峰著 . -- 石家庄：河北教育出版
社，2024. 9. -- (燕赵秀林丛书：文学). -- ISBN 978-7
-5545-8853-6

Ⅰ . I25

中国国家版本馆 CIP 数据核字第 2024Z3S734 号

燕赵秀林丛书·文学

金莲花开

JINLIANHUA KAI

作　　者　黄军峰

出 版 人　董素山　　汪雅瑛

责任编辑　赵　磊　郑　敏

装帧设计　李关栋

出版发行　河北出版传媒集团

河北教育出版社 http://www.hbep.com

（石家庄市联盟路 705 号，050061）

印　　制　石家庄名伦印刷有限公司

开　　本　787 mm×1092 mm　　1/16

印　　张　18.5

字　　数　215 千字

版　　次　2024 年 9 月第 1 版

印　　次　2024 年 9 月第 1 次印刷

书　　号　ISBN 978-7-5545-8853-6

定　　价　98.00 元